NF文庫
ノンフィクション

真実のインパール

印度ビルマ作戦従軍記

平久保正男

潮書房光人社

真実のインパール——目次

真実のインパール

印度ビルマ作戦従軍記

プロローグ

そこは危ない

連日の強行軍で、足が靴ずれと疲労のために痛んだ。道路端にときどき見える道標石は、すべてディマプールを基点としてかぞえられた哩程標であった。コヒマから五マイルの地点あたりから、直接、敵の砲弾をうける地域にはいるので、注意深く歩いた。

旧コヒマはすでに修羅場となっていて、真っ赤な火の玉であった。火はますます広まり、かつ強まる一方のように、我々からは望見できた。我々は夜明けまでまだ遠いころ、ヤギの高地の下にある四叉路を左にまわりこんだところで、元の敵軍糧秣倉庫を占領している福田高級主計を訪れることができた。

二棟の木造の倉庫で、糧秣が山のように積まれ、乾パン、ミルク、缶詰、砂糖をはじめ、無数の食糧があった。ことに嬉しかったのは、上等な乾燥馬鈴薯《ばれいしょ》があったことである。

翌日（昭和十九年四月六日）、我々はここの防空壕でまる一日をすごした。第三大隊はいったんマオ・ソンサンにでたのち、ふたたび東側の山の中にはいった。間道をジェッサミ道にでて、旧コヒマを東方から衝き、敵の左翼を攻撃中と知った。

連隊本部まできてしまった我々は、東側の谷間に降りて迂回しなければ、第三大隊にいくことができないとわかった。この間、福田隆一中尉のおかげで充分に珍しい敵産糧秣にありつくことができた。

敵の迫撃砲弾は、執拗に倉庫群を狙って射ってきた。しかし、良好な地形にある建物だけに、まったく損害をうけずにすんだ。このころは、まだ友軍の山砲の方が優勢で、真後ろと右後方から恐ろしいような音で発射される砲弾が、我々の頭上を「シュー、シュー」と音を立てて前方に送られていき、しばらくしてはるか前方でみごとな炸裂音がした。

翌朝早く、福田中尉が敵情視察にいかないかと私を誘った。私は待っていたとばかりに、雀躍して同意した。軍刀を忘れた私は、すぐ気がついて倉庫まで取りにもどった。このため、福田中尉は一足先にでかけ、倉庫から引き返した私は彼の後を追った。しかし、四叉路にでたときには、福田中尉の姿が見えなかった。

一瞬、どちらにいったかの判断をしていると、道を左に曲がったところに、とり残されたトラック四両が貨物を積んだまま、道路上に放棄されており、うしろから二両目で一人の日本兵が物をあさっているのを目撃した。

私がトラック群を通りすぎていくと、前方から兵隊が一人歩いてきたので、福田中尉もこの道を先行したのだと思った。五〇メートルもいかないうちに、道路が右に迂回しているところの小屋で、また一人の日本兵がごそごそと捜し物をしていた。たぶん、敵の残していった煙草かなにかを探しているのだろうと思った。

突然、前方の山から一発の小銃弾が、私の右の耳すれすれに通りすぎるのを、瞬間的に感じた。とっさに姿勢を低くする。これはとんでもない所にきてしまったと思い、道路の縁にある溝の中に飛びこんだ。すると、すぐ右側に切りたっている山の上から、

「平久保君、そこは危ない」

と、福田中尉の声がする。よく見ると、目の前に朝靄《あさもや》をとおして暴露しているのが、敵陣地のウマの高地であることがわかった。

危機一髪で助かった。もうすこしのところで、私は脳天を打ち抜かれていたにちがいない。私は溝の中で、福田中尉の次の言葉を期待して待った。福田中尉はヤギの高地に身を隠して、敵状を見ていたらしい。

やがて、帰ろうとうながしたので、私の方は意を決して、道路を敵側の方に横断して谷間にすべりこんだ。案の定、道路を全速力で横切るとき、首のうしろをシュッと一発がかすって飛んでいった。狙撃手は気長に私の動きを待っていたものと見える。

道路をはずれると、一面の樹草でまわりから見えなくなるので、私はこの斜面をたどって倉庫に帰っていった。

迫撃砲の狙い撃ち

敵機はときどき、編隊をもって銃爆撃にきたが、それよりも迫撃砲の時をわかたぬ砲撃には閉口した。そんな状況にもかかわらず、福田中尉は日中、敵の軽四輪ジープをあやつってマオ・ソンサンまで連絡にでかける勇気をもっていた。私は、彼の無謀にちかい大胆さに感服した。

この日、私は当番と渡辺軍曹をつれて、残りの者にこの倉庫に守らせて、第三大隊に合流するために出発した。（八五頁地図参照）

本道をいくと二日はかかるので、コヒマの二マイル地点から東側の谷に降り、小流に沿ってどこまでもつたっていくと、第三大隊にいけることを地図でたしかめておいた。細い清流に点々と散在する飛び石伝いに夕刻、日が暮れるころに大隊本部に到着することができた。

コヒマ〜ジェッサミ道の〇マイル道標を越えると、旧野戦倉庫らしい建物が本道に沿って二〇軒ばかりならんでいる。どの建物にも糧秣、被服はもちろん、蓄音機のたぐいまで一杯にはいっていた。精米と食塩は、ゆうにわが師団所要の一ヵ年分を収蔵していると推定した。

この倉庫は、敵陣地から見ると低地をへだてた頂上にあるが、その後方がふたたび谷になっているので、倉庫のすぐうしろにいれば敵砲弾からは安全であった。もっとも迫撃砲の狙い撃ちにたいしては、どこにいても隠れる所はない。私は大隊長宿舎において、大隊長と副官に行動報告をした。四月七日の夜であった。

大隊は四月五日に旧コヒマに突入していらい、大隊本部はこの旧英軍施設区域にいた。歩兵第五十八連隊は突然、歩兵団長の命により、敵の退路を遮断するため、コヒマ〜ズブザ〜

ディマプール道を急進した。

四月五日は一日中、敵機の攻撃にみまわれて行動不能となり、かつ上級司令部よりのコヒマ固執の命があったので、ふたたびコヒマにひき返してきた。

こうして一時、攻撃をゆるめていた間に、一度は敗退しかけたコヒマの敵は、日本軍には航空機は皆無、砲撃力は僅少、戦車は皆無ということを知ったため、陣地を徹底的に補強していた。どうして、このような不徹底な作戦がおこなわれたのかわからない。

島之江大隊長は、つねに自分の食事には贅沢な人であった。私が訪れたときも、食卓に料理が所せましとならべられているのを見て驚いた。

私は捕獲倉庫の中に、食塩の俵が幾列にも積みあげられている狭い通路を宿舎に決めた。これなら防空壕よりも丈夫であろうと思われた。

同夜、大隊副官の高橋准尉の寝ていたところに迫撃砲弾が命中して副官が戦死したので、芝田中尉がこれにかわった。軍医は古閑中尉と古石見習士官であったが、古石見士はもっぱら前線で死傷者の処置にあたり、古閑中尉は本部にあって、担送されてくる傷兵の仮手当をおこなっていた。

英軍の捕獲倉庫には、師団経理部より高級部員の牛島少佐をはじめ、青木大尉、小島中尉、吉田中尉、田中大尉、三輪中尉など、ほとんど全員がきて、精米倉庫にいた。私は島之江大隊長の勧告にしたがい、占領倉庫のすべてを司令部に申し送り、大隊で必要なぶんだけ請求して受領する方法をきめ、牛島高級部員に申しでた。

じつのところ、歩五八第三大隊が捕獲したこの莫大な糧秣を、当然のことながら、後続してくる部隊や隣接部隊に分与するのは、私の特権であり任務であろうと考えていた。その誇りを感じて張りきっていたやさき、大隊長の勧告を聞いて、今後いくたの補給上の困難を思えば、このさいは師団経理部の顔をたてたほうが賢明と考えなおしたのであった。

また、マオ・ソンサンに残置した精米は、本道五マイルの吉田中尉のいる倉庫に申し送り。コヒマで同量の精米を代替受領することにして、マオ・ソンサンの要員に部隊復帰の手配をした。

しかし、何ら兵站線を持たない軍隊に勝利の女神はほほえまず、病魔と飢餓が兵士たちに襲いかかり、これより約二ヵ月にわたる長期持久戦がつづいたのである。

第一章　第五十八連隊着任

ビルマへ

昭和十九年の正月も一週間ほどたった一月七日、シンガポール（昭南）を出港した「青海丸」には、多数の工作機械が積んであった。この海軍側の輸送船に便乗した我々は、甲板の上にシートで日覆をつくって、そのなかに寝た。南方の風は、風自体が暑い。スコールにしばしば見舞われながら、もっとも敵潜水艦の来襲のおそれがあるマラッカ海峡を北上した。つねに救命胴衣をはなさなかった。

約一週間たって、船はヴィクトリア・ポイント沖にいると知らされた。この航海には、帝国海軍の駆潜艇と、一日数度の海軍機による護衛と警戒のもとに不規な航路をとったため、予想外に日数を要した。船はここに一時停泊して、所要の糧秣を積みこんだ。

私はこのとき、バナナやパイナップルのほかに、生まれてはじめてマンゴスチンを食べてみた。南方ではマンゴスチンは果物の王様、ドリアンは女王と呼ばれるが、いずれも日本人の趣向には縁遠いとのことであった。マンゴスチンを味わってみて、そのうまさはなるほど王様だけのことはあると、美味を賞賛した。

それから四日ばかりで、船はメルギーに着いた。ここで上陸したのである。もはやビルマ領であった。上陸のさい、桟橋で朝鮮人の慰安婦隊がビルマのラングーンに向けて乗船するのに出会った。

これを尻目に上陸すると、一面の砂丘である。その上に木造の粗末な事務所が見えた。一行はこれに連絡をし、大きな荷物をあずけると、宿舎へと向かった。

ビルマ人の町から、こせこせとした中華街を思わせるようなところを通りぬけると、にわかに一帯は森林となる。道はこのなかを縫って走っていた。

約一里ほどに兵站宿舎がならんでいた。しかし、もう黄昏《たそがれ》となっていたため、全体の輪郭はわからなかった。とにかく身をおちつけて、暗がりで夕食をとった。そのとき空襲があり、付近は爆撃をうけたようであった。

翌朝わかったことであるが、我々の乗ってきた船は停泊中、この爆撃で沈没したという。我々にはこれが最初の空襲であった。もっとも昭南の防空演習で二、三度、退避訓練をやらされたことはあった。

翌朝は暗いうちに起床して、もとの砂丘にもどってきた。これから我々は「三八輸送」と称するコースでビルマを北上したのである。トラックに分乗して、一日の行程を走ると兵站が存在し、ここで一泊して、また次の区間を別のトラックで輸送されるといった方式で、中継区間輸送にはいったのである。

十一月二十八日に宇品を出港、台湾高雄を経由してシンガポールに着き、二五日間ほどすごした昭南生活の豪勢さにくらべて、もはや天地の差であった。すべてが戦地の生活である。すべてが一時しのぎの粗末なものであった。

おりから乾季の南ビルマは、ものすごい砂塵であった。一日もトラックに乗っていると、全身が灰神楽《はいかぐら》になってしまう。タヴォイの兵站で、経理学校の元教官で第一中隊の者は教わったことのある東大尉と逢い、爾後の行動に便宜をあたえてくれた。大尉はラングーン貨物廠付きで、目下この方面に出張しての帰りであった。かくて約一週間の三八輸送を終えた我々は、イエに到着していた。

イエはビルマ鉄道の起点である。もうここまでくると、すこしは冷気をおぼえる夜がおおくなった。

ここで汽車を待つのに一日滞在した。村落のなかにはいって、ビルマ人の生活を見たり、現地の煙草《たばこ》や菓子、果物を買うことができた。ビルマの煙草は、葉煙草のきざみをパパイアなどの葉で巻いたものがふつうで、セレという。我々には、どれも辛くて吸いかねた。

イエから汽車に乗ったが、内地の地方支線を走っているような機関車に、貨車が連結されたものと思えばよい。ただし燃料が薪であるため、煙突からやたらに火の粉が散り、通過したあとの軌道の間に、火の粉が長々と落ちているのが違っていた。

それでも我々の車両は、幸いにも客車であったから、直接、火の粉をうけずに助かった。

フランスの客車のようにいくつかのコンパートメントにわかれて、一部屋に六~七名がすわれるようになっていた。扉によって、他の部屋から遮断されていた。

左右にはてなくつづく原野は、ところどころが耕作されて田地となっている。さすがに日本とはくらべものにならない余裕のある状態に、世界の穀倉を思わせるなにものかを感じた。概して土地の利用度がすくなく、遊んでいる土地がかなり広く感じられる。

この地方、テナセリムには、いたるところに牛と水牛が遊んでいる。水牛の頭や背の上に、鷺《さぎ》がチョコンととまっている珍しい風景も、ここではじめて見た。バナナ、パパイアや椰子の木が、ところどころに一区画ずつ林をなしている。ゴム林も、近代的植林の跡がまざまざと感知された。

汽車は昼間も走ったが、空襲の危険は濃厚であった。鉄道はモウルメインでいちおう終点となる。我々は下車すると行李を馬車に乗せ、町を歩いて、比較的に森林の濃い地域にある兵站の前に立った。

兵站にはいるとき、我々は将校宿舎を要求したが、係の軍属が一般宿舎にはいるよう強要したので口争いとなった。我々は気焔をあげて、強引に将校宿舎に泊ってしまったことなどが思い出される。

モウルメインは英国人がつくったきれいな大都会である。サルウィン河にのぞみ、南方軍からビルマにはいる一大拠点であり、兵站基地でもあった。ことに当時、昭南~ラングーン間の直接の航海路が、敵の制空権のため途絶していた結果、陸路による輸送、補給に限定されていたことから、その重要性が倍加していた。

町中には広いアスファルト路が縦横に走り、大きな西洋風の家屋が点在し、いたるところに青々とした芝生や森林があった。インド人の町には日用品が売られていたが、みな値段が高かった。

ついでに当時の物価を見ると、日本軍発行のルピー軍票で、ゆで卵が七～八個で一ルピー、コーヒー一杯〇・二ルピーであった。

モウルメインには一泊しただけで、翌日の昼過ぎにサルウィン河を渡った。対岸の町マル

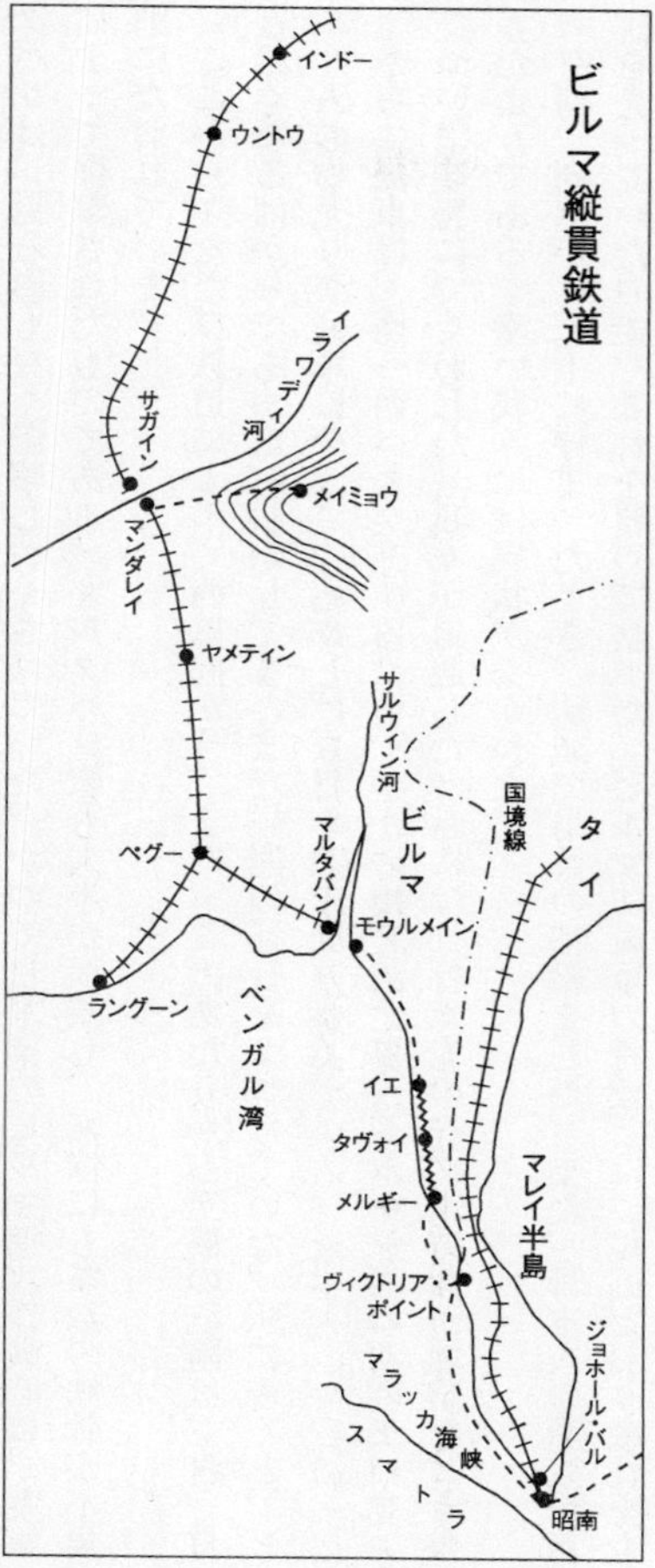

タバンは、見る影もなく爆撃しつくされていた。かつて日本軍のビルマ進攻作戦時に、友軍によって爆撃されたものである。マルタバン駅も大半が崩壊し、無惨にも多数の鉄骨が不規則にたおれていた。

ここからふたたび鉄道によって西に向かう。また、このあたりから空襲の危険は、日一日と濃くなるばかりであった。しかし、まだまだ昼間の運行をつづけていた。駅に着くと、ビルマ人の物売りが列車にそって、あやしげな日本語で売り歩く。

さらに汽車は、西へ西へと突進する。いくつかの川を越えて、シッタン河の河畔モパリンでついに空襲にでくわした。我々が退避したときには、行く先のペグー方面が爆撃をこうむったようである。幸い我々には異状がなかった。

夕刻、列車がペグーに停まったとき、駅頭で湯茶の補給をした。また、日本人の商人が葛餅を売っていたので、これを買って食べた。ビルマ防衛軍の将校とは、規則どおり敬礼をもって挨拶をかわした。

列車はさらに夜闇をついて西に走り、真夜中にいたってラングーン駅にはいった。無惨な見る影もない、しかし往時の壮大さを思わせる寂しい駅頭に降りたった。

鉄骨を使用した堅固な駅の建物は、いたるところがうち破られていた。我々はいよいよビルマの首都に到着したのである。しかし、なにか頼りなさ、期待はずれの感がしないでもなかった。

駅には駅員がひきあげていて、誰一人いない。不案内の地でもあり、宿舎を見つけるめど

第31師団に配属された７名の同期生

氏名	中区隊	学歴	配属先
常木　三郎	Ⅰ-2	東商大	師団経理部
永島知四郎	Ⅰ-3	慶大法	歩138連隊付、昭19年ウ号作戦中に戦死
大槻　幹直	Ⅱ-1	慶大経	師団経理部
平久保正男	Ⅱ-2	神商大	師団経理部(歩58連隊、山砲31連隊勤務)
伊藤　敏雄	Ⅱ-3	早大政経	山砲31連隊付、昭19年ウ号作戦中に戦死
別所　源二	Ⅱ-3	京大法	第２野病付、第１野病、歩138連隊
坂上　道雄	Ⅱ-4	東大法政	師団経理部、昭19年ウ号作戦中に戦死

がたたない。荷物も重いので、駅前で夜明けを待とうとした。

しかし、一部の者の提案によって、二、三人が残って、全員の荷物を取りまとめて馬車で後刻送ることにして、残りの者は先に兵站を探しあてることになった。広い通りを山手にあがっていくと、二〇分ほどで兵站を見つけることができた。

さっそく真夜中に配宿されて、身を落ちつけた。

ラングーンはもちろんビルマ最大の都市である。その規模の広大なこともビルマ随一である。しかし、昭南にくらべれば、まるで田舎であった。宿舎の設備も不完全で、我々は板の間に寝かされた。

これに先だち、我々はタヴォイあたりからの輸送の不円滑を痛感していた。ほんらいこの旅行は、各人単独の資格となっていながら、便宜上、斎藤見習士官が指揮をとっていた。ここで赴任師団ごとに小グループにわかれ、別々の行動をした方が便利だという意見が強く、そのように決まった。

昭和十八年十一月二十日に陸軍経理学校を卒業、見習士官として南方第一線の困難な部隊の給養を双肩にになおうと南方軍に赴任した我々一五〇人のうち、在ビルマの第三十一師団行きは、常木、坂上、大槻、別所、伊藤、永島と私の七名である。我々「七人の侍」

は、この兵站を基地とし、できればトラックの便を見つけて、これで北上しようとつとめた。ラングーン貨物本廠で煙草や戦地用被服の支給をうけてからは、師団ごとに前線に向けて出発していった。

我々も手わけしてトラック便をさがした。その間に予防注射をうけたり、ラングーンの見学もした。ビルマ随一のシュウェ・ダゴン・パゴダは、市中どこからでも仰ぎ見られるりっぱなもので、金色の美しさは千古の歴史を物語っていた。

ラングーン滞在中に紀元節を迎えることになった。滞在一週間におよぶや、兵站監から早く出発するようにと催促された。一日でも滞在が長引くことは、不遇な前線にいくことを忌避していると曲解しているような言いぐさであったので、我々を憤激させた。

我々としては、鉄路で北上することは空襲の危険がおおいのと、夜間運行にかぎられるので一週間以上もかかるが、トラック便ならばマンダレイまで一日で行けるという理由で、自動車の便をさがしていたのである。

第三十一師団を追って

紀元節の翌二月十二日、御下賜品の輸送トラックに念願かなって便乗することができた。夕陽かたむく美しいラングーンを出発、超スピードでまっしぐらにアスファルト道を走った。美しい夕陽が前方から目を射たり、斜めにさす日光をうけたみごとな光景を見ながら、ペグーの三叉路で整備する間、現地のコーヒーを飲んだ。

まもなく夜道を北上すると、ひと休みもせず、夜明けまで二時間のころにヤメティンの村落についた。小さな兵站宿舎で約一時間ほど眠って、早い朝食をとる。ふたたびトラックは北上し、午前九時にはマンダレイにはいった。

昼間の運行はきわめて危険であった。夜が明けると、非常な注意のもとに走りつづけるのだった。事実、トラックのエンジン音が敵機の爆音を消してしまうので、なかなか敵機の来襲を感知しにくい。

マンダレイの人口はラングーンとほぼおなじで、ともにビルマ第一の都会であった。ビルマが英国の支配に服するまでの長い間、ビルマ王国の王宮の所在地で、ちょうど京都が東京にたいするように、万事が歴史的、宗教的、芸術的で、ビルマ独特の建物が目にうつる。ラングーンが洋風な要素をおおくもつ近代都市であるのにたいし、ここは寺院や王宮やパゴダでみちている。

我々を乗せたトラックは、爆撃された市街地を走り抜けると東に折れ、シャン高原への登り道にかかった。この高原を登りきるのに、自動車でも二時間半を要した。登りきった所は、六甲山のドライブウェーのように一面に平坦となっていた。これがメイミョウという街であった。

ここまでくると、さすがに空気が乾燥し、冷え冷えとしている。メイミョウはかつて英国人の避暑地として、英国人の手によってひらかれた町で、桜が咲く佳境であった。シャン高原は、おおむね日本の気候と似ている。

メイミョウに着くと、我々はいそいで第十五軍（通称名、林集団）の経理部におもむき、経理部長に申告したが、一行は大いに叱られてしまった。

第三十一師団に赴任すべき者が、わざわざ軍に申告にくる必要はない、戦争は諸君を一刻も早くと待ちわびている、即刻出発せよという。

しかし、軍隊の常識として、師団にいく前に上級部隊たる軍に出向くのがあたり前と聞いていたので、わざわざ奥地まで訪ねてきたのに、この上官の言葉に憤慨した。

とはいえ、事情はそこまで切迫していたのであった。見ず知らずのところで、頼りにする者もなく、せめて経理部の人たちだけが味方であるような気がしていたので、この仕打ちには無情、残酷なことだと癪にさわった。

それに、交通の便も世話してくれない。我々はここの将校食堂で夕食をとり、翌日発つことにして兵站宿舎に泊った。

ここの将校食堂は、奥地にしては優秀であった。真っ白な制服を着たインド人のボーイが、ていねいにサービスしてくれた。食器はきれいだし、食事も美味しかった。

同夜は兵站宿舎で明かした。陸軍航空隊の飛行将校が同室していて、翌朝早く比島方面にいくといって、出発していった。

夜が明けると、ラングーンからおなじトラックに乗ってきた同盟通信社の記者の宿舎を訪れ、ほんものの熱いコーヒーをパンとともにご馳走になった。ついで偕行社によって、内地のなつかしい名物の饅頭をたくさん買いこむと、重い行李を馬車に載せて三叉路におりた。

メイミョウという町は、中国人が軍人相手の飲食店や雑貨店をひらいているほかは、現地人の家もほとんどなく閑散としている。内地の秋のすえの小春日和といった感じで、空気も乾燥している。

三叉路までおりた一行は、そこにあったビルマ人の茶店に休んで、果物などを食べていた。昼すぎにトラック二台が司令部の方からおりてきて、三叉路で一時停車した。この三叉路には歩哨が立っていて、通行者はすべて連絡しなければならないことになっている。

我々はすかさず、前方の車に乗っている将校に交渉して、便乗を依頼した。しかし、みごとに失敗した。すると茶店にいたピー（軍隊用語で慰安婦のこと）が、この将校になにやらビルマ語で話している。どうやら乗せてくれと頼んでいるようである。将校は、途中とても道が悪いから、揺れてもよければ乗れといったようだ。

トラックは二台とも空車で、なにひとつ載せていない。女が乗ることになって、我々がひき退ることはない。今度は大槻見習士官がでていくと、将校はこちらの胸につけた経理部の胸章を見つけて、「ああ今度、東京からきた見習士官か」と顔色をかえて尋ねるので、いかにもその通りだと答えると、「よしきた」とばかりに快諾して、揺れてもよろしければ乗れという。

この将校は、我々とおなじ第三十一師団（通称、烈兵団）の経理部員で、三輪中尉という人だった。師団が待ちわびている見習士官を、しかも七名も連れてきたと自慢したいようであった。

我々を乗せたトラックは、急坂をいくつも曲がったりしてマンダレイにでると、市内のとあるビルマ人の御用商人の店に立ちよって、お茶に招かれた。その後、市街地を通りぬけて宮殿の外側を堀に沿って走り、郊外にある貨物廠にしばらく停車した。ここで剣道の籠手《こて》を載せ、トラックはふたたび疾走してイラワディ河畔にでた。

大きな艀舟があり、大型トラック六両を載せることができるという。すぐ下流の方を見ると、そこには鉄橋が爆撃で真ん中から折られ、河中に没している。

河を渡るとサガインであった。トラックはそのまま走って、サガインの烈兵団連絡所の前に停まった。作戦の進展にともない、この連絡所も前方にひきうつることになっていた。ここからは、この連絡所の荷物を前送する必要から、我々はここで降ろされた。しかし、将校行李だけは運んでくれるという。

我々は三輪中尉に別れて、鉄道で北上することとなった。サガインから北の方に向かっている縦貫鉄道は、サガインの北部にあるイワタン駅からでる。

そのイワタン駅は跡形もなく、いまなお銃爆撃をうけていた。燃えつきて車台だけが残っていたり、他の車両にも蜂の巣のように無数に穴があいている。列車は夕方、これらがらくたのなかから出発することになっていた。

それまで付近の安全な場所で避難していると、同盟通信のトラックが五台も通ったので、止めて交渉する。なんと、ラングーンからきた顔見知りであった。

すぐにも話は決って、これに便乗する。まもなく空襲があって、付近に避難していると、

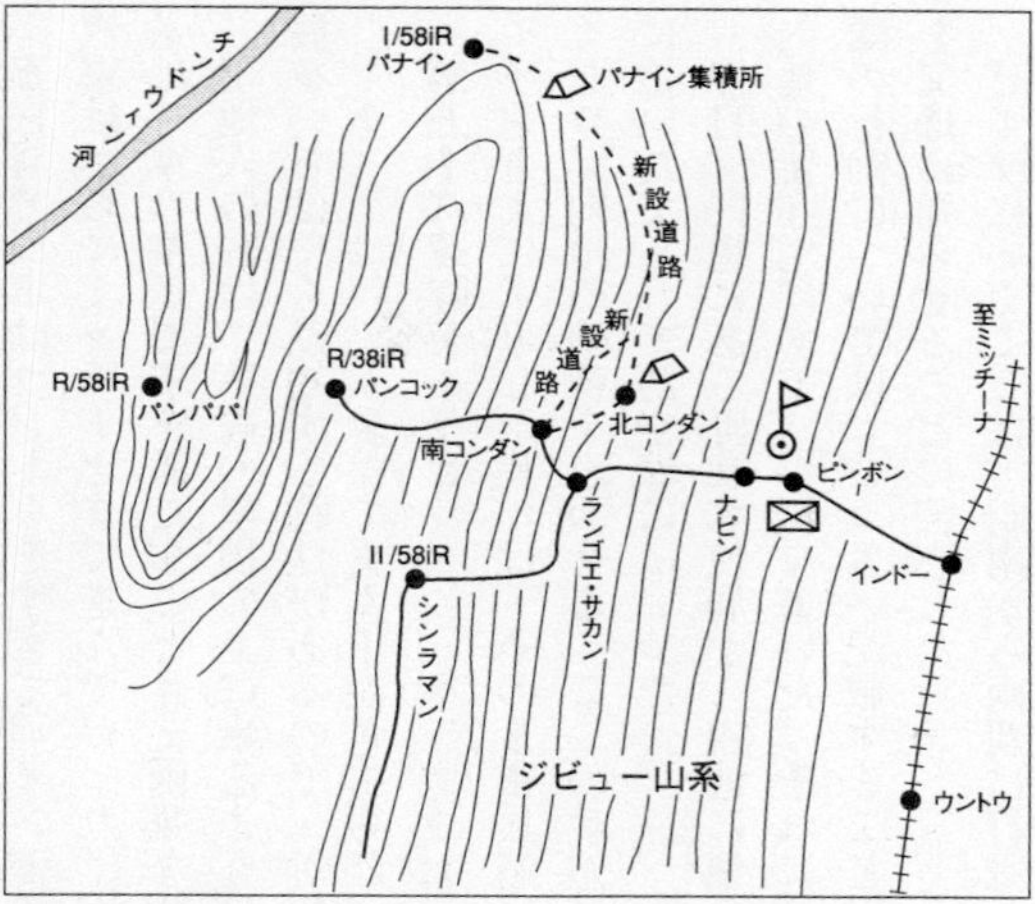

「前方は連日連夜、爆撃されているから、しばらくようすを見る」という。残念ながら一刻をあらそう我々は、やはり鉄道でいくことにした。

夜になると、我々は鉄道隊の兵隊の指示にしたがって貨車に乗った。このあたりから戦場になっていて、爆撃は夜を日についで激しかった。そんな夜間運行のなかでも、汽車が駅に停まると、ビルマ人の物売りはにぎやかなものであった。駅々でビルマ語と日本語のチャンポンで、菓子やコーヒー、肉の菜、鳩肉などを売り歩いている。

汽車が北上するにつれて、夜は寒くなっていった。鉄橋が数ヵ所破壊されていて、折り返しの区間運行をしていた。そのつど、徒歩連絡を指示された。

駅もない森林のなかで、枯木をひろって飯盒炊事をしながら、爆音がするとあわてて火を消したことも幾度かあった。また、火をつけるのが厄介になって、半煮えの飯を食べたりもした。

五日間で汽車はウントウをすぎて、インドーに到着した。我々七人はここで下車したが、汽車はさらにミッチーナまで進んでいった。困難な条件のもとで、運行をあえてする鉄道輸送は、軍の輸送要求を満たすことさえ困難な状況となっていたのだ。
現地人の客は、車両の屋根の上に乗るようにと決められていた。耳の敏感な現地人は、空襲をいちはやく感知する特性があるので、対空監視に大いに役だった。

第五十八連隊をさがせ

インドーに下車した我々は、そのまま兵站にはいった。ここまでくると朝晩はめっきり寒くなり、内地の晩秋を思わせる。ここの兵站は案外に待遇がよかった。日に何回となく爆音に追いたてられて防空壕にはいった。

翌日、同地にある野戦郵便局から内地に便りをだせることがわかったので、ひさしぶりに内地の留守宅にあてて手紙を書いた。それには現在地と部隊名を秘匿しなければならず、軍隊の行動については、いっさい記載することが禁じられていた。そのため、今どこにいるかを父母に知らせることに苦心した。

ビルマにいくことは、昭南から両親に打電してあったので、台湾とおなじ緯度にある旨を書き、寒いので冬着をもってくればよかったと書いた。部隊名は後便で知らせると書いたが、次便以降は内地にとどかなかったので、家ではついに私の部隊名がわからず、家の方からは手紙のだしようがなかった。

インドーは、地図では大きく書いてあるが、じつはほんの片田舎であった。一方、赴任の計画がいっこうに進まなかった。やっと師団の自動車部隊に連絡がとれたので、司令部にいく便に便乗を依頼した。二、三日して幸便が得られ、一行は勇躍した。

インドーからは、ジビュー山系という険しい山脈を横断することになる。工兵隊が切りひらいた自動車道を、トラックはあえぎながら進んでいく。運転手の苦労はなみたいていのことではない。連日連夜、敵の制空下で軍需品の輸送で疲れきっていたが、黙々と運行をつづけていた。

当初の作戦開始の予定日は、もう過ぎていた。昼夜をわかたぬ活動にもかかわらず、師団の後方兵站線がのびきっているうえに、地形の困難があった。働けども働けども、これでよいということがなかった。

我々一行は夜中、無事にピンボンの野戦倉庫に着き、倉庫長の村田中尉の宿舎におしかけた。村田中尉は就寝中であったが、わざわざ起きてきて会ってくれた。

竹製のみすぼらしい一〇坪ばかりの家で、隅の炉端《ろばた》に火をかきたてながら、我々の初対面の挨拶をうけてくれた。我々はだされた果物を食べながら戦地の概況を聞き、第一線の香りをひしひしと感じた。

ここに一泊した。翌日は村田中尉の先導で、ナピンの師団経理部にいった。

経理部長をはじめ、庶務課長の福田秀美中尉ほかに赴任の申告をしたのち、いろいろな着装被服で不足のものを支給された。

我々はここで、さらに次の命令をうけた。ビルマ方面軍に約四〇名が割り当てられたうち、烈兵団へは七名となってきた。ここで常木、坂上、大槻と私の四名が師団経理部付き、永島見習士官が歩兵第百三十八連隊付き、伊藤見習士官が山砲兵第三十一連隊付き、別所見習士官が第二野戦病院付きにと細分されたのである。

ただし、私についてのみ、本作戦間は歩兵第五十八連隊勤務を命ぜられた。これらはすべて昭和十八年十一月二十日、すなわち経理学校卒業の日に遡及した。

これに先だって伊藤経理部長が、歓迎の言葉につづいて「ウ号作戦」にたいする率直で真心のこもった自己の見解を述べた。

補給のかなわぬこの作戦で、戦闘部隊がどのくらいの期間戦えるかは、我々第一線主計官の双肩にかかっている。諸君が生きて帰れるとは思えないといったとき、私のいだいていた聖戦思想が音をたててくずれ、反面、配属される一コ大隊約一〇〇〇人の命を守るため、砕身する覚悟ができた。

同夜は、経理部の粗末な一棟で、福田中尉、村田中尉、小松原少尉が出席して、りっぱな歓迎祝賀会をひらいてくれ、作戦用加給品の日本の銘酒もでた。

私の作戦間の歩兵部隊勤務は、当時、歩兵第五十八連隊第三大隊の隊付主計の生方中尉が入院することになり、復帰のみこみがないので、私を師団からだして、代理を勤めさせるものであると説明された。

歓迎会のあと、一行はナピンをでて、いったんピンボンに帰った。最後の夜は七名で仲よく寝て、翌日、それぞれは命ぜられた部隊に向かって出発していった。

我々四名は、ピンボンから夜道をトラックでランゴエ・サカンに着いた。ここで別所、伊藤、永島の諸君と別れて一人になり、シンラマン行きのトラックに乗りこんだ。そして、夜明けにはシンラマンに着いた。

シンラマンには野戦倉庫のほかに、歩兵第五十八連隊第二大隊の経理室があって、塩主計中尉がいた。しかし、私の目的とする同連隊の連隊本部は、方角がちがうことを知らされた。やはり、あの三名と一緒にいくべきだったことがわかった。ランゴエ・サカンをまわるトラックを見つけて、パンコックに着いたのは翌日の夕方ちかくであった。

パンコックにあるのは、おなじ連隊本部でも歩兵第百三十八連隊のものでがっかりしたが、とにかく高級主計の三浦中尉に会い、一夜の宿を借りることにした。不思議なことに、先に到着しているはずの永島君は未着で、トラック便の都合だろうと説明しておいた。

同夜は、三浦中尉から戦地のもようを聞いたり、私の方からは内地の状況をていねいに話した。三浦中尉は奈良の人で、初年兵のときからいた部隊に主計将校として勤務しているので、みなよく知った人ばかりで、仕事にも好都合だといっていた。

翌日は、永島の到着を期待しつつ、将校行李の中身の区分けをしながら、ここに滞在した。二、三度爆撃をうけ、肉眼で被弾地点を望見できた。

兵たちは、ちかく出発するであろうインド進攻作戦への準備にいそがしく、ことに経理室は糧秣、被服の荷受けや分配のほか、自分たちの背嚢の装着に腐心していた。このようすを見るにつけ、私の心は一刻も早く自隊に到着したい気持ちでやきもきしていた。

私の行李は、永島がきてから幸便に託して送ってもらうよう、ここに残置することにした。三浦中尉から借りた古年兵一人を道案内として、夕刻せまるころにパンコックを出発した。私は昭南で買ったリュックサックをせおい、小型のトランクを手にもって、ふたたび山地にはいっていった。

山にかかるところの小川では、三、四人の兵隊が飯盒で米を洗っていたり、現地民が薪を背に山からおりてくるのを見た。空気は乾ききっていて、夕方の涼風が吹きはじめると、緑の葉と葉の間は夕日を浴びて赤くなっていた。

ここからは、わけのわからぬ山道を徒歩でたどっていくのである。上半身は裸になって、いそぎ足で日が暮れるまでに、すこしでも遠くへいこうと焦った。道案内の古年兵は六年兵とやらで、むやみに歩度が早い。

あれいらい、山道にはただ一人の姿も見えない。ともすれば心細くなり、一緒に赴任してきた同僚の姿が恋しくなった。無理に話題をみつけて、兵隊に話をさせながら進んでいく。手の荷物は重くて、幾度も手を休めなければならなかった。真っ暗になって二時間ほど歩いて、歩一三八第二大隊の経理室が山中のわかりにくい所にあった。あわれな竹製建築に、洩れ火が見える。山賊の小屋のようである。

こんな山の中に、どうやって軍需品を運びこむのか不思議であった。中へはいると、兵たちはランプの光と炉で燃える火の光で、ほてった顔を見せていた。炉の不完全燃焼からでる煙で、もうもうとして目が痛いほどである。

ドラム缶の風呂に入浴してから、別室に一泊を許された。この宿の主は猪俣主計少尉で、挨拶をしてから、しばらく話に華を咲かせた。

翌朝は早くに山賊小屋をでて、今度は一人で山道をさまよって西方に向かった。まる一日歩きとおして、夕方、とある山あいのパンパパという寒村から約半マイル、峡谷につらなるじめじめしたところに歩兵第五十八連隊本部を発見した。

本部には、点々とあわれな野戦建築が散らばっていた。これがはるばる赴任した歩兵第五十八連隊の本部であった。昭南から赴任に一ヵ月半、まともな交通機関もなく、苦心してきたことを思いあわせ、今また五〇〇〇人の連隊の本部がこんなところにあって、本当に戦争ができるのかと驚きいってしまった。

もう暗くなっていたが、連隊長の福永大佐をはじめ、作戦主任、高級軍医、高級主計、連隊副官などに着任の申告をしてから、福田隆一中尉の宿舎にはいった。

第二章　インパール作戦発動

主食がない

かくて昭和十九年二月二十六日、歩兵第五十八連隊本部において、部隊勤務の若い主計将校として働くことになった。我々の宿舎は五坪ばかりの小さなもので、もちろん竹製の野戦建築である。福田隆一中尉と私、それに当番の高田上等兵の三人暮らしである。

私はひととおり挨拶をすますと、福田中尉から旅の疲れを慰められ、ゆっくり休むことにした。福田中尉自身がひじょうに忙しいときなので、その晩のうちに中尉より現在の状況について詳細な説明を聞いた。その概要は次のとおりであった。

ビルマ方面軍（通称、森集団）は南方総軍の指令にもとづき、インド侵攻作戦を実施すべく準備中であった。当初の準備完了期限が極度の輸送困難のため延期され、行動発起を三月十五日と定められた。私の着任が二月二十六日であったから、出発時期は目の前にせまっていた。

各人の携行糧秣は二〇日分で、主食定量一日六合、塩、砂糖、粉味噌《こなみそ》、粉醬油《こなしょうゆ》をはじめとして、缶詰、非常用の乾麵包《かんめんぽう》にいたるすべての項目にわたる。このほかに、馬牛糧を携行することとなっていた。各大隊が戦闘単位となり、大隊ごとに一コ中隊の駄牛部隊を編成し、二〇日分の部隊携行糧秣と弾薬、通信機などを輸送することになっていた。

それゆえ各人の担送重量は最低五〇キロとなり、これで二〇日ないし三〇日の予定の行程となる。山から谷、谷から山のくりかえしを踏破するのである。なんたる無茶な作戦であろうと、私はこれを知らされて痛感した。

この進攻作戦は、牽制的、犠牲的作戦であった。

すなわち昭和十九年初頭には、英国陸海軍部隊は主力をセイロン島に集結して、スマトラの再攻略を企図していた。すでにアンダマン諸島ならびにニコバル諸島には再三、上陸作戦をこころみたが、辛くもわが海軍陸上部隊により喰いとめていた。しかし、事態はますます悪化し、敵の準備は日一日と周到をきわめてきていた。

我が海軍部隊は、太平洋海域の主戦場での活動に忙しく、この方面への援助は事実上困難であった。さりとて南方軍としては、英軍の企図を完全にたたく手段がなかった。

第十五軍（林集団）司令官、牟田口廉也中将の進言により、ビルマ在留の森集団をもって前古未踏のアラカン山脈を踏破し、インドに鉄槌をくわえれば、かならずや英軍の主勢力を印緬国境方面に集結せしめることができる。そして、帝国海軍に余裕ができたとき、インド洋防衛が期待できる。さらに、あわよくば、陸軍のインド進出を成功させ、インド平原の資源で活路を得て、爾後の作戦を持続できるという構想であった。これを換言すれば、南方軍全体の危急を救うために考えられた犠牲的作戦である。

これにたいし大本営、南方総軍、ビルマ方面軍に賛成、反対の議論はあったが、牟田口廉也中将の不屈の態度により実施となったのである。しかし、大本営からの航空軍の援助は得られず、またアラカン山脈は兵站補給の断絶を意味するので、パンパパ以降は、携行糧秣いがいはすべて逐次占領する敵倉庫に残置の糧秣をもって作戦を進めるという、無責任きわまるものであった。じつに惨めな、なんと情けない戦争であろうか。

一日おいて、福田中尉は南コンダンから北コンダンの野戦倉庫に、連絡と衣糧諸品の受領促進のためにでかけた。私は残って代理業務をとっていた。すると、夕刻近くになってから炊事下士官から、この日の部隊在庫状況は、翌日の昼食までしか主食がないということを聞いた。

このことについて、福田中尉からなにも聞いていなかったし、この処置にこまってしまった。取るものも取りあえず、作戦主任の長家大尉（気骨のある昔気質の人で、コヒマの陣地で狙撃されて戦死した）にこのことを報告して処置をあおいだ。

すると、たちどころに一喝された。

「貴官は部隊幾千人の生命をささえる重大な責任を負うているからには、糧秣が何処にあると計算しているばかりではすまされない。兵士の口にはいるまでの責任をもっているのだ」

大声の持ち主が一喝した声は、いまなお耳に残っている。糧秣は、山道を数里もどって駄牛中隊にいけば部隊携行分があるから、これをくりかえて使用することはできると思いつき、さっそく単身ででかけた。

きたときの道を思いだしながら、山道をたどって中隊長の両角中尉に会い、事情を話して三日分を連隊本部まで輸送してもらうことにして帰った。これで欠食騒ぎをおこさずにすんだ。この事件は私の失敗第一号となった。

つぎの日の夜、福田中尉が帰ってきたので報告すると、些細ではあるが、もっとも大切なことを失念していたことを詫び、私の善処を謝してくれた。同時に、私の赴任途中の俸給と諸手当を、旅費とともに支給してくれた。

この翌日、私は南コンダンに出張を命ぜられた。南コンダンの野戦倉庫から連隊への糧秣、衣服の受領の促進をはかり、これを受領して部隊に輸送することを任務とした。南コンダン野戦倉庫では曽我伍長が倉庫長であるという。

私は山道をパンコックまで歩き、パンコックから南に向かう約一里の間、平坦な行程を歩いて南コンダンに着いた。野戦倉庫の手前には、坂田伍長以下七、八名からなる歩兵第五十八連隊の連絡所があった。

私はここに合流して、坂田伍長以下を指揮し、積極的に倉庫から有利に受領できるよう、政治工作を進めることにした。受領は夕方におこなわれ、坂田隊のもつ象部隊と、駄牛中隊からくる牛によって部隊に前送した。

ここにくる途中、パンコックで三浦中尉に会い、先日の礼を申し述べた。永島もすでに到着し、執務中であった。

曽我伍長はおとなしいのだが、一見陰険な感じの男で、当初はなじみにくかった。他隊の主計がきては、有利になるような交渉をしているようなので、私も心臓を強くして交渉に熱中し、常時、倉庫内にいた。

日に三度は、近くに敵空軍のまく爆撃音が聞こえた。それでも夜になって受領がおわり、輸送の牛象部隊が出発してしまうと、ふたたび静寂がおとずれた。私は曽我伍長と身の上話などをして、急速に仲よくなっていった。

毎晩、ここでは一斗缶いっぱいの汁粉をつくり、来客用にしていた。小豆と砂糖をいれ、炉の上において煮ながらすくうのである。私は毎晩、ご馳走になっていた。ときには夕食によばれることもあった。

連隊本部移転

そのうちに、連隊はチンドウィン河に近接したところへ前方移動を開始した。これにともない、急きょ輸送経路を変更せねばならなくなり、パナインの後方二キロの山中に糧秣集積所をもうけることとなった。この仕事はすべて私の仕事とされ、福田中尉は原則として部隊にいた。

工兵隊がかねてより、この方面の山中に自動車道の開設をいそいでいた。それが、このほど完成したので、さっそく南コンダンから、この自動車道によってパナイン後方の集積所に

輸送することにした。（二七頁地図参照）

　このころ、連隊は八両のトラックをもっていた。ほかに、渡河材料中隊のトラックも配属になっていて、ある晩、最初の輸送が実施された。

　工兵隊のもちいたトラックと、我々のトラックとの間に車幅の差があったため、道路が意外にせまかった。また、夜間といえども空襲をおそれて、ライトをつけっぱなしにすることができず、ときどき点滅しながら走る。

　林のなかをいく道は曲がりくねっていて、両側の立木に車体を接触させることがおおかった。運転台の横にすわっていた私は、生きた心地でなかった。

　そのうちに小川にさしかかった。その橋のところで、深い砂地にタイヤが埋没して動けなくなった。車を砂地からひきもどすのに二時間もかかった。橋の幅をはかってみると、トヨタでは橋がせますぎて渡れないことがわかった。

　私は、昼間のうちに一車両だけで、全行程を試運転しておくべきだったし、できればパナイン後方の卸下地点を選定しておくべきだったと後悔したが、おそかった。運転手たちの不平をなだめながら、とにかく同夜は南コンダンにひき返して、翌日、付近の住民を徴用し、経理室の兵力で橋の修理にかかった。

　修理といっても、材料も道具もない。工兵隊に頼みにいく時間もなかった。工兵隊は、この仕事を終えるや他の地域に移動して別の仕事をしているはずで、連絡のとりようもない。思いきって、手っとりばやく自ら修理することにした。

付近の林から太い木を切り倒して、これを組んで橋にかけるのである。壮挙を目前にして、我々は一生懸命に働いたので、素人にしてはりっぱな橋ができあがった。

一日の空費が、連隊の行動にどれだけ支障をあたえたかは知らない。南コンダン基地に帰り、前夜とおなじくトラック四両に軍需品を満載して出発した。橋を無事に通過して、山道の悪路をたどり、真の闇のなかをときどきライトをつけながら進む。

運転手は一種の勘をたよりに運転するので、車輪のガードを立木にぶつけた。車体はひどく左右に揺れる。先頭車の助手台の私は、連日連夜の疲労で、ややもすれば居眠りのでる運転手を厳重に監視している。

山中を遠く走ること数時間で平地にでた。すこし霧のたちこめた空間に、月はまさに沈もうとしている。沈まないうちに向こう側の森林地にはいらなければ、平原のなかで道をまちがえてしまう。心ではやりながらも、注意深く道を見つけながら進む。

ときどき道をうしなう。湿地につっこんでやり直したりするうちに、平原で一時間以上もかかり、月はなくなってしまった、こんなとき、コンサという村落があり、ここで奇跡的に福田中尉の一行に出逢った。

顔もわからぬ暗夜で、パナインへの道を聞こうと車を止めて近寄ると、福田中尉であった。彼は前日、パナイン後方約一里付近を、私がすでに着いているものと思って探しまわっていたが、わからないので、南コンダンに向かってきたところだった。

ちょうどよい所で会った。私は前日の苦心談を語り、遅れたわけを話した。福田中尉が一両目に、私が二両目のトラックに乗り、ここを出発してまもなく森林地にはいった。一時は川に沿っていたが、やがて山の悪路にはいった。

夜明けも近いと思われたころ、そろそろ予定の集積地だろうと思ったとき、私のトラックの運転手が、少時間でよいからどうしても眠らせてくれと、私に訴えた。私はもうすぐだと励ましたが、案の定、数分後に左側の立木に衝突してしまった。

私は不意をくって、前のガラスに額をいやというほどぶつけた。ガラスは破れ、粉々になったが、不思議にも私の顔には異常がなかった。運転手はこれ以上、目をあけていられないというが早いか、深い眠りにはいってしまった。

私も事情やむをえずとして、車が止まったままで眠ってしまった。夜が明けるや、いそいで進行をつづけ、福田中尉らが先着して設定してあったテントの宿舎にはいった。福田中尉らは、無事に六時半ごろに着いていた。

糧秣を卸して、私はこの集積所に頑張ることとなり、福田中尉は数名を残して、前方に去っていった。山中の森林で、だれ一人通る者とてない淋しい所だった。

南コンダンからパナインの集積所までの輸送には、トラックのほかに象部隊も併用してみた。象は輸送量が微々たるもので、速度も遅かったから、集積所から部隊までの輸送に使い、この間はもっぱらトラックによった。

四日後に、私は移転した部隊の所在地まで福田中尉との連絡にでかけた。一人で教えられた目標をたよりに山道を三里半、おそろしいとも思わず夢中で歩いた。

三月九日未明に連隊本部につくと、福田中尉から、私は連隊命令で即日、第三大隊勤務となった旨を聞いた。

前述のように、第三大隊の生方主計中尉がついに入院したので、同中尉が退院してくるまで第三大隊主計として、単独に主計業務をとることになったのである。

当時、第三大隊は連隊本部よりさらに一里半ほど前方、チンドウィン河に面した森林秘匿地にあった。私は三月十二日未明、一人で大隊に到着し、牧岡伍長などのいる大隊経理室にはいった。

夜が明けると、ただちに大隊長の島之江少佐に申告し、大隊本部将校に挨拶して、部隊付きの単独業務についた。さすがに大隊長は、連隊長とくらべると親密な感じをうけた。

申告時に大隊長は、歩五八は新潟の部隊で、新潟人は迂鈍《うどん》ではあるが、一般に誠実で忍耐強い愛すべき性質をもっていること、大隊長は九州の佐賀の人であることなどを説明して、作戦間、若いさかんな力で大隊の給養を担当されたいと要望された。

昼食には、大隊本部の将校による野天での会食があった。大隊長も出席して、私の歓迎会の意味でひらいた旨を述べ、私を紹介してくれた。このときの辛い辛いライスカレーの味は忘れられない。

一同は大隊長のライスカレーには閉口だといいながら、さかんに口のなかに風を吸いこみながら、和気あいあいのうちに昼食をおえた。

三月十五日には、部隊はいよいよチンドウィン河を渡るのである。

大隊の装備は、生方中尉がすべて完了していたので、私は充分な説明を聞いて詳細な計画をたて、部隊の前進にそなえて、いかにして給養を適応させていくべきかを研究した。かくて三月十二日には第十一中隊が渡河し、尖兵中隊として前進していった。

ウ号作戦発動

昭和十九年（一九四四）三月十五日の夜九時、大隊の全員が出発準備を完了して整列した。島之江大隊長より出陣の訓示があり、厳粛な空気のなかに、将兵の唇は緊張して震えていた。午後十時半、周到な準備のもと、第三十一師団では静粛のうちに、ちゃくちゃくとチンドウィン河の渡河がはじめられた。渡河作業隊のあやつる鉄舟が、つぎつぎと闇のなかに消えていった。この夜、大隊主力も渡河を完了し、他の連隊も同時に数ヵ所から渡った。この日まで敵機は執拗に活動し、日本軍の輸送するトラックは一台も残すまじと銃爆撃を続行していたが、当夜にかぎって、爆音ひとつ聞こえない、まったく静かな夜であった。

実のところは、敵はすでに日本軍の渡河計画を熟知していて、渡河を自由にやらせておき、後方のビルマ縦貫鉄道沿線に空挺部隊を降下させて、後方撹乱および輸送の妨害に着手していたのを、さらに拡大する目的があった。我々から見れば不気味なほどの成功であったが、実際は後方を無抵抗状態にして、みずから敵に好ましい状態をつくってやったことになる。

私もいくつ目かの鉄舟に軍装きびしく乗船し、やがて無事対岸に上陸した。

「ウ号作戦」は、ビルマ方面軍隷下の第十五軍の担当でおこなわれた。日本軍の行軍序列は、敵軍に向かって右から第三十一師団（烈）、第十五師団（祭）、第三十三師団（弓）となり、烈兵団はタマンティからメザリ付近において渡河した。烈兵団（師団長・佐藤幸徳中将）は三つの突進隊にわけられた。

右突進隊＝歩一三八連隊第一大隊基幹
中突進隊＝歩一三八連隊主力を前衛とする師団主力
左突進隊＝歩兵団長の指揮する歩五八連隊、山砲三一連隊第二大隊、工兵一コ中隊基幹

左突進隊は、さらに三つの猛進隊にわけられた（左突進隊長・宮崎繁三郎少将）。

右猛進隊長＝森本徳治少佐・第一大隊基幹
中猛進隊長＝長家義照大尉・第二大隊基幹で、歩兵団司令部同行
左猛進隊長＝福永転大佐・連隊主力（第三大隊基幹、大隊長は島之江又次郎少佐）、山砲第二大隊、工兵一コ中隊基幹

攻撃目標は烈兵団がコヒマ、祭、弓両兵団はインパールとなっていた。私の属していた歩兵第五十八連隊第三大隊は大隊本部、第九、十、十一、十二中隊と第三機関銃中隊、大隊砲小隊からなっていた。第十二中隊はもっぱら駄牛中隊となり、軍需品輸送の任にあたる非戦闘中隊で、いわば大隊行李であった。

大隊主力より三日前の三月十二日夜半に、第十一中隊（中隊長・西田将中尉）が尖兵中隊として先発渡河し、河畔から約五里の四九二一高地の敵前進陣地をとらえて激戦の結果、これを占領した旨の電信を三月十四日夕刻に得ていたので、将兵の士気はいやがうえにも揚が

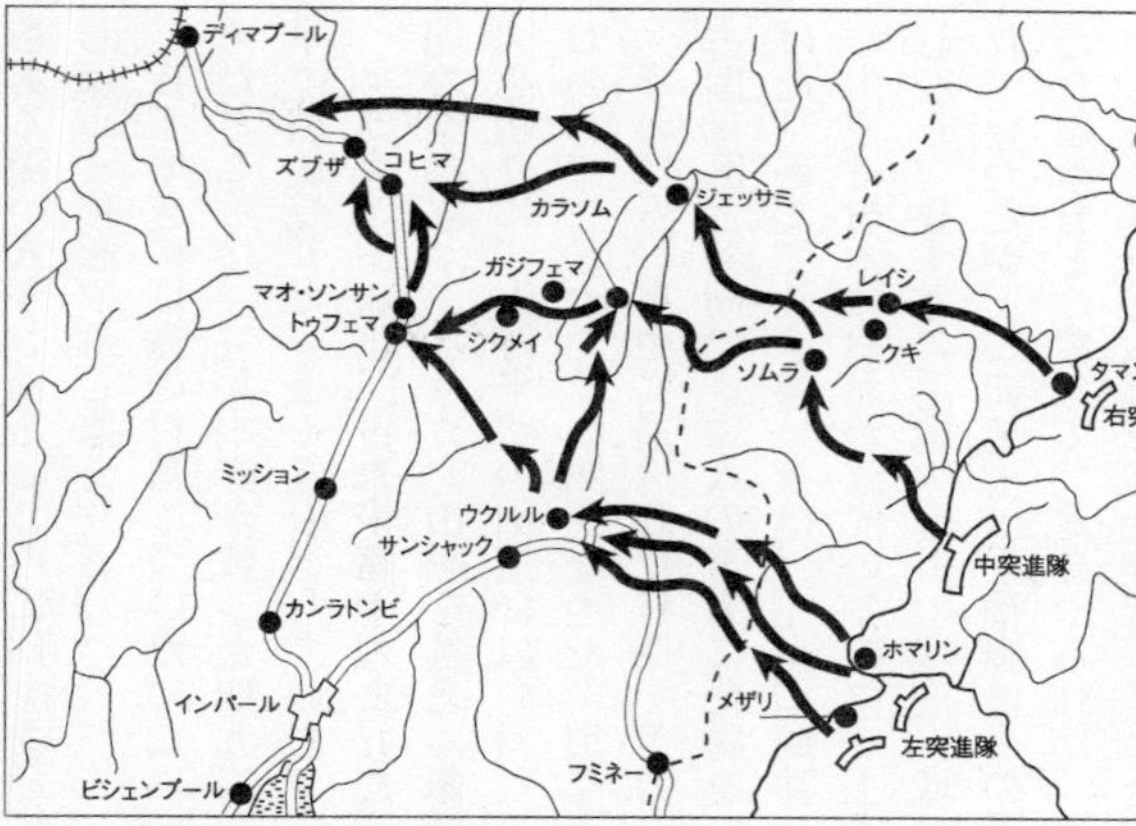

烈第31師団の攻撃路

ったのである。

三月十五日、メザリ付近で無事に渡河を完了した大隊主力は対岸で勢ぞろいし、暗夜を河畔に生い茂る芦原をぬって進んだ。芦は背丈より高く、まったく行方の見通しがつかなかった。二時間もかかって、やっと森林つづきの平地にはいった。

このころ、遅い月が中空に光っており、葉蔭をとおして月光が将兵の横顔を照らしていた。皆ひきしまった面持ちであった。名誉ある西方第一線で、インド進攻に参加する誇りを味わっているようだ。

ときどき深い森林にはいると、まったく進路が見えなくなった。これあるを期して、各人は帽子や背嚢の後ろに白いきれを長く垂らして、後続者が暗いところでも見えるようにしたので、かすかな道しるべとなった。

ビルマは乾季のため、道は乾ききっている。雨季に通行した象の大きな足跡がかたまって、一尺もある深い穴がいたるところに口をあけているので、とても歩きにくい。夜の空気は冷たく、しばらく休憩すると寒くなる。

夜半すぎに山麓の村落についた。ここからが名にしおうアラカン山脈である。山を登りつめたところに、尖兵中隊が戦った四九二一高地の陣地があるのだ。皆が休んでいる間にも、早く山を登りたいとやきもきしていた。

アラカン山脈は、古来未踏の地として、世界の人々から恐れられているという。かつて英国の某参謀が、アラカン山脈を越える軍隊はかならず敗れると予言したという。不案内な地図を頼りに、人跡未踏の山道にはいった。月明かりも山地にはいると、濃いジャングルにおおわれて、まったくの闇となった。道なき道を猛進した。

幸いにも、夜中に通過した村落で苦力《クーリー》を雇うことになったので、だいぶ楽になった。私は古閑軍医と共同で、二人の苦力に荷物をになわせた。ほぼ山を登りきったところで、夜が明けた。かくて壮挙第一夜は、完全に成功して幸先を喜んだ。

山道は樹木におおわれているので、上空にたいする心配がなく、昼間もひきつづき歩いた。しかし、昼すぎに手榴弾地雷の埋没区域があり、早くも多数の犠牲がでた。負傷者は後送されていったが、この地雷は手榴弾ほどの小さいもので、道路の表面に軽く埋められている。これを踏むと炸裂して、足をやられた。草や枯葉に隠されていたので、逆に地面の暴露しているところをえらんで、注意深く歩いた。

この日の午前中に我々は四九二一高地に到着し、ただちに敵の鹵獲倉庫をあらためた。案外と容易にわが手に帰した倉庫に立ち、敵に糧《かて》をもとめる式の補給戦も、さして困難ではなさそうだと錯覚していた。私の胸中には、つぎつぎと得られるであろう軍需品が彷彿として、経理官としての満足を禁じ得なかった。

いくぶん主力より先行していた私は、倉庫から煙草《たばこ》、ミルク、缶詰などを外に持ちだして、通過する各中隊に交付した。被服も多量にあったが、大隊主力はこの高地で休息することもなく通過したので、私は後方からつづいてきた山砲大隊に申し送ると、いそいで前進していった。

この高地をくだると小さな村落があり、水筒に水を補給した。苦力はつぎの村落までの区間傭役で、それ以上は住民の方から応じなかった。

アラカン山脈中はほとんど無人地帯といいきれるが、それでも所々に原住民の村落があった。彼らは「首刈り族」ともいわれる獰猛な人々でナガ族といった。かなり寒いのに、男女とも腰のまわりに簡単なものをおおうだけで、ビルマ人よりはるかに原始的で、文化らしい文化もないようだが、戦いは強そうに見えた。

男も女も顔と手足に刺青《いれずみ》をしており、女は手首、足首に大きな真鍮の輪をはめて、重そうにガチャガチャと音をたてて歩く。足首の輪の数がおおいほど金持ちであり、すなわち美人となるそうである。

家屋は粗末なもので、内部は土間ばかりで、木製の寝台が片隅にある。家財といえば、身長の倍もある竹籠にはいっている籾米くらいのものであった。彼らは常食とする米酒を、細い竹で吸っていた。

酒といっても、竹筒に米をいれて自然発酵させたどぶろくのようなもので、白く濁っていた。これが常食でもあり、飲用水でもあるのだ。米を炊いて食べるのを見たことがない。

他に彼らには牛と水牛がある。これらは夜になると村落に帰って休むが、昼間は水のある低地へ遊びにいく。これを村落共同で管理し、子供が二人ずつ当番制で誘導し、管理している。

ふつう村落は低地の川岸に発生するものであるが、ナガ族の村落はかならず山の頂上にあり、堅固な城壁をめぐらしている。古来、部族間の闘争が激しかったため、山頂で共同体をつくって他の村落を敵視していたものと思われる。

米は低地の川岸にきて栽培する。村落内の一日の仕事は籾をつくことであった。名月のウサギを思わせるように、男女が杵をもって臼《うす》を中にして向かいあい、かけ声をあわせて交互に杵《きね》でつくのである。そして随時、酒で喉をうるおしている。

村落内の日当たりのよい家の前で、よく年老いた男が竹筒からチューチューと音をたてて酒をすっている光景をみかけた。豚と鶏は村落のなかで放し飼いになっていた。

最初の危難

大隊は渡河いらい、二昼夜を歩きとおした。夜行軍の困難さはかくべつで、なかんずく歩五八は新潟編成のため、山地での行軍の速いこと日本一であった。一時間に三分間の休憩のみで、夕方は一五分の炊飯の時間があたえられた。これがすむと、もう行軍がはじまった。

食事の時間は別にあたえられず、三分間の休みに適時、各自で食べる。道なき山道を、部隊は進みに進んだ。大隊長のみ乗馬で、地図を頼りに進路を判断して進んだ。私には、この健脚部隊についていくことさえ、骨が折れた。

三月十七日の昼すぎ、第三大隊主力はマオコットの村落付近で、やっと先遣中隊に追いついた。第十一中隊は、この三叉路で中猛進隊正面の敵が退却してくるのを待ち伏せていたからである。

大隊主力は、ここではじめての大休止三時間があたえられた。暑い日中の光線にあえぎながら、村落にたくわえられていた飲料水を存分に飲んで、いそいで夕食の準備にとりかかった。

将校はとくに手をくだすこともないので、しばし家郷のことや昭南時代、赴任旅行の苦難をなつかしく回想していた。

山地の行軍に飲料水は重大な問題であると思う。一五分の炊事時間でさえ、谷底まで水を探しにいくのが大仕事であった。ときには苦力に太竹をさがさせて、竹をきって節と節の間にたまっている水を使ったものである。

これから先、大隊はコヒマにいたる中間点のウクルルへの一日行程前にある七三七八高地の敵前進基地を急襲、攻略する重要性を痛感していた。十七日の日没前に、今度は第九中隊を尖兵中隊として先発せしめ、大隊主力もやがて出発した。

一部の兵力は作業隊と称して、七三七八高地から退却する敵兵を捕捉する目的で、はやばやと勇躍出発していった。これからは、大隊は今までにも増して急行軍にはいった。

その夜は月もなく、暗い夜道をむやみに歩いた。あるときは山道を、あるときは谷間を歩いた。この晩、私は不幸にも最初の危難に遭遇した。ちょうど渡河から三晩目であった。

各人は背嚢のうしろに紐をつけて、これをうしろの者がにぎって歩き、暗黒内の行軍を可能にしたのである。絶壁をたどる道を眠気いっぱいで歩いているときだった。ほとんどが歩きながら眠っていた、というより眠りながら歩いていたと思う。

大隊副官のうしろを歩いていたはずの私は、思わず左足を絶壁外に踏みこんでしまった。絶体絶命、身にあまる重荷をせおっていた私は、そのままの姿できり立った絶壁を背にして、すべり落ちていった。壁面にはえる植物を夢中でつかまえようとあせるのだが、重い体重のため、ささえるだけのものはない。どんどん速度を増していき、全高一〇〇メートルもある崖の三分の二も落ちたところにあった大岩で、身体が半回転して頭が下になった。

「もうダメだ」と感じた瞬間に、意識をうしなった。しかし、つぎの瞬間に私は谷川の中に落ちこみ、無意識のまま谷川からはいだしていた。谷川の水深が、幸いに腰を没するていどで、しかも頭部から落ちこんだはずなのに、頭部に負傷はまったくおっていなかった。

これらすべてが、ほんの一瞬の出来事で、当然死ぬべき遭難でありながら、一命をとりとめることとなった。ようやく我にかえった私は、ふと落ちてきた方角を見上げると、はるか上の方に懐中電灯の光が三つ四つ、下の方を照らしてホタルのように見えた。

私は「オーイ」と叫んでみた。すると、「オーイ」と返事があって、部隊はにわかに騒がしくなりはじめた。新任の主計官が遭難してしまったので、一刻でも先をあらそう部隊ながら、大隊長以下が休止して無言で私の無事を祈っていたのだそうである。

ところが、意外にも谷底から生きた声がかかったので、その奇跡に驚きかつ喜んでくれた。軍医と衛生兵が谷底まで降りてきてくれるのに、三〇分もかかったように思えた。

「軍医殿が降りていくから、待ってください」

と叫ぶ声が、暗夜にこだました。私は全身に痛みを感じてきた。一〇〇メートルもある懸崖を落ちてきたのだから、全身にわたって打撲傷や擦過傷をうけたものと思った。それでも致命傷がなにひとつなかったので、命拾いをしたのだと思っていた。

谷間を一歩ずつ懐中電灯を頼りに降りてきた軍医一行は、私を丸木橋のところまで担ぎだして、暗夜に懐中電灯の光で応急手当をしてくれた。顔面の擦り傷がひどく痛んだ。この間に大隊長以下は、私に励ましの言葉を残して、ふたたび行軍をつづけていった。

副官の宮地中尉が、こんな大絶壁から落ちて、しかも生命が助かったのだから、この作戦間、私の生命は大丈夫だ、生命を全うすることができるといって励ましてくれた言葉にも、私の状態は耳をかさないようであった。

部隊から残された私たちは、付近に火をたいて野営をし、夜明けを待った。牧岡伍長は焚火のかたわらで長い間、私の身辺を温めて打撲の箇所をもんでくれ、戦友や部下はありがたいものだと感激した。

夜が明けてしまうと、前夜の遭難のことなど忘れたようにさわやかであった。脚と腰が意外に痛く、一寸も動けず、ものを食べるのも困難なほど打たれた顎も危険であった。我々は、ここから二時間も歩けばオンシムという村落があることを知っていたので、一人の兵を先に村落へやって、住民を雇ってきてもらった。

日中は敵機の襲撃をうける危険がおおいのをおかして、私はさっそく担架に乗って前進していった。担架の上で痛みをこらえながら、空襲に神経をとがらせている間にオンシム付近を通過して、やがて道は谷川のある低地にでたので、ここで休憩した。

目の前には大きな裸山が、宇宙を制するように立ちふさがっていた。ふと、母校の神戸商大から六甲山を仰ぐような姿だなあと思った。道は、この巨山を左右にくねりながら登っている。まったくの開豁地で、立木がひとつも存在しなかった。

しかし、一刻もはやく本隊に追及しようとする熱意が、あえて空襲の危険を承知のうえで、この嶮坂を登ることに決した。担架をかつぐ住民は七、八人いたようであったが、彼ら特有の薄気味の悪い低い声で「フン、フン」といいながら、早めの歩調にあわせてうなるのであった。

この山を登りつめるのに、午前中を要した。幸い、敵機に遭遇することはなかった。乾季の太陽が照りつけた。地図での判読では、とっくに印緬国境を通過しているはずで、このあたりまでくると、さすがに空気は寒く、日中でも内地の晩秋のようである。夜は、外套一枚では寒さに震えるようであった。

道を登りきると、さらに奥へ奥へと迂回していた。しかし、もう登り道はなくて楽な行軍となり、木立もまれではなくなっていた。そのかわり、今度は敵軍の偵察機が無気味な音をたてながら飛び、いくどか我らに近接しては山肌すれすれに通りすぎる。

そもそも作戦発起いらい、鬱蒼とした山地を行軍していたため、敵の偵察機にたいしては、暫時道路上に停止するにとどめ、特別に退避することもしなかった。偵察機は存分に飛びまわって帰っていった。

戦闘間において、身体の健否がいかに精神力の充否に影響をあたえるかを、身をもって体験したのも、この頃であった。負傷で動けなくなった身体で、敵機の下を原住民にかつがれて前進するに忍びず、来襲のつど立木の下に停止して、私いがいの者にはそれぞれ隠蔽地に待避させるようにしていた。

山道はふたたびジャングルにはいって、すこしくだっていったが、その日の夕方には七三七八高地の麓にたっしていた。

大隊は全力をあげて、この高地に拠る敵陣地の攻略に従事していた。五〇〇メートル後方に野戦病院がひらかれ、おびただしい負傷者がかつぎこまれていた。すでに第九中隊と第十中隊は、半数ほどの損害をこうむったとのことである。

かくもおおくの負傷者をださねばならなかったのは、もちろん作戦をいそぐため、無理な攻撃をしたことにもよるが、日本軍特有の肉弾突撃に対抗して、自動小銃なる新兵器が英印軍一般で使用され、突撃のさい、至近距離で連発式小銃のこれで対抗するため、わが軍には思わぬ損害となったのである。

やがて山砲大隊の一部が到着したので、自動的に入院となった私は、砲弾の飛びかう山間のジャングルに一夜を明かす結果となった。

苦力が帰ることとなった。同行の者がいそいで部隊を追っていったためであった。

この晩、傾斜のある山肌におかれた担架に寝ている負傷者たちが苦痛を訴え、軍医や衛生兵を呼ぶ声や呻き声が、夜どおしたえなかった。

サンシャック攻撃

つぎの日、七三七八高地の要点を占領したと、新着の負傷者から聞いた。部隊はさらに前進していった。

私はこの青空病院で寝たまま、地面におかれた担架の上で、部隊の前進からとり残されたと思いながら、この山間に二晩をすごした。部隊の状況が心にかかって、とても永くここにとどまってはおられないと心を決め、軍医に心からお願いして、なんとか退院の許可をもらった。

このとき、私はたった一人で、だれも付き添いがいなかった。退院はしたものの、これから先、とても一人での歩行はおぼつかなかった。それでも、部隊に追及して役にたとうとする一念で、一歩一歩と歩きだした。

杖にすがって前進するが、地図もなく、ただ部隊が通過したとおぼしい道をたどるのであった。七三七八高地を登りきったところには、幾棟もの倉庫があって、相当の物資があったようである。敵の頑強な抵抗にあい、占領までに相当な時日をついやしたため、倉庫は無惨にも焼尽されていた。

かすかにまだ余燼がくすぶっていたが、山中のこの困難な地点に、いかにしてこれほどの軍需品を集積したのか、私には想像もできなかった。

道端には逃げおくれた英人、インド人、グルカ人などの兵隊の死体が、十数コころがっていた。行きあうこれらの死体には、別に恐怖を感じなくなっていたが、それでも二日間入院していた私には、この人たちの家郷の者の嘆くであろう姿が彷彿と想像された。

つい先ごろ、戦友が傷ついて野戦病院にかつぎこまれるのを見て、敵愾心がたかぶっていたくせに、死体にはなんの恨みも憎しみも感じなかった。

この高地をすぎると、道はぐんぐんとくだりになっていた。この夜は心細い夜で、不自由な身体をもてあましながら、雨の降る道をたどり、ついに野営することに決めた。身体が不自由なために、雨を防ぐだけの設備ができない。

そこに山砲一コ中隊が通りかかって、私のいる場所の近くで露営することになった。私もこの群れにいれてもらい、焚火にあたって濡れて冷えた身体をいくぶん温めることができた。戦闘間に自隊から離れることの心細さを、つくづく感じさせられた。

翌日早く、この山砲中隊が前進していったので、私は濡れてぶるぶる震える身体をやっと動かしながら、出発の支度をして、また一人で歩き出した。

わびしくくじかれた弱い気力も、追及の一念があったればこそ、つぎの日にはウクルルの町に着くことができた。ウクルルはチンドウィン河からコヒマにいたる行程の中間にある要地であり、人口はすくないが、英人の建設したきれいな町である。まったく山にかこまれた盆地で、郵便局のあとが師団の野戦倉庫となっており、材木会社のあとに歩五八の経理室が陣どっていた。

そこから五〇メートルばかり先に第三大隊の経理室があって、渡辺軍曹はじめが適宜の活動を開始していた。私はここに装具をおいて一泊し、くずれてぐたぐたになりそうな身体を休めることができた。翌日は戦況の説明を聞いてから、付近の村落まで豚の調弁にでかけた。

前述のとおり第三十一師団（烈）の前進攻撃目標はコヒマで、その左側には第十五師団（祭）があり、第三十三師団とともにインパールに向かうことになっていた。私の属していた歩五八は烈の左突進隊となったから、烈と祭の戦闘地境に接していたのである。

サンシャックはウクルルから南に約二里のところにあり、ここに英軍は航空機と連繫した堅固な陣地をきずいていた。ここは祭兵団の戦闘地域内にあるため、当然、攻撃は祭兵団の任務であった。

しかし、烈兵団が渡河いらい数度の激戦をへながら、駿足でウクルルに到着したとき、祭兵団はまだこの線に進出しておらず、はるかに遅れていた。

ウクルルにはいった歩五八は、歩兵団長の命により、祭の到着までこれにかわってサンシャックを攻撃することとなり、休む間もなく攻撃を開始した。戦捷の意気にはやる烈兵団は、元気よく祭兵団を尻目にまわして戦った。敵は予想外に強く、渡河いらいの激戦となった。

三月二十一日、第三大隊より早くウクルルに進出した第二大隊（中猛進隊）は、ただちにサンシャックにいたり、夕刻から攻撃をはじめた。村落の北東方に重畳してつくられた敵陣の攻略は、死傷のみおおく成果がすくなかった。

二十四日夕刻に戦場に到着した第三大隊が、左側から戦いに参加した。圧倒的な敵の砲火でにわかに消耗し、二十五日の歩兵砲、山砲各一門の到着でおこなった二十六日未明の攻撃でも、難渋をきわめた。

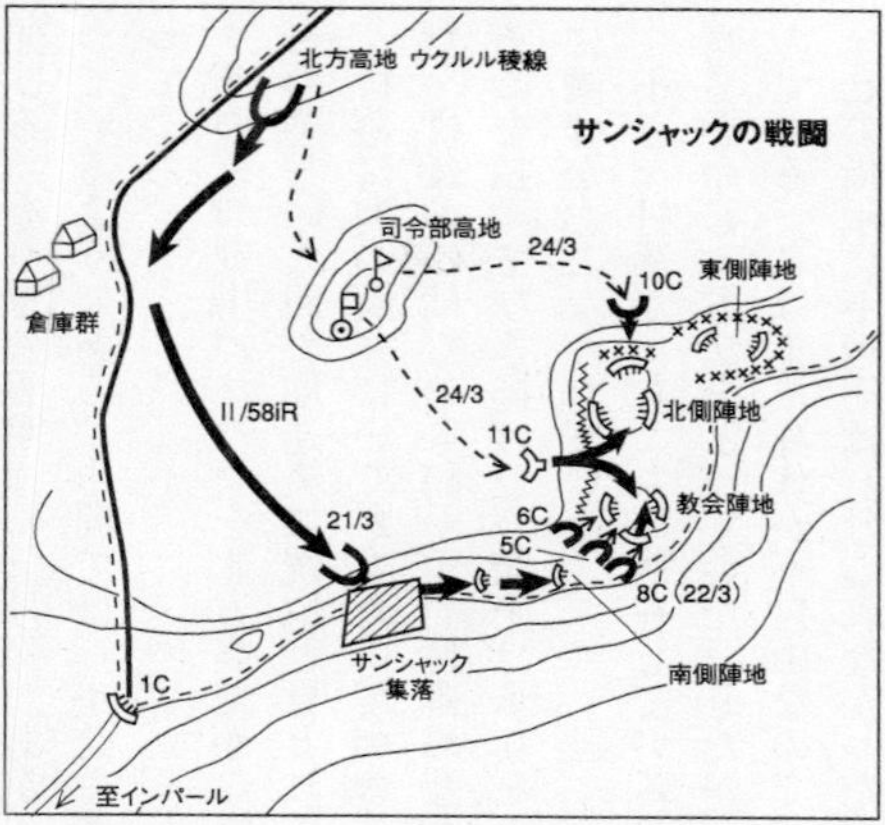

同夜半、連隊長が軍旗を奉じての総攻撃を発起する寸前に、敵はぼう大な軍需品を残して、戦場から突如として消えうせた。この間の日本側の死傷は五〇〇人、とくに中隊長以下の幹部多数の喪失は傷手であった。

サンシャックの北方高地からは、サンシャックの戦闘が手にとるように明瞭に眺められた。日中は敵機が、たえ間なくサンシャック上空を飛びまわっている。

夜になると、銃砲の弾丸が弧をえがいて大きく伸びる。赤や青の照明弾や信号弾があがる。中間の低地をはさんで、両側の高地間で射ちあっているようである。中間では、小銃や機関銃弾が糸をひいて流れ、花火のような音が伝わってくる。

その夜の戦場パノラマを北方高地から眺めていた私は、人類が闘争する恐怖を忘れ、暫時この美しい人間の創造美に恍惚《こうこつ》と見とれていた。

村落に肉の調弁にいくと、たいていの住民は逃避してしまっていて、老人のみが残っていた。村長のこばむのも聞かず、村落のなかで遊んでいる豚を一九頭撃ち殺し、二〇〇円そこそこを払ってひき揚げた。精米は歩兵第五十八連隊本部が一括して、福田（隆）中尉のもとに調弁がおこなわれていた。

小さな村落があちこちに散在しているので、これらをたばねる大村長を招集して、供出割当てを命じる方法をとっていた。したがって、大隊経理室はもっぱら副食の蒐集に専念したのである。私はまだ身体が不自由なので、ただ命令、口令をおこなうだけであった。

私の指示に不適切は避けられなかったが、中支いらい、作戦を継続的に経験してきたわが経理室勤務者たちは、私の主旨を体して、充分に活動してくれたので、直接戦闘に従事した将兵に、糧食の不自由を感じさせずにすんだ。

六日間にわたる、かくも犠牲のおおい苦闘にくらべ、英軍のたぶんに戦略的な撤退で、軍需品をそのままにしていったので、我々は期せずして多大の戦利品にありついた。

ここでうしなった重要人物のなかでも、オンシム付近で私が遭難したとき、奇跡的に助かった私に、本作戦間の私の安全を保証して励ましてくれた宮地副官は、この戦闘間に敵迫撃砲の直撃弾をあびて飛散し、死体のあとかたもなかったと聞き、ひときわショックをうけた。副官という、とくに難しい立場にいた宮地中尉は、不思議にも大隊中の全将兵に尊敬され、愛された人物であった。また、宮地中尉はかつてオリンピックの水泳の選手で、祖国の栄誉を双肩になっていたとのことであった。これをサンシャックの戦闘と呼び、全員の脳裏に深くきざみつけられたのである。

これで第三大隊は、二コ中隊のほとんどをうしなったため、再編成をおこなった。また、大隊行李となった第十二中隊は、いぜん弾薬、糧秣の輸送に任じていたが、状況上、このときから一般第一線中隊に編入されてしまった。

私は敵城の陥落と同時に、ふたたびウクルルにもどった。福田中尉が掌握していた敵倉庫から運びこまれるトラック満載の糧秣をうけ取り、これをウクルルに集積して各中隊に分配するとともに、師団野戦倉庫からも敵産の糧秣を受領していた。

翌三月二十七日になると、戦闘に疲れきった前線将兵がウクルルにもどってきた。これらの積みあげた糧秣を交付し、コヒマまでのぶんを確保したのである。

また、多数の駄牛をつれて山中を踏破してきた第十二中隊の一部が到着したので、追送品の粉味噌と白砂糖をうけ取り、これも交付した。

兵たちは敵の乾パン、ミルク、砂糖、コーンビーフ、チーズなどを、めずらしそうにひじり食っていた。サンシャックで時間をついやした連隊は、ウクルルには約三時間しか休止しなかった。

行軍の準備を完了するや、いよいよ敵の主陣地コヒマをめざして前進を開始していた。三月二十七日の夜であった。

第三章　コヒマの攻防

ガジフェマにて

すでに三度におよぶ敵との遭遇により、勝利は得たものの、兵力は半分に減ってしまった。私は、これで次の戦闘に大隊としての戦闘力を発揮できるのかと案じたが、部隊はかまわず嶮路を越えて、北へ北へと向かっていった。

これからは村落らしきところには泊らず、寒さのために夜は悩まされた。どちらかというと夜行軍をつづけることがおおく、いま思っても、真の暗黒のなかを、人馬のあとについて相当な速度で山の上り下りを、しかもいまだ不自由な身体でついていく努力は、ひとかたならぬもので、ぞっとするほどであった。

ウクルル以降は、敵機による銃撃が頻繁になり、駄牛、駄馬部隊は相当な損害をうけたようであった。山また山でかこまれているので、敵機が真近の山の頂上に姿をあらわすまで、爆音がまったく聞こえないため、駄牛部隊は逃避する余裕がなかったからである。（四五頁

地図参照)

やがて、部隊がカラソムの英軍陣地を目の前にひかえた谷間に降りたとき、歩一三八の一コ大隊がカラソムを攻略中であった。このため、これがすむまで我らは谷間に休止することになった。

この先着部隊は、数日前から当地にあった。しかし、陣地の地形が敵に有利で、これをいっきょに攻めるには、ぜひとも砲兵の協力が必要との理由で、山砲の到着を待っていたのであった。わが歩五八はこれを見るに忍びず、協力するから砲兵なしで攻略を開始するよう提案した。だが歩一三八は、ここは同隊の名誉のために、我々の協力は得たくないと拒否した。

わが方は三度の激戦を経験しているので、敵にかんする事情を知りつくしていた。カラソムに大兵力はおいていないと判断したのにたいし、歩一三八はいまだ敵軍に遭遇したことがなく、この陣地を過大評価していたのではないかと思われる。攻撃をしかけて見なければ敵情がよくわからないのが、本作戦の特徴であった。

また、歩五八はすでに敵産物資を取り、珍しい戦利品を得ていたが、彼らには、そのような機会が一度もあたえられていなかった。ここだけは、歩一三八だけで取って、戦利品の恩恵にあずかりたいのだと、私の付近に寝そべっていた兵たちが、もっともらしく語っていた。

その次の日、山砲が到着し、いよいよ歩砲連合の攻撃がはじまった。はたして、案外わけもなくこの山頂を占領し、カラソムの敵兵は逃げ去った。歩一三八は奈良編成の部隊で、奈良、京都、大阪の者が大部分で、軍規のだらしない部隊だと、歩五八の兵たちが語っていた。

これに反し、歩五八は新潟県の者がおおく、鈍重ながら忍耐、従順にとんだ部隊で、戦闘においては勇敢無比で、皇軍の名誉と期待を一身に集めた部隊であったと思う。

ここに待機中、私は新大隊副官の高橋准尉より、サンシャックで奪ったという敵のインド銀貨をうけ取った。

一日行程のあと、大隊はガジフェマという村落が山頂に見える山麓に夕刻に到着して、しばらく休止することとなった。その間に村落から牛と米を調達すると、部隊は夜にかけて西方に向け出発していった。

私以下八名は、大隊長の命によって、ガジフェマにおいて、大隊のコヒマにおける戦闘以降の主食の確保地とするふくみで、とりあえず集められるだけの精米を前送するために、ここに残ることになった。コヒマが間近となったこの地点に、爾後の主食供給源をつくっておく重要性は明白であった。なぜ、この考えを私が思いついて大隊長に進言できなかったのかと、新米の主計の無能をこのときほど痛感させられた。

同夜は、連日の疲労のため山麓に眠り、翌日早朝、一行八名は急坂を登ってガジフェマにはいり、仕事にとりかかった。山頂の村落なので、早朝の澄みきった空気を通して、遠くの山々まで眺められた。

ひととおり村落の中を歩いてみると、恐怖と敵意が感じられた。まったく言語の通じないなかで、村長とおぼしい人物を呼んで、手まね、身振りで意志を表示したが、我々が米を欲しがっていることは通じたようだった。

私は、ここでインド銀貨を使用するのが適当と考え、銀貨をしめしながら、各戸より二バスケット（一バスケットは一六ピース、一ピースは約一・八キロだから二バスケットは約五八キロ）の精米を、夕方までに供出するよう命じた。村長はこれを了解できたようで、みずから各戸をまわって、この命令を告げた。

住民たちは各個に集まって、ぶつぶつと長い間、話しあっていたが、間もなく各戸では夫婦で米をつきだした。前夜、我々は米と牛を調達したばかりで、彼らにとってはまたも貴重な食料の供出を要求されたのである。ことによっては、首狩り族ともいわれるこの好戦的な民族が結束すれば、我々八名はたちどころに皆殺しになったかもしれず、村長の威圧がモノをいうのだと痛感した。

皆が仕事をしだしたので、我々は安心して、しばらく作業を眺めていた。このとき、敵偵察機が二機、南方の雲間からあらわれて、山頂のこの村落の周囲を二、三回旋回していった。

昼すぎ、我々は一軒の軒下で昼食をとり、そのまま米の供出時間まで休息していた。夕刻、約束の時刻に村落中央の広場にいくと、住民はそれぞれ袋や竹籠に米をいれて、我々のもとに集まってきた。我々はこれをうけとり、対価としてインド銀貨を支払った。予定の数量は、容易に集まりそうに思えた。

かくて購買、集積をほぼおえたとき、がぜん南方の山のいただきに英戦闘機をまじえたコンソリデーテッド爆撃機が現出し、六機でこちらに向かってくるではないか。これまで損傷をうけたことのないこの村落の住民は、航空機の銃爆撃の恐ろしさを知っていないらしい。

私は彼らに恐怖をおぼえさせない方法で、静かに各自に帰宅するように命じた。私は下士官三人とともに、すぐ近くの民家の軒下にはいった。敵機は六機とも、村落の周辺を二周していた。そして、もとの方向に帰っていくかに見えた。

突然、機首をこちらに転じてひき返してくると、今度は村落の真上をすれすれに飛び、十数発の爆弾を投下した。あいついで村落のあちこちに落下して破裂する音と震動で、我々の体をゆさぶった。耳が「ぐわーん」として、聞こえなくなるほどであった。

敵機はやつぎばやに銃撃にうつった。集積した米が広場に置かれてあったので、日本軍がこの村落にいることが、敵機からもあきらかに察知されたようだ。我々が退避した軒下はせまく、身体を隠す場所もない。上空を通過する敵機からすれば、丸見えであったにちがいない。

銃撃をうけている間、じっと目を閉じて、自分の身体をすこしでも小さくするように、夢中で海老のように体を丸めていた。私はこのときほど、自分の身体を大きく感じたことはなかった。

この家は、村落でもっとも中央の、もっとも高い所にあったので、銃撃は例外なくこの家屋に命中した。私から二、三寸しか離れていないところにも、機関銃の鉄鋼弾がつき刺さったり、飛散して金属性の音がばらまかれた。

そのうちに、一人の下士官が私の止めるのもきかず、たまりかねて三〇メートルばかり離れた掘割りに向かってとびだしていったので、ひやりとした。

銃撃は六機により、一二、三回も反復しておこなわれたが、我々には一発も当たらなかったのは、奇跡であったといわざるを得ない。身のまわりに薬莢《やっきょう》が散乱しているのを見て、思わずぞっとし、わが身の安全をことさらに確認する気になった。

敵機が去って外にでて見ると、真っ暗になった空に、村落の三ヵ所から火がでて、濛々《もうもう》たる火炎につつまれていた。おそらく最初の爆弾が焼夷弾であったのだろう。住民たちは泣きわめきながら家財をもって右往左往し、村落から退避しようとしていた。

つい先刻までの、余裕ある親しげな彼らの気持ちは、一瞬にして殺気をおびた緊迫したものとかわっていた。私たちは彼らにかける言葉もなく、音をたてて焼けくずれる家屋を、同情の目で眺めていた。

私には住民たちが、これはすべて日本軍の責任で、日本軍がいたからこのようなことになったのだと、いわんばかりの顔付きであるように思えた。別に退避していた経理室の兵隊たちも、全員が無事であるとの報告をうけるまでは、無性に心配でならなかった。

この事件により、この村落で蒐集した精米を部隊まで搬送する労力が得られなくなった。やむをえず、近隣の三、四里もはなれた山頂の村落にいって、所要の労力を集める努力と時間をついやしたのであった。やっとのことで約五〇人の苦力《クーリー》にガジフェマの米をかつがせて出発した。

コヒマへの道

ガジフェマからの行程は、ずっと森林におおわれた山道で、西に向かって上り下りのけわしいものであった。日中はかすかに木陰からもれる光線もにぶく、ちょうど秋の奥山にハイキングをするのに似ていた。五〇人の苦力を監視しながら、しかも途中二泊しており、その間の苦労はなみたいていのものではなかった。

ともすれば速い歩調の苦力に先頭をとられ、駆け足でこれについていかねばならなかった。私は当番兵、牧岡伍長とともに、輸送苦力隊より先にたって歩きだした。やがて、シクメイという割りに大きな山中の村落で、大隊主力に追及した。さっそく、大隊長や副官と爾後の詳細な打ちあわせをして、部隊の行軍予定路をくわしく聞きだした。残念ながら、苦力の一隊が到着しないうちに、大隊は先をいそいでシクメイを出発していった。

我々三名はここに拠点をおき、主に精米と肉類を調弁した。そして、この村落で無理やり苦力を徴発したところに、ガジフェマの苦力隊が到着したので、これをあわせて出発した。

山道は道幅がひろくなり、五メートルくらいはあったので歩行が楽になった。途中、ジープが道端にころがっていて、付近に英人やインド人の死体が散見されたが、部隊を追って西に向かう。

最後の山を登りつめると、道は山の八合目あたりを迂回するようになり、ここからは開豁《かいかつ》地帯となった。約半日間の行程はまったく立木がなく、空襲をうけると手のうちようもない所であった。私は多数の苦力をともなって、危険を冒しても部隊追及のために前進を決心した。幸い敵機の来襲もなく、つぎの日にはマオ・ソンサンの南方のトゥフェマに到着していた。

マオ・ソンサン、トゥフェマは、いずれもコヒマ〜インパール間の幹線道路に沿う村落で、道路はトラック五台がならんで通れるくらいの幅員があった。もちろん完全舗装道路で、山肌をめぐっており、すべて山の八合目あたりの横っ腹につくられていた。

こんな山奥の人気のすくない所に、よくもこんなにりっぱな道路をつくったものだと感心する。それとともに、ひさしぶりに人間らしい行軍ができることを喜んだ。

英軍は昭和十二年の支那事変勃発のころに、日本軍がかならず印緬作戦を実行するだろうと某将軍が予断して、いらい七年計画でコヒマ〜インパール道を開設し、最近完成したばかりだという。

この道路を北にいくと、間もなくマオ・ソンサンにはいる。マオ・ソンサンまで、苦力は二日の行程を搬送してきたので、どうしてもここから帰るといってきかない。やむをえず、賃金を払って帰した。

苦力がはこんできた糧秣は、本道に沿って山の手にある大きな鉄筋の建物にいれ、我々もここで一夜を明かした。やっとの思いで今、我々はコヒマ〜インパール間の幹線道路まで進出したかと思うと、ひどく疲れているのに、なかなか寝つかれなかった。

翌朝早く、英軍爆撃機二機が道路に沿って北上していったが、道端に止まっていた捕獲のトラック二両を狙ったようで、たちまち大きな音をたてて燃えてしまった。

マオ・ソンサンには、歩五八の連隊本部に属する部隊がすでに滞在していた。村落の家屋にいたのでは危険であるため、村を中心として森林地帯に天幕宿舎をつくっていた。さすがメイン・ロードにでただけのことはあって、敵の空襲は激しく、かつ念いりにくりかえす。日本兵を見つけしだい、銃撃をしたり、爆弾を落としてくる。

私は各方面に連絡をとって、おぼろ気ながら現状が明らかとなったので、蒐集した糧秣は監視兵二名とともにこの場所に残置して、私以下、他の者は一刻も早くコヒマへ前進していった。

当時、歩五八は旧コヒマおよび要点の攻略を終了して、なお残存する敵陣地を攻撃中であるとの報を得ていた。我々は夜になるのを待って、アスファルト道を北上していた。道路には、捕獲した英軍自動車がさかんに往来する。

マオ・ソンサンからコヒマまで約二〇マイルであるが、コヒマから自隊に連絡に帰る兵たちは、捕獲した英軍の巻煙草を吸っていた。我々は、夜間空襲があればほどこす術もない夜のアスファルト道を、ほとんど休憩もせずに急進した。時に昭和十九年四月五日の深更であった。

そして冒頭に記したとおり、コヒマに到達したのであるが、そこに待ちうけていたのは、兵站線をもたない軍隊の約二ヵ月にわたる長期持久戦であった。

長期持久陣地攻防戦

コヒマ～ディマプール道とコヒマ～インパール道にかこまれた地区に連立して存在する英

陣地群、イヌ、サル、ウシ、ウマ、ヤギを南方から第二大隊が、北方から第三大隊によって、くりかえし肉弾攻撃をもって奪取せんと、必死の努力を傾注した時期が長期持久戦の前段であった。

旧コヒマを占領した当初は、ナガ集落の南方、ディマプール～インパール道からジェッサミ道が分岐する、いわゆる三叉路の南につらなる英印軍の残存陣地を奪取することは必定と見ていた。そのつぎには、歩兵第五十八連隊が敵をズブザまで追撃し、その後は歩兵第百三十八連隊がディマプールまで追撃する。

歩五八はコヒマ～ズブザ間にバラック生活をして駐留する予定なので、私は大隊長の指示により、ただちに駐留に必要な生活資材を蒐集することになった。コヒマのナガ集落をはじめ、英軍倉庫や旧英軍宿舎を探しまわって、ミシン、ナイフ、フォーク、スプーン、皿類をはじめ、石油ランプ、灯火材料、蓄音機、天幕など、多岐にわたる物資を相当量集積した。

しかし、かんじんの敵陣地の争奪戦がえんえんとつづき、戦況はとんでもない方向に進んでいった。連日連夜、肉薄攻撃をくりかえしても、戦線は一歩も進まなくなった。

もともと中国や南方作戦で、戦況が不利に持続するとき、これをいっきょに打開するための「突撃」は日本軍専用の戦法であった。軍旗を奉じて総攻撃にはいると、敵は気力に圧倒されて、陣地を放棄して退却するものと信じられていた。

ところが、このたびの戦闘では、日本軍の突撃を制するのに自動小銃が出現した。この自動小銃が、コヒマにいたる以前の戦闘で、日本軍の損害を充分におおからしめたのである。

突撃をもって日本兵が一〇～二〇メートルの至近距離にくるや、英軍は自動小銃を腰のあたりにあてたまま、連続発射した。命中率は問題ではなく、至近距離のため、日本兵はまずほとんど斃された。

突撃の気力に圧倒されて逃げることのないよう、インド人の兵隊の足を立木にしばりつけてあったと、突撃に参加した兵隊から聞いたこともある。陣地を占領後、敵兵の遺棄死体を見ての言だと思う。

コヒマにきてからは、グルカ兵が第一線に立つと、恐怖心を忘れたような勇敢さと、航空機、砲兵の圧倒的な量とあいまって、きわめて手強い相手となった。この自動小銃は携行にひじょうに便利で、押収した自動小銃を軽そうに肩に乗せて歩く日本兵を、ときどき見かけたものである。

コヒマにおける陣地攻撃では、敵の手榴弾にも悩まされた。毎晩といってよいほど、第一線中隊は肉薄攻撃隊を組織して、配属工兵の数名とともにサルの陣地やイヌの陣地を攻撃した。

彼我の第一線は、くぼ地をへだてて数十メートルしか離れていない。昼間は敵機の銃撃にみまわれるほかは、壕の中にいるので、爆撃や砲弾には比較的に安全で、むしろ大隊本部や砲兵陣地の損害がおおかった。第一線中隊は、もっぱら夜間の攻撃に終始した。

夜中に第一線をはなれた肉薄攻撃班は、いったんくぼ地に下り、そこから切りたった絶壁の上に敵陣をあおぎ見るのである。敵陣地は山塊の旧兵舎の床下に掘られていて、掩蓋をもっている。敵兵はその間隙から手をだして、手榴弾を投げ落とすのである。

わが忠勇なる兵たちは、くぼ地に一面にばらまかれている空缶を、暗夜にたくみに避けて壁をよじ登ろうとするが、投下された手榴弾に斃れるのであった。

肉薄攻撃は、ほとんど毎晩のように敢行されたが、死傷者をだすばかりであった。一コ大隊から毎晩、一五~二〇名の犠牲者が本部の医務班に運びこまれた。また、これとは別に、連隊を統一した連隊旗を擁しての総攻撃も、砲兵の援護下におこなわれた。前後十数回にわたって敢行されたにもかかわらず、イヌの陣地の攻略は成功しなかった。

中支の戦闘では、いかなる難敵といえども、連隊旗を擁した突撃で敵陣のおちなかったためしはなかったという。敵陣の堅固であったことといがいに、敵砲兵の圧倒的な量の優位があったためと思われる。

このころ、大隊の炊事場は大隊本部内の旧英軍兵舎の中にもうけられていた。第一線中隊と機関銃中隊のぶんは、経理室の人員で炊事をして前線にとどけることにしていた。大隊本部、大隊砲、配属工兵などには現品を支給して、同所で各隊から派遣される兵に炊事させていた。

経理室の夜の仕事は、この炊事に終始させられた。炊事に不可欠の水は、谷底の水流まで降りていって、人力でバケツに汲んでくるほかに方法はなかった。水汲みには、往復半時間もかかったのである。

これに従事した勤務兵の苦労は、察するにあまりがある。夜といえども、砲や迫撃砲は昼間とかわることなく、太鼓を打つような発射音があると、何十、何百発がまとまっておなじ区域に、しかも、今度はこのあたり、次はまた別のところに落下する。ことにわが大隊本部を狙った弾丸は、たいていこの谷間に落ちた。夜間、谷間の道の険しさと、砲弾を避けながら大きなバケツで水を運びあげるのは、ひと苦労やふた苦労ではなかったであろう。

給養の献立といっても、経理学校の栄養学で学んだことは、まるであてはまらず、一日分は大きな握り飯に塩をまぶしたもの二コと、あるときは英軍から押収した缶詰肉を添加したり、しなかったりで、ときにはメリケン粉でつくったダンゴを給した。

とにかく、夜が静かになってから夜明けまでに一〇〇〇コほどの（当初は二〇〇〇コ）握り飯をつくり、夜の明けないうちに、これを背負えるようになった竹籠にいれて、敵陣にたいして暴露している傾斜面を駆けおりて第一線中隊に渡し、いそいでひき揚げてくるのが、経理室要員の日々の仕事であった。

飲料水の補給は比較的に容易であった。チンドウィン河を出発のさいは、竹筒が水筒がわりに準備されていたが、コヒマでは英軍被服庫から大量の水筒を押収したので、これに水をつめて前線に運び、翌日は同数の別の水筒に水をいれて運び、前日のカラになったものを持ち帰る方法をとった。

のちに人員不足で、師団の防疫給水部の援助をうけたが、他部隊のためか誠意がなく、また自隊で無理をおかしておこなうようになった。

消えた三浦主計

給養が軌道に乗ると、私はしばしば野戦倉庫や連隊本部の経理室に、受領や連絡のためにでかけた。野戦倉庫は当時、コヒマ～ジェッサミ道の三マイル地点と一二マイル地点にあって、前者は裏本道をコヒマ村落のある五一二〇高地の麓道を、ぐるっとまわったうしろ側に位置していた。

二マイルの地点をすぎて山地のうしろ側にはいると、前線の危機感から解放されて、別天地に遊ぶような心の安らぎを感じて、ひと息つくのであった。一二マイルの野戦倉庫は田中大尉が担当していたが、ここまでくると、まったくの別世界であった。彼は後背のナガ集落を中心に糧秣を調弁して、三マイルの倉庫に前送するのを業としていた。

ある日、私はいかに困難な戦況下とはいえ、前線に副食の不足を痛感したので、日中、経理室の全員を動員して副食探しに、あてのない努力をこころみることにした。私と当番兵は旧コヒマへ豚を射ちに、他の者は牛をとらえにいった。

ところがこの日、三浦主計伍長が行方不明となり、夕方になっても帰ってこなかった。私は彼が、他の者たちと一緒に牛をとらえにいったものとばかり思っていたが、彼がどのあたりから見えなくなったか、彼と同行したはずの関係者にただしても、どうも要領を得ない。

出発時には、たしかに一緒だったことだけはわかったのだが、途中で道をあやまって敵中に斃れたものと思われる。経理部将校にとって、ほんらいの部下とは主計下士官のみである。三浦主計伍長をうしなって、私は気も遠くなるほどであったし、またその責任も感じた。幸い、中川主計伍長が残っていたので、仕事が急に困ることにならないですんだが、三浦はその後も永久に帰ってこなかった。

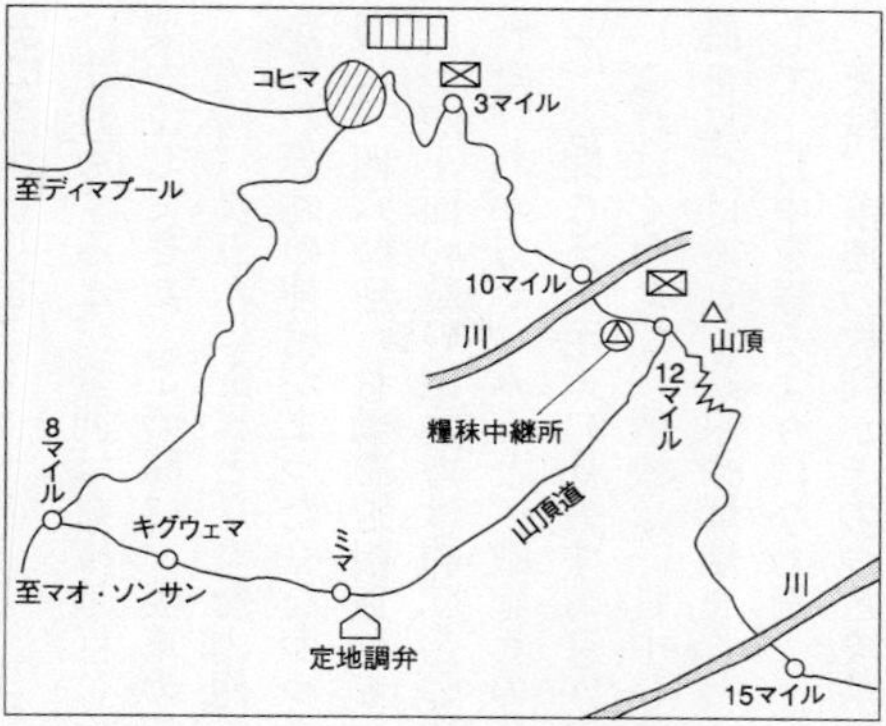

夜どおし炊事をする経理室は、昼間は待避して眠った。押収した英軍の塩倉にちかい防空壕にはいるのを常としたが、ある日、谷間に沿って飛来した英軍機二機が、私の壕から二、三〇メートルしか離れていない精米倉庫に大型爆弾を二発落とした。そこには、英軍のインド兵のために精米が貯蔵されていたのであるが、その中にさらに壕が掘ってあって、日本軍の電報班と無線班がいた。

爆弾は、倉庫の屋根を粉砕したうえに、一発が壕に命中したため、通信兵が生き埋めとなった。私はここでも危難をまぬがれた。

私は、この爆撃でできた大穴を寝場所にしようと思った。わが当番兵がむきになって異議をとなえたので断念し、以前とおなじ塩倉にとどまった。

すると、翌日もまったくおなじ箇所が爆撃をうけて、おなじ大穴がさらに掘り返された。前日、生き埋めとなった兵隊の死体が地上にあらわれて、小山の頂上に上半身をつきだしていた。この死体は数日間、そのままにされていた。

半月もすると、昼間は倉庫地区にいることが困難になり、待避場所を別の位置にうつす必要が生じてきた。この間に、英軍の使用する砲の数がかくだんに増強されたためと思う。

当時、歩五八に配属となった山砲の射ちだす弾丸は、日にせいぜい四〇発であった。後方からの弾丸の補給がまったくなかったことと、日中はとにかく赤トンボといわれた英軍偵察機に、四六時中、行動を監視されていたのであるから、やむを得ないことであった。

わが正面の敵の砲兵力は約二〇〇門といわれ、日に発射される弾丸数は四万発以上といわれた。わが方からみると、敵砲兵の発射音は太鼓をたたくように「ダ、ダ、ダン、ダン、ダン」と聞こえ、至近に炸裂する音がひっきりなしにつづくのであった。

これにくわえて、敵機は一日中ひっきりなしにわが上空を飛びまわり、日本軍の将兵や施設を見つけると、銃撃や爆撃をくわえるようになった。私たちは谷底の大きな岩の間に逃避して、日中を送るようになった。

夜は、前述の放列がそのつど攻撃地点を変換しながら、おびただしい集中射撃を実施した。だいたい真夜中すぎまでつづき、午前二時ころから夜明け前までが、ようやく天地が静寂をとりもどすのであった。したがって我々は、日中は不気味な爆音や砲弾の炸裂音を聞きながら睡眠をひじり、夜は砲弾の弾着地点を判別しながら精力的にたち働くのであった。

このころまでに第三大隊では、兵力の損耗が激しく、行李が前線にかりだされていたため、野戦倉庫でせっかく受領した糧秣を、自隊まで運ぶことがかんたんにはできなくなった。食うことが、戦闘遂行に最重要な前提であるにもかかわらず、第一線をささえるために、また人員不足から、どうしても行李を輸送業務に使うことが許されなくなった。

苦労して野戦倉庫から受領した食糧が、前送できずにそのままになっていた。私は大隊長の代理として、師団内の各方面と折衝し、やっとこの糧秣を、他隊の手で輸送してもらえるようとり決めができた。

毎日、師団の衛生隊が前線から負傷者をさげるのに、トラックで担架を持ってくる。そのとき、トラックは空《から》なので、この便を使わせてもらうことにしたのである。このことを島之江大隊長に報告すると、大変に喜んでくれた。

当時の戦死者、戦傷者の実情をみると、じつに前古未曾有の惨烈、悲惨きわまるものであった。第一線で戦死した者は、現地または大隊本部の地で火葬にされ、戦友が小指の骨を切りとって保管した。

負傷者は患者収容隊によって毎晩、大隊本部の位置に運ばれた。医務室によって仮手当をされ、師団の衛生隊の手で約半里後方に開設された野戦病院に運ばれる。野戦病院といっても、雨霧をしのぐ建物があるわけではなく、いわば患者収容所でしかない。

前線から至近の野戦病院は、五一二〇高地のうしろ側の斜面にあったとはいえ、わが山砲陣地に近かったため、敵の迫撃砲による被災の危険がおおかった。さらに毎晩、おびただしい負傷者が来入するため、受けいれ側の能力をはるかに超えてしまった。負傷者は山間の地表がすこしくぼんでいるところに、担架のまま放置された。最初の手当をしてもらうまでに、悪いときには一〇日もかかったのである。

せっかく担架で運ばれてきても、病院側の手不足にたいし、患者が増える一方で、手のつけようがなかったようである。病院当局も、昼夜をわかたず対応の努力をかさねていた。銃傷の患者を一〇日も放っておけば、傷口は絶対に腐ってしまうので、悲惨なことは言語を絶するものがあった。

なにかの因果で第一線歩兵になっただけの理由で、毎日、生死を超越した戦闘に従事し、上官の命令にいさぎよく、否、進んで突撃を敢行した将兵が、いかなる理由があろうとも、かかる不当な取り扱いをうけてよいものだろうか。私は糧秣の補給難は覚悟していたが、戦傷者のこのような事態は夢想だにしなかった。

これが本作戦の第一線において、実際に生起した事実なのであった。烈兵団のなかでも、第一線にあって毎日、生死の境にあったのは、わずかな一部分にすぎなかったということができる。

師団はあらゆる手段を講じて、第一線負傷者の手当に万全をつくすことによって戦傷者が回復すれば、一日も長く、また第一線に復帰して、ふたたび勇敢に働きたいとおもわしめるようにすべきであった。また、それが当然のことである。

しかし、事実はこれとは逆で、あらたに担ぎこまれる患者の数がおおく、病院が一杯になると、ほぼ治りかけた患者は全治する前に原隊復帰を命ぜられたのである。こうして退院する者は、いいあわせたように、第一線ですべてを棄てて上官の命にしたがって死地におもむくことをあえてする気になれず、生命あってのものだねだ、などというようになっていた。

このころより、さしもの鹵獲糧秣も、一は師団経理勤務隊による前線からの物資後送と、二は敵の砲爆撃ならびに火災による焼失により、ほぼなくなりかけていた。

一コ大隊が食べる精米とメリケン粉、塩はまだないでもなかったが、もはや月余にわたる対峙戦闘に、将兵は毎日の握り飯と塩ばかりではやっていけなくなった。ときたま、付近の牛や豚肉も給しはしたが、ごくわずかなものであった。五月にはいるや、私は大隊経理室による物資調弁を策したのである。

ヒンディ語の会話

しだいに状況は友軍に不利となり、持久戦にも困難を感じるようになった。この期間、第一線においては、はじめのうちはいぜん敵と対峙していたが、後方および側方よりの敵の進出が顕著になってきた。ついに敵戦車群の出現となって、第一線の状況がさらに不利になった。

私は牧岡伍長と中川主計伍長を後方のミマ村落にだし、もっぱら定地調弁にあたらせた。主食のほかに、牛、豚肉を多量に集めることができた。私もしばしば連絡と現場指導のために、この村を訪れたが、ここには英語の上手な少年がいて、言葉による意思の交換がおこなわれた。

はじめのうちは、ここで集めた糧秣を一五マイルも前方にある自隊まで搬送する手段がなく苦慮していた。しかし、村民と交渉に交渉をつづけた結果、毎日ほうれんそうに似た野草を、一日おきに肉類とともに裏街道一二マイルの地点にもうけた中継所に運んでもらえることになった。

この間、約五マイル（一二キロメートル）は敵機にたいして完全に暴露している山頂道ばかりを歩くので、いつやられるかと気が気でなかった。一度被害をうけたら、村民による担送は拒否されるに決まっている。

当時、連隊本部の調弁班がミマから約二時間程の距離で、おなじ山頂道にあるキグウェマ村落にいたので、たがいに連絡をとっていた。

かくして一二マイルの中継所に運ばれた物資は、はじめのうちは野戦倉庫のトラックに便乗して運んでいた。時間的にあてにならないので、大隊の駄馬隊と梱包監視をしていた患者的兵隊によって前送するようになった。

この季節、週に一度は雨天を見ることがあったが、まだおおむね晴天であった。さすがに世に名も高いモンスーンの雨季まで間もないことであったため、目に見えて湿度が高くなっていた。

村落に放し飼いの豚を銃殺した肉は、湿度の高い空気に長時間さらされるため、部隊に着いたときには、すでに腐っていたということがたびたびあった。せっかく苦労して集めた肉が使えなくなるので、私は別の方法を考案しなければならなかった。とにかく、この調弁は困難をきわめたものである。

一方、私は一二マイルの野戦倉庫からの受領も、おそろかにできなかった。倉庫では田中主計大尉の指揮で、逐次現地調弁を大規模にやっていた。

入荷しだい部隊に交付する方針であったから、たえず抜け目なく連絡をとっていなければならなかった。幸い、私の部隊が第一線大隊であるのと、以前にコヒマの鹵獲倉庫を無条件で師団に申し送ったため、私には優先的に交付してくれた。これらは師団のトラックで運ばれた。

時には、連隊本部にも無心にいった。難路をひとりたどっていく私の気分は、むしろ爽快であった。福田主計中尉は私と会うたびに、私の一人歩きについて厳重に忠告をしてくださった。

かならず下士官兵の同行を必要とすることを強調された。かかる戦線で、主計将校の喪失は部隊にとって一大事であるという。私は彼の言葉を重々承知していながらも、なお一人歩きの方が、いささかの間でも諸件の忙殺から解放された気分を楽しむことを至上としたのである。

外目には至極危険で、兵たちにはかなり心配させたと思う。連隊本部側の谷では、主食や塩などより、砂糖、缶詰、煙草などが恵まれていたので、しばしば煙草を貰いにいった。

五月下旬のある日、私が後方調弁および前送の手配をおえて部隊に単身帰ってきたときのことである。三マイル地点を越えるころにはすっかり日が暮れ、敵機の活躍もたえて、比較的に静かな戦場であった。

急坂を登って二マイルの地点、すなわち、ここを右にまがれば第一線と敵陣が、昼であれば一望に見渡せるところであった。ここからは敵にたいして暴露していて、敵を左側に見て歩くことになる。夜間といえども、不意に落下する迫撃砲弾に注意しながら、機を見て足ばやに通るのである。

私がしばらく後方にいっていた間に、情況が一変していたのを知らなかった。思えば、すでに三マイルから二マイル地点まで坂を登っていた間に、右側が山なので、道からすぐ崖になっていて、その上方から機関銃と手榴弾の射撃をうけたのに、なんの気もなく通り抜けていた。

さて、二マイル地点を右折して三、四〇メートルも歩いたとき、私は常とことなる物音を右上の崖上に聞いた。それで、戦況の悪化とともに、わが砲兵隊がこんなところに新しく陣地構築をしているのだろうと想像した。この物音を右側に聞き流して、さらに五メートルほど歩いた所で、作業の物音（鶴嘴《つるはし》とショベルで土を掘る音）にまじって、日本語でも英語でもない話し声を聞いた。

そんなはずはない。聞きちがいだろうと、立ち止まって話し声をたしかめたが、やはりヒンディ語らしい。すると、英印軍がここまで進出してきたことになる。

先ほどの三マイル地点の野戦倉庫でも、別にわが第三大隊が撤退したとは聞いてなかった。また、私が帰っていこうとしていた第三大隊本部は、ここから左側に谷を越えた向こう側にあるのから、本当にこれが英印軍だとすると、第三大隊は向背を敵にはさまれたことになる。

わが部隊の所在地をあやぶんだ。

なお半信半疑であるが、このまま道をひき返しても、先を進んでも、敵に見つかれば捕虜になるだけである。ただちに左側の谷間におりて、向こう側の大隊本部の位置に登っていくことにした。すでにそこから移動しているかも知れないが、行ってたしかめてみるよりほかにない。

谷間で川を渡って、向こう側の斜面を息をきらして中腹までくると、私が行きつこうとする炊事場のあった家屋から三軒ばかり右の方から、真っ赤な信号弾が四、五発連続して打ち上げられるのを見て、ぎょっとした。

先日、大隊副官が某中隊長にたいして、大隊にはもはや信号弾は一発もなくなったというのを聞いていたので、これは敵兵の仕業としか思えなかった。すると、もとの大隊本部の地は、敵軍の占めるところとなっているのではないか。

私は失望と疑心のなか、足を忍ばせて炊事場まできてみた。やはり誰もいない。ついで、大隊長の宿舎兼事務所になっていた兵舎をのぞいて見たが、奥の方の片隅に寝台とランプが一つ残っているだけだった。

やはり、大隊長や大隊本部は移動したのだ。急に、一方では敵兵に発見されることを警戒するとともに、他方ではいったいどこに移転したのかを考えていた。すると、一つの影が音もなく、すーっと炊事場の中に消えていった。私は入り口に近寄って、これが誰かをたしかめようとした。

なかなか出てこないので、こちらから思いきって、夜間の歩哨が誰何《すいか》する要領で、低いが力をこめた声で「誰か！」というと、「中川です」と応じた。

中川一等兵は炊事勤務兵である。私はなおも警戒しながら、「なんだ、私の考えは思いすごしで、まだ敵に占領されているわけではないんだ」と直観した。やがて中川一等兵が出てきたので、ことの子細《しさい》を聞くことができた。

日中は、本部の位置にはまったく人影もなく、全員が谷間に退避していた。その間、敵兵がわが陣地に登ってくることは自由になっていた。日本軍にそうさせたのは、もっぱら敵の完全制空権と圧倒的な砲撃量の差によるもので、日中はまったく地上を動くことができないからである。

このことに気づいた敵は、このすこし以前から、○マイル付近から直接、大隊本部の位置に急襲してくるきざしをみせた。そこで大隊本部は、敵に向かって左の方、すなわちもっとも激しく敵弾をうけ、全山が真っ赤に焼けただれてしまったグランド高地の影にあたる部分の谷間に移動していた。

中川一等兵は、新設の炊事場に炊事用の食塩が不足したので、ここまで取りにきたことがわかった。私が火をつけようとすると、きびしくこれを制せられた。旧コヒマに敵がはいっているから、灯火は厳禁だと注意してくれた。

私は家屋をでると裏側にまわり、いましがた私が登ってきた谷間をはさんで、二マイルの地点から旧コヒマへの区間を望見していると、すこしたって旧コヒマから信号弾があがった。

旧コヒマの右、五一二〇高地にはわが山砲がいるはずである。これへの襲撃を企図しているのかと思って見ていると、今度は私がいるこの家から四軒目の家屋から、四、五発の信号弾があがった。

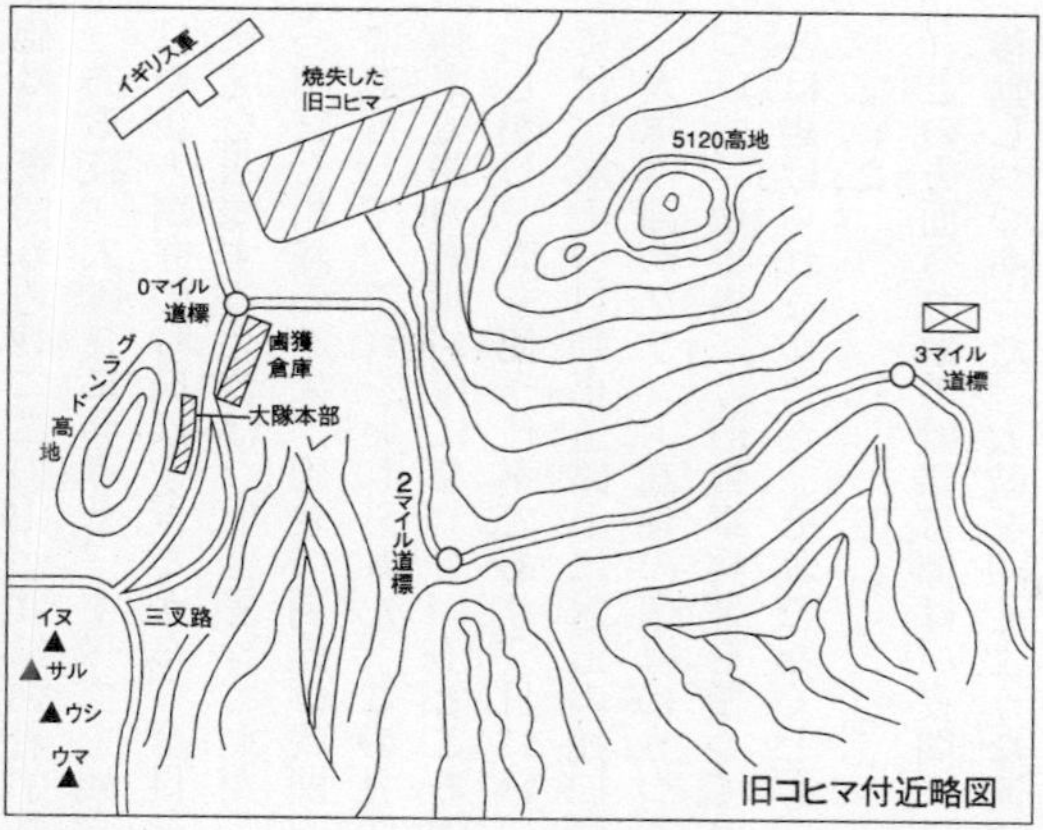

旧コヒマ付近略図

さては、敵の潜伏斥候がひそんでいるにちがいないと結論した。ここを通らなければ、新設の炊事場の方にいけないので、私はこのことを厳重に中川に注意をしてから、一人で歩きだした。

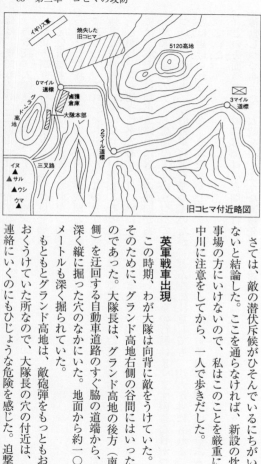

英軍戦車出現

この時期、わが大隊は向背に敵をうけていた。そのために、グランド高地右側の谷間にはいったのであった。大隊長は、グランド高地の後方（南側）を迂回する自動車道路のすぐ脇の道端から、深く縦に掘った穴のなかにいた。地面から約一〇メートルも深く掘られていた。

もともとグランド高地は、敵砲弾をもっともおおくうけていた所なので、大隊長の穴の付近は、連絡にいくのにもひじょうな危険を感じた。迫撃砲は、夜間も巧妙にこの山かげに弾着する。

ある夜、大隊長に会うと、すべてを観念した面持ちで、私に現在の状況を説明された。もはや後方調弁の時期はすぎたから、全員を帰隊させるよう命ぜられた。しかし、私はまだ現状況を悲観する必要はないと思っていた。

副官と相談の結果、副食の調達は戦闘力の維持に不可欠との結論にたっし、二人で大隊長に進言して、これをいれられた。この日から炊事場は、グランド高地から三叉路にいたる自動車道路の南側、崖になっているところの崖下において、毎夜、給養の活動をつづけた。

しかし、火を使う仕事であり、日に日に危険度が高まっていった。反面、この新設炊事場には、崖上の自動車道路上に水道の蛇口があって、大いに助かった。

大隊本部がグランド高地の南縁にうつってからは、日本軍の行動はますます困難な日がつづいた。炊事場には旧敵軍兵舎を使っていたが、どんなに注意しても、炊火が外にもれることは避けられなかった。それでなくとも、この時期になると敵の迫撃砲は正確に威力をふるっていた。

この方面への敵の射撃目標は、夜間にはつねにグランド高地を中心に、時々刻々、目標を移動しつつあった。太鼓を叩くような連続発射音が遠くに聞こえたかと思うと、ある一ヵ所に全弾が一度に落着するのである。

夜になって炊事業務をはじめると、発射音で砲口の角度を聞きわけられるようになった。今度はこちらの方角だと聞きとると、全員が兵舎と崖下のあいだのせまい場所に避難した。

防空壕を一つ作ってはあったが、作業中は崖下にあつまって退避し、終わるとすぐまた作業場にもどらねばならなかった。

それにしても、英軍の射撃はしだいに正確度を増してきた。あたかも現場を見ながら狙っているごとくである。ある日の夕方、わが炊事場が目標になったようで、太鼓を打つような連続音のあと、まず我らがいたすぐ上の自動車道路上に数十発の炸裂音を聞く。弾丸の破片が、九〇度にちかい角度で我々の頭上を、ピューンとうなって谷間に向かって飛び去る。

やれやれと思うと、つぎの弾着群は我らの炊事場に命中した。トタン屋根が破れ、器具が散乱する。つぎは弾着がすこし縮まって、我々の退避している自動車道の崖下と、炊事の建物との間に落ちた。数名が負傷した。

私もこのとき、右腿にハッシと打たれたのを感じた。てっきりやられたと思ったが、不思議にも衣服の上をかすっただけで、肉には刺さらなかった。ここでも、また助かったと思った。

ここでの炊事業務は、以前ととくに変わったことはなかったが、予想外に時間を要したのと、炊事設備がつぎつぎに破壊されていったために、夜明けまでに前線に運ぶことの困難なことがしばしばあった。

それでも、任務の遂行は夜が明けてもやりとげた。このような逆境の中では、将兵の心にはいわゆる「没我全体主義観」が完全な姿であらわれてくる。しかも、上官を中心として、単位全体が美しい様相を具現するのである。

なんでも個人を中心とした、そうでなくても、一応はなんでも自己を考えずにはおられぬ平和なときの人間が、ひとたびかかる共同目的、共同運命を意識するとき、にわかに自己をかえりみず、無意識のうちに全体、すなわち自己の属する運命共同体のためにつくすことが具現されたのは、これこそがほんらいの人間性なのであろうか。あるいは、日本民族に特異の現象だったのだろうか。または、この鈍重な北陸人部隊に特有な現象だったのだろうか。

中国大陸やその他の戦線で往々聞くような、兵隊が上官と離反したり、上官を侮辱したりする醜悪な場面にでくわしたことは一度もなかった。しかも、これは生死をともにした前線でのことで、後方機関ではこのかぎりでなかったかも知れない。

五月にはいって、彼我の状況が一変した。英軍の戦車が大々的に戦場に出現したからである。

日本軍でこれを撃ち壊せるのは、山砲の砲弾のみであった。戦車攻撃のために作られた歩兵のもつ速射砲では、敵戦車の鋼板にあたるとはね返ってしまった。第一線の歩兵は決死隊をつくって、火炎瓶を投げたり、アンパン地雷をつかって戦車の行動を阻止することにつとめた。

山砲の直接照準射撃によって故障を生じた敵戦車は、独特の口径四〇ミリの戦車砲で四方を制圧しつづけるなか、兵員が外にでてゆうゆうとキャタピラの修理をしてから、回れ右をして帰っていく。

戦車砲の発射音は金属性の音であった。命中率は一〇〇パーセントといってよく、わが第一線は大いに悩まされた。敵の戦車を生け捕ったような話も聞かなかった。

日数がたつうちに、ついに英軍戦車が彼我をむすぶ道路をまわって、英第一線と対峙するわが第一線の後方にきて、わが陣地を後方から狙い撃つようになった。

通常、陣地の後方は開放している。とにかくわが歩兵には、これにかなう兵器がないのだから、彼らのするままにまかせるほかはない。

戦車砲が命中した第一線の壕は、一瞬にして吹き飛んでしまう。掩蓋《えんがい》もなにもなくなっていた。そこを火炎放射器でしつこくあおるので、わが第一線は全滅していった。

このころから、わが大隊では炊事を中止して、経理室勤務兵も第一線とともに前線の警戒にあたらねばならぬ日がおおくなっていた。その日、前線は飯なしで奮闘するほかはない。

ある夜、主力方面となる連隊本部と第二大隊が撤退するとき、大隊長は私に、当大隊も二日後には現在地からさがることになるだろうと、大隊長の決意をもらしてくれた。しかし、私はこれを他言することを禁じられていたため、大隊本部の位置に集積してある大隊全員の装具や装備を、あらかじめ撤退予定地までさげておくことができなかった。

また、さげるにしても、この秘密をうち明けないかぎり、人員をあつめることはできなかった。このときばかりは、万難をはいしても、なんとかして三マイル地点までさげておけばよかったのにと、後になって思うのである。

上官の言葉を厳守するあまり、流動する事態に適応させる決断に欠けていたのを悔いている。

このとき、私は長谷川上等兵を救ったことを記憶しなければならない。経理室に勤務していた長谷川上等兵は、この不利な状況下にマラリア熱に呻吟《しんぎん》していた。もちろん病気といっても、寝ているわけにはいかない。昼間は他の勤務兵とおなじく低部に待避していたが、マラリア熱のため飯を食うことができなかった。体力、気力が衰弱して、ついには昼間の待避もできず、敵機の銃撃にさらされる山頂の壕にとどまるようになっていた。

私は後方から帰ってきて、この事情を知るや、その夕刻、独断をもって彼を後方にさげることを決心した。その日は、さきに大隊長が私にもらした退去の日にあたっていた。いまさら入院の手続きをとっても、現に入院中の者たちの悲惨な取り扱いに見かねていたから、入院させずに後方に早くさげることにした。

動けない身体をかつぐようにして、やっと裏街道三マイルの野戦倉庫までさがったとき、彼の生命を保証した。長谷川上等兵はかすかに感謝の表情をしめしていた。翌日は一〇マイルの中継所までさげるように頼んで私は部隊に帰った。

五月十三日、私が帰隊したときは、ちょうど第三大隊が撤退をはじめるところであった。夜間に、この二ヵ月いた元英軍駐留の陣地を抛棄して、五一二〇高地の方にうつったのである。

この撤退には、思いがけない激戦が予想されたので、すべての物資を残置していった。背囊さえもちださず、着のみ着のままである。この行動では、多数の行方不明者をだす結果となった。

先日、二マイルの山陰でヒンディ語を聞いた地点は、歩一二四により敵英印部隊を旧コヒマの向こう側におしだすことができたので、わが大隊は焼失しつくした旧コヒマをはさんで英軍と対峙することとなった。

このときから、わが第三大隊は山砲兵第三十一連隊長の指揮下にはいったので、私はさっそく山砲の高級主計、渡辺中尉に連絡をとり、爾後の給養方針につき指示をうけた。

飛散した籾

さすがに山砲兵連隊は、我々よりわずかでも後方に位置して約二ヵ月を送っただけあって、歩兵が日夜戦闘に忙殺されている間に、彼らは旧コヒマで集めた相当な糧秣を保有していた。約一ヵ月分の米を籾《もみ》で集積しておいて、渡辺中尉みずから毎日、敵機の飛ぶ下であえて籾つきをしていた。大胆で、むしろ敵機には無関心といった人であった。

私はここで、日々の消費いがいに、すくなくとも半月分の精米を自隊で蒐集すべき指示をうけて、すくなからず当惑していた。今や敵の砲撃と敵機の銃爆撃は、この高地に集中していた。

彼我第一線は七〇～八〇メートルへだてていたが、私は無謀にも、彼我第一線の中間にある焼けつくした集落に、まだ少量でも糧秣となるものが残っているかも知れないと思いたった。可能性のすくない行動をおこすよりほかに、当面、他に打つ手がなかった。

はじめてコヒマに攻めいった直後、ぜいたくに食料にありついたころとくらべ、なんと雲泥のちがいであろうか。その夜、私は日が没すると、当番兵の中川と下士官一名をつれて、この壮挙にとりかかった。

あまり大勢でいくと、敵にごく接近しているので、かえって企図を察せられる恐れがある。そのため、あえて三名にかぎったのであった。山の急斜面の中間の谷間には、大隊長はじめ大隊本部がはいっていた。私たち経理室は、三マイル地点の野戦倉庫とならんで設置していた。

私以下三名は夜になってから、なにも持たずに出発した。五一二〇高地の南側の急坂を登りつめた位置に配置されていた機関銃中隊に、これから前方に物資蒐集にいく旨を告げ、前方の敵情をくわしく聴取した。さらに、その左側にいた第十一中隊にも同様の連絡をしたうえで、三名は足を忍ばせて静かに第一線歩哨の線を離れて、敵方にある旧コヒマに向かった。

とっつきの場所には、焼けずに残っている家屋があるが、旧コヒマは全村どの家も、日につぐ敵弾のために破壊しつくされている。闇の中、トタン板が小径の上に飛散しているのをたくみに避けながら、たどっていく。

敵弾は夜間といえども、一定の間隔をおいて彼方、此方に落下する。誤ってトタン板を踏もうものなら、敵側の第一線に気づかれ、かならずその箇所に集中的に機関銃、ついで迫撃砲が狙い撃ってくる。

我々は数軒の家屋をまわって、人の背丈の倍もある竹籠のなかを探したが、竹籠には一粒の米も籾もない。すでに運びだされたあととわかり落胆した。それに屈せず、さらに集落の中央に進み、丹念に探索すると、一時間半後、まったく手つかずの竹籠にでくわした。

幸運はふたたびやってきて、すぐ隣家でもう一つの籠を見つけた。二つあれば、精米についても二〇日分は充分にある。

私はこれ以上の危険をおかす必要を認めず、引き揚げることにした。帰りに、日常生活に有用なバケツや釜を焼け跡からひろって、わが第一線まで帰ってきた。機関銃中隊長は、我々が一名の負傷者もださず、無傷で帰ってきたのを喜んでくれた。そして、部隊の給養業務にはげむ私たちに感謝の言葉をそえた。

私は急坂をくだり、大隊副官の芝田中尉に連絡して、兵力を使って籾米の搬出方を依頼した。ここからは副官の業務に属するので、私は私の意図を伝えると、翌朝の夜明けまでに運び終えるようにいって宿舎に帰った。

搬出した籾の集積位置にかんして、私は三マイルの経理室を主張したのにたいし、芝田中尉は大隊本部の位置を主張する。給養にかんする指示は、主計将校の権限に属するものであるにもかかわらず、副官の無法な態度に怒りを感じた。

とにかく、私の希望どおりに実施するよう申しおいて、経理室に帰った。翌朝、中川一等兵からの報告によると、副官は私の言にしたがわず、大隊本部に集積を完了してしまった。

夜明けの敵の砲撃にあって、集積した糧秣に敵弾が命中したため、せっかく苦心して集めたばかりの籾が飛散し、谷底にいたる斜面一帯にまいてしまった。

私は強硬に副官の無責任な行為を追及したが、後の祭りであった。なによりも大切な糧食、大隊の二〇日分あまりが、自分のそばにおいて安心したいという副官の浅ましい欲望に、みごと粉砕されたわけである。

ともあれ、近く撤退を予想される日に日に不利な状況下、当面の糧秣の整備が緊急な必要事であった。副官の責任追及はほどほどにして、やむを得ず一二マイルにある田中大尉の野戦倉庫へと無心にでかけた。

このとき、三マイル地点のすこし上で、一緒に赴任してきた伊藤敏雄見習士官に出会った。真っ暗な夜道で偶然、反対方向からきた二人が行き逢っただけであったが、なんとなく彼のような気がして名を呼んでみると、やはり伊藤君であった。

彼は山砲兵第三十一連隊第三大隊の主計として、渡辺中尉のもとに一人で第三大隊の給養にあたっていたのだ。生まれついての温和な善人なので、ずいぶん苦労しているようであった。このときも、渡辺中尉は約一ヵ月分の米を整備していたのに、伊藤君の方はいまだ日々に食う分に追われているもようであった。やはり一二マイル地点の田中大尉のところにいって、交付を依頼して帰ってきたところとわかった。

伊藤君はのちに、病気のため撤退行軍間に死去するが、惜しいことであった。戦争にはあまり向かない人物であったかも知れない。私としては、このときに逢ったのが伊藤君とは最後となった。

この時期は五月も終わろうとするころで、アラカンの山地は雨季にはいっていた。谷間の地溝に壕を掘ってはいっている大隊本部の兵たちは、籾つきでいそがしかった。日々食べる分は、各自が鉄帽や飯盒でつくほかになかった。

経理室は、近く予想される移動にそなえて、必要な糧秣の整備におおわらわとなった。こまかい雨が、日中もしとしとと休みなく降る。連絡に歩きまわる私の靴も、ひどい赤土で極度に歩きにくいようになっていた。

靴も三ヵ月もはいていると、底革が減って穴があく。悪くすると、底革がまるでなくなって、裸足で歩くのと変わらなくなっている。

当初一ヵ月で事を決しようとしたインパール作戦も、二ヵ月を経過しようとしているのに、なお主目標のインパールは陥ちず、コヒマ方面を担当していた第三十一師団長と、第十五軍司令官との間には、兵器弾薬と糧秣の補給にかんして、我々にはまったく知らされていなかったので、想像もつかない悶着が起こっていたのである。

第四章　雨の中の撤退

まぼろしの臼砲

敗戦を知らない勇敢な皇軍の精鋭が、勇壮な決意のもとにビルマからひたおしに前古未踏のアラカン山系を踏破して、コヒマよりいっきょにインド平原に進出せんとしたものの、補給の見とおしなくはじまった「ウ号作戦」は当初、軍の集中が遅れて先制の機を失した。作戦の企図が戦略から政略に変異するなど、最高方針の統一を欠き、無理のうえに企画され、くわえて英軍の実力、とくに航空機の作戦能力を甘く見ていた。さらにこの地方特有の約半年にわたる、想像を絶するモンスーンを迎えて、ことごとく失敗に帰した作戦に見切りをつけて戦線を抛棄《ほうき》し、チンドウィン河の左岸まで撤退することになる。

一九四四年（昭和十九）六月初旬から八月にわたる期間である。

雨季にはいったアラカン山系は、我々の行動をすべて緩慢にした。敵の陸上部隊もまったく動かず、わずかに航空機だけで執拗に攻撃をつづけてくるだけとなった。そのため、我が歩兵の第一線も肉薄攻撃をやめて、ほとんどの者は不完全な壕の中で迫りくる湿気と戦い、三ヵ月の戦闘で疲労しきった身体を横たえて、籾《もみ》をつくのであった。

反面、給養を任務とする我々経理室関係者は、この時期こそ忙しくなる。事態は日に日に急迫していき、いっきょに玉砕を期して思いきった攻撃にでるか、さもなければアラカン山系を見棄てて、雨季の間にビルマ領にまでひきさがって、雨季あけに再挙をはかるかの二つの道が予想されていた。

この期においても、我々は祖国の対英米戦線の全局にかんしては、決して敗れているなどとは思っていなかった。いぜん太平洋海域方面での大戦果を想像しつつ、このために我々はオトリのような機能をはたしているのだと思っていた。

したがって、我々の考えからすると、ここで玉砕するよりは、なるべく長期に戦線を維持して、できれば雨季の間にビルマ領へ撤退して体力と装備を回復し、きたるべき乾季を期してふたたび作戦を起こすのが良策と思っていた。

しかし、玉砕説を裏づけるような事件が起こった。それはもう雨季にはいっていた。

私は輸送が不自由なのにもかかわらず、ミマ集落より送ってくる豚肉や野菜の量を増加させるために、雨で行動が困難となったなかミマに向かった。途中、一二マイル地点の田中大尉の野戦倉庫に立ち寄ると、この野戦倉庫があらたに豚肉の調弁と支給をやることになったことを知らされた。

私はこれを機に、ちかく予想される撤退にそなえて、ミマの自隊調弁をうち切るべしと決断した。ただちにミマに向かい、中川伍長や牧岡伍長らと寸刻を経ずして店じまいを完了し、一二マイル地点の中継所にひき揚げた。

田中大尉から支給をうけた豚肉とあわせて、ミマ物資とミマ要員をトラックで三マイル地点の倉庫にある大隊経理室に運び、各隊への支給を命じておいた。私はさらに、田中大尉から約一〇日分の精米を受領しており、これを駄馬隊に保管を依頼して、夜間、三マイル地点の倉庫にたどり着いた。

この夜、経理室の兵たちから聞いた話によると、かねて噂のあったシンガポール作戦で、英軍のとどめを刺したというわが軍特有の臼砲《きゅうほう》が、やっとアラカン山系を横断してコヒマに着いたという。なんでもドラム缶二コをかさねたような弾丸を発射する大砲だという。私は臼砲なるものを見たこともなく、想像のしようもないが、まあ擲弾筒のバカでかいものと思えばよいらしい。この夜、臼砲が当地に到着し、さっそく今夜、これを敵陣に放って撃滅するのだという。噂は誇張され、士気は大いにあがった。

午後十時半ごろ、我々は臼砲の発射音を聞くため防空壕にはいった。地上では耳がつぶれるからという。ところが、十二時になってもこれと思える大砲の音は聞こえなかった。あいも変わらず射ってくる敵の迫撃砲や、間隔をおいて射ってくる敵の野砲の破裂する音にまじって一度、やや大きな音がしたような気もした。

ドラム缶の二倍もあるという弾丸を運ぶのにトラック一台が必要で、今回到着したのはたった一発きりだったらしい。翌朝、双眼鏡で敵陣のもようを眺めると、今までにない病院車が敵陣の高いところに二台きていて、やがて遠ざかっていくのを見ると、やはり臼砲の威力が発揮されたのかと、半信半疑ながら喜びあった。

たしかに臼砲事件は、敗戦濃くなったコヒマ作戦の末期、バカバカしくもあり、滑稽な思い出話となった。これと前後して、連隊長は玉砕の決意を発表し、比較的状況の有利になるのを待って、山砲隊の協力を得て大攻勢をかけて、玉砕する旨が我々にも伝えられた。

一方で、我々一般将兵のあいだには、連隊長の決意にもかかわらず、師団長かまたは軍司令官から撤退の命令がでるものと予想する噂が、さかんにささやかれていた。

私は田中大尉の野戦倉庫からできるだけ有利に多量の精米を受領するため、一二マイルの地点にいた。六月早々のある夜、第一線に連絡にきた師団司令部の兵隊から、師団長の命令によって、後方に撤退することになったとの情報を聞いた。

そうなった場合、歩五八の第三大隊はかならずこの道をさがってくると判断し、田中大尉には最大限の交付を依頼して、中川伍長に受領と各隊への交付を指示した。私自身は一五マイル地点の師団司令部に向かい、師団長、経理部長、牛島高級部員に私の判断を連絡したのち、さらに二一マイル地点の野戦倉庫まで急行した。私は箱崎一等兵一人をともなっただけであった。

二一マイル地点の野戦倉庫では、幸いなことに常木三郎見習士官が倉庫長であった。彼は東京商大卒で、内地から第三十一師団赴任まで私と行動をともにしてきた勉強家であった。

こんな戦地で、内地の軍紀をそのまま部下に押しつけて、部下から嫌われる方だと思った。箱崎とともに、夜どおし歩いて倉庫に到着した私たちを、ともかく倉庫の中に泊らせてくれた。私は常木が、倉庫の勤務兵にたいして極端に厳格で、曹長や下士官をやたらに殴ったりするのを目撃した。

この日の朝食に、勤務兵が鶏卵を食膳にだしたことで、第一線の将兵のことを考えれば、倉庫勤務者だけがそんな贅沢をしてはならないという考えから、勤務の下士官、兵全員を集めて総ビンタを食わせた。

彼の正義感と信念のかたさに敬意を感じながらも、かかる戦地では、私のいた第一線ではないにしても、内地の部隊のようなつもりで、最下級の将校があまりうるさい行動をとることは、とうてい下士官、兵にはいれられるものではない。かならず後日、ひどい目に逢わされるぞと思い、直後に私の見解をしめして反省をうながした。

しかし、彼の基本は、兵隊は殴らなければわからないのだという確信があるらしかった。私は逆に、戦地にきて、上官、部下の関係が、内地とは雲泥の差ほど違っているのを痛感していた。

最初は、常木のように軍紀、風紀の改善を誓ったものだが、しだいに、民間での教育の差こそあれ、善悪の判断は殴らなければわからないようなものではなく、それよりも戦地では、将校も兵隊もたがいに依存しあう関係と考えていた。

私は、将校はみずからの行動で模範をしめし、時間をかけて部下を心服させるべきだと結論していたから、ついぞ部下を殴ったこともなく、温和なものわかりのよい主計と思われていたかも知れない。

部下をおなじ人間としてあつかうことと、決心、命令ということとは、まったく別の問題だと信じているので、私は部下に馬鹿にされたり、無視されたことはまったくなかったと思っている。第一線歩兵部隊に勤務した私としては、個人として私の体力が、どの部下とくらべても劣っていることを認識すれば、すべての私の行動に、部下の協力と支援が必要なことを肌で感じていた。したがって、常木のような考え方にはとうていなれなかった。

翌朝、常木見習士官よりわが大隊二〇日分の精米を受領して、部隊が撤退してくるときに通ると判断される二一マイルの道標付近に集積する作業を進めていた。

この日、箱崎が朝からちかくの森林で、すこし昼寝をするといってでていったまま、夕刻までなんの連絡もなかった。夕方、彼が帰ってくるなり、常木が彼を殴ったので私を驚かせた。

六月はじめ、佐藤幸徳師団長は軍令によらず、師団をコヒマ戦線からウクルルの線に撤退を開始させた。ただし、宮崎支隊にはなおインパール街道の封止を継続させた。

六月三日夜、歩五八の主力はアラドゥラ陣地から撤退行動にうつり、裏方面の第三大隊は山砲兵連隊長の指揮をはなれて五一二〇高地から撤退を開始した。のちに連隊主力に合流して、ウクルルに向かった。

「ウ号作戦」でコヒマ攻略、インパール街道の封止を担当した第三十一師団では、作戦に参加した兵力約一万五〇〇〇人のうち、作戦間に七五〇〇人が死亡（ただし戦闘による戦死者、戦傷死者が約四〇〇〇人、飢餓と疾病による戦病死者が三五〇〇人）、戦傷、戦病の患者となって部隊を離れた者が四五〇〇人となり、部隊としてチンドウィン河に達した者は、残りの三〇〇〇人にすぎなかった。

四月末にはインパール攻略は不可能となり、コヒマ方面でさえ守勢への転機となった。五月には作戦の失敗が決定的となったのに、第十五軍は単にインパール攻略を叫びつづけるのみで、なんらの打開策を用意しなかった。

有名な佐藤師団長の抗命事件も、このような戦術的に狂った軍に撤退の決意をうながす意図をもって、師団長が独断で撤退に踏みきったものと思われる。

昼も夜も大量の雨が風とともに

六月三日に撤退を開始した歩五八は、トゥフェマの野戦病院から患者を収容した。チンドウィン河までは、まったく歩くことのできない患者一人を搬送するのに、名ばかりの健兵八名を要したため、ほとんど部隊全部が患者輸送隊となっていた。

戦傷、戦病後なんら充分な手当もうけられず、ただ死の直前にあったこれらの患者は、マラリア、脚気《かっけ》とアミーバ赤痢で、衰弱しきった健兵と呼ばれる戦友がかつぐ担架の上で、戦友に申しわけなく、かつ自分の苦しみにも耐えかねていた。

モンスーンの季節となった泥んこの道程で、「頼むから、思いきって担架のまま、谷底に投げて死なしてくれ」と叫ぶ光景を何度も見た。かついでいる方の健兵も、しだいに歩けぬ患者と化し、自決する者、みずから部隊から離脱する者が日を追って続出するという、戦史上でもまれにみる惨劇となったのである。

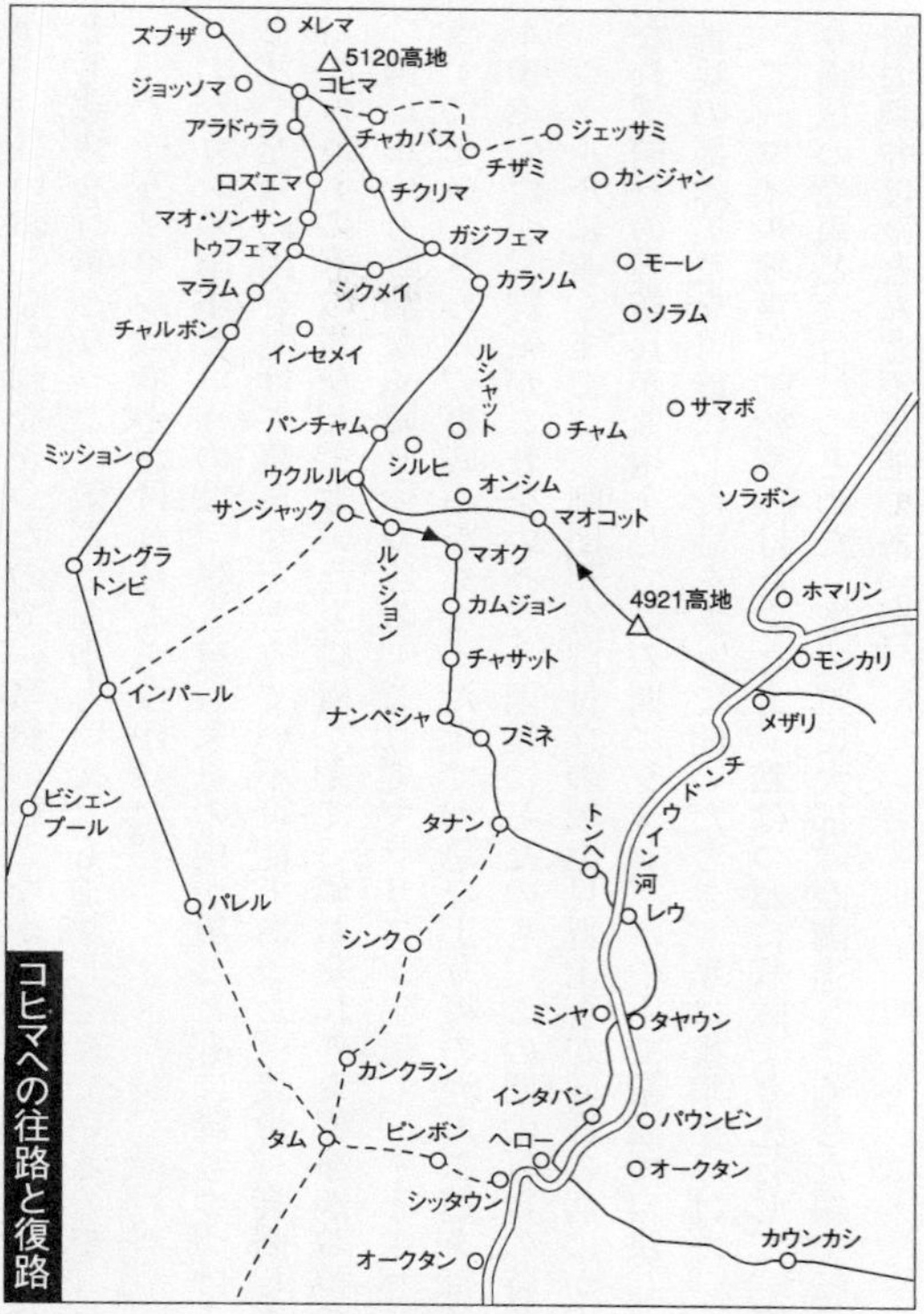

コヒマへの往路と復路

私も一般の将兵とおなじく、コヒマいらい、マラリア、脚気、アミーバ赤痢にかかっていた。撤退作戦が雨季にはいってからおこなわれ、患者搬送からは免除されたが、ながらく副食の不足で栄養失調となっていた。医薬品の投与がいっさいおこなわれなかったので、当然のことながら、私にとっても全作戦を通じてもっとも悲惨な行軍となった。敵軍は雨季といえども追撃してきているので、毎日すくなくとも一〇～一五マイルは歩かなければならなかった。

アラカンの雨季というのは、昼も夜も大量の雨が風とともに降りつづけるので、携帯天幕などで充分に雨を避けて寝るなどとうてい不可能であった。疲労、衰弱しきった身体を、泥んこの地上に木の葉などを敷いた上に横たえて、ずぶ塗れの天幕をかぶって寝た。

雨は夜中も容赦なく降りつづける。これでマラリアが猖獗《しょうけつ》し、アミーバ赤痢が悪化しないはずはない。さらに、裏底のなくなった靴で、急な上り坂の泥んこ道を毎日一〇～一五マイル歩くのだが、脚気がこれをいっそう困難にしたのも、この間の行軍の特色であった。

ウクルルに着くまでに、師団司令部付きの坂上見習士官が同様の病にかかって部隊からはなれ、同行の当番兵が他用をしている間にジャングルの中で拳銃で自決した。これにより当番兵の部隊追及を可能にした話をあとで聞いたとき、私は衝撃をうけた。

二一マイル地点で補給をうけたあとも、私はつねに部隊より先行して、随所に可能なかぎり糧秣の受領と交付につとめた。進攻時に大部隊が調達しつくした線を転進することゆえ、自力調弁はほとんど不可能であった。

携行の米も、生命をつなぐため極度の節約をして食べた。副食にいたっては、生き残り少数となった牛が疲労して歩けなくなったのを殺して、その肉片を各自が携行して、休息時にかたい肉を焚火で焼いて食べた。また、山中の竹林から掘ったタケノコを、米も副食もなくなって、これだけで数日間の空腹をしのいだことも記憶に新しい。

カラソム付近からは、進攻時に歩いたのとおなじ道をウクルルに向かった。それよりすこし前、開豁《かいかつ》地帯を越えた森林で部隊が休息していたとき、作戦間に入院していた生方主計中尉が部隊に追及して、私ははじめて生方主計に会った。

こんな状況下なので、師団経理部からはなんの命令もなかったが、第三大隊の主計はこの日から生方中尉で、私は彼の補佐官になったと了解し、今後はもっと自由に活動できるようになったことを喜んだ。

ウクルルでは抜本的な弾薬、糧秣の補給が約束されていたにもかかわらず、とおりいっぺんの主食の補給が若干あっただけであった。部隊は第十五軍司令部の無責任さを恨みながら、ほとんど休息もとらずに撤退をつづけ、次の目的地のフミネに向かった。

ウクルルをすぎてからはアミーバ赤痢がますます悪化し、激しいマラリア熱が出るようになった。そのつど、部隊から離れがちになったが、必死になって追及をこころみたので、なんとか部隊に追いついていた。

ウクルルからフミネまでの行軍は、さらに苦しさを増し、行軍速度も遅くなりがちであった。路上で見る病者と飢餓死の者の数が増加していった。道は上り坂と下り坂のくりかえしであった。

行軍路上、不思議と坂を登りつめたところに、かならずといってよいほど死期を異にした死体がいくつもあった。わりに死後間もない死体を見ると、やっと登りつめた所で背嚢を背負ったまま、他の死体のあたりに背嚢をささえにして座りこんだ直後に、他界したように思われる。

今や前途の望みもなく、疾病《しっぺい》と衰弱で動けぬ身体を、気力ひとつでここまで歩いてきた者が、極限までくると他の死者の霊にひかれて他界するのだなあと思われた。

登りつめた所にくると、なによりもまず異臭のひどさでそれと感じるから、あらためて自己の神経をひきたたせて、このような死者の仲間にはならないぞと、みずからに言い聞かせ、そうそうに通過していった。私は決して山頂で休むことをしなかった。

これとても、私にまだ体力と気力が残っていたからできたので、極限まで悪化すれば、私だってどうなっていたかはわからない。

この撤退作戦は、上述のとおり苦痛と飢餓、疾病との戦いで終始した。ことさらに日記に記すような話題も事件もなかった。

川という川が濁流に

七月上旬、師団長更迭《こうてつ》の命令があり、七月十日、佐藤幸徳師団長は悲痛な離任の辞を残して師団を去った。八月二日の河田槌太郎新師団長の着任まで、宮崎繁三郎歩兵団長が師団長代理を拝命していた（七月十六日タナンの司令部に到着）。これより先、宮崎少将は六月二十七日付けで中将に昇進していた。

第十五軍の撤退命令がくだったのは七月十五日であった。

歩五八はあらためてシッタウン西方一〇キロにあるピンボンの鞍部を占領、師団の主力および第十五師団、山本支隊（第三十三師団の一部）の撤退援護にあたったのである。新師団長着任後に、宮崎中将は第五十四師団長を拝命し、烈兵団の戦場を去った。

撤退行軍の将兵をみまったもう一つの災害は、増水した河川であった。前述のとおり、ビルマからコヒマにいたる往復道は、山から谷、谷から山のくりかえしであった。進攻のときは乾季であり、進軍であったから、さして記録に残すような思い出もなかったが、撤退時はモンスーンの最中で、河川という河川は川幅が幾倍にもひろがり、しかも濁流がすべてを呑み流してしまう。

体力を消耗しつくした将兵が、徒歩で渡河するのであるから、川中でちょっと膝をまげたり、身体のバランスをうしなうやいなや、流れに呑みこまれてしまう。叫ぶ声も気力もなく、たちまち怒濤に消されて聞こえなくなる。

このような光景は、何度も目撃した。私をふくめて、目撃者はなんとかして助けなければと、心では思うのであるが、身体がまったく動かない。川岸からロープを張っておくとか、容易に渡れる地点をおしえるとか、なんの手配もなされなかった。

行軍中、飯盒を二つも三つも、あるいは古い靴を背嚢にぶらさげている兵や、まったく飯盒をもっていない兵を見た。

飯を食うにしても、タケノコを煮て食べるにしても、飯盒は兵の必需品である。とくに部隊から離れた者には、飯盒のあるなしが生か死を意味した。

死者がでると、ただちに飯盒と靴が持ち去られた。生存者でも、夜眠っているうちに飯盒を盗まれることすらあった。

これは、いかに軍紀が紊《みだ》れたかということにもなるが、事実は地獄を彷徨《さまよ》う悪鬼そのものであった。いかにしてチンドウィン河まで生きてたどりつくかという執念のみが、生きながらえている将兵の頭を支配していたのだといっても過言ではあるまい。

私自身にしても、ウクルル以降は部隊から遅れがちで、やっと回復して部隊を追及し、幸い部隊が休憩中に追いついたのであった。

フミネのころに中川主計伍長が狂気して、心配したことがあった。フミネはカボー河谷にあり、今まで通ってきた地方が高い山地つづきであったのにくらべ、湿度の高い、むし暑い所となったため、急に精神に不調をきたしたのであろう。ここはまた悪病の瘴癘《しょうれい》する地で、長く滞在できる場所ではなかった。

生命に危険なほどではないのであろうが、熱帯潰瘍《かいよう》について書きとめておこう。コヒマに着くころから、将兵のなかに直径五センチほどの穴が手や脚にできて、飯盒や鍋で煮たガーゼを穴の中に詰めこんでいるのを見るようになった。

このころはまだ医務室が携行したガーゼがあったようだが、すぐに医薬品は欠乏したから、襦袢《じゅばん》や袴下《こした》の切れはしを代用するようになった。この地方の虫が原因というが、皮膚の清潔が無視される戦争環境も大きな原因であったにちがいない。

考えて見れば、チンドウィン河を渡った三月十五日から風呂にはいっておらず、水浴をする暇もない。戦場では壕や穴など、地面に密着した生活をしていたから、あたり前のことかも知れない。私は穴があくようなものにはみまわれなかったが、全身に粟粒大の水ぶくれの痒い発疹ができた。

コヒマからの撤退行程では、雨季でいつも皮膚が濡れているため、被服にはりついたようになった。一時間に一度の小休止で地面にすわり、また起きあがるとき、言葉にあらわせない痛みと不快を、そのつど味わわされた。生命に別状がなくとも、自然と歩行が不自由となり、かつ不愉快このうえもない責め苦であった。

最大の原因は栄養失調にあると、みずからに言いきかせ、給養担当者である自分の責任とした。しかし、後方から補給のまったくない、さりとて自隊調達するあてもない辺境では、軍の最高責任者の作戦が無理だったことを罵るのだが、罵ってみたところで、なんの効果もない。

今も自分の全身に残っている、このころの証明を眺めるたびに、連日のモンスーンのなか、それでもよく一〇から一五マイルも歩けたものだと感慨にふけるのである。

フミネとタナンでは、ごくわずかな補給をうけただけで、すっかり当てがはずれた。部隊が数日間休止して態勢をととのえているあいだに、私はチンドウィン河右岸の平地でならば、軍の補給いがいにもなんとか調達に有利とみて、数人の兵をつれて、一足先に出発した。なによりも、不健康なカボー河谷から抜けだすため、あえて急坂の山越えを決意して、直路チンドウィン河畔に出ることにした。

部隊はカボー河谷を南下して、シッタウンの西方ピンボンに向かう予定であった。私たちは雨がことさら強く降る昼すぎにタナンを出発、夜どおし山道を歩いて、翌日早暁にトンへにたどり着いた。

第五章　病魔との戦い

チンドウィン河畔へ

想えば、無念にも壮図を放棄してコヒマを出発してから、チンドウィン河に到着するまでに一ヵ月以上をついやしていた。インド進攻に燃えた前進のときは、途中数ヵ所で激戦をまじえた期間もふくめて、わずか二〇日でとにかくコヒマに行くことができたのに、退却は哀れなものであった。

これに拍車をかけたのが、世界屈指のモンスーンによる行軍への妨害と糧食の欠乏とであった。記憶によると、ふたたびチンドウィンの水を見ることができたのは、昭和十九年（一九四四）七月初旬であったと思う。

雨季のため何倍にも増水し、濁りきった急流が、すべてのものを押し流して、怒濤となって荒れている。わずか四ヵ月前にこの河を渡ったときには、河幅は半分で清流が静かに流れていた。いま見るチンドウィン河は、まったく別の河であった。

終戦後、気分的には平和でひたすら迎えの船を待っていたころ、期せずして将兵がひとしく口にしたほど、全員の感慨に残っていたものの一つは、トンへの惨状であった。もっとも、私たちがトンへに着いたのは師団のなかでも比較的に早かったので、それほどにも感じなかったが、終戦時、私が属していた山砲兵連隊の兵たちは師団でも一番遅くにトンへにはいったので、その惨状はその極にたっしていたと、充分に想像できる。（一〇三頁地図参照）たいして大きくない四〇～五〇戸の村落であった。私たちがはいったころは、椰子とバナナが村をおおっていた。以前はこんもりした立派な景観を呈していたのだろう。それらはあいつぐ爆撃ですっかり崩壊して、どの家も空き家になっていた。

それにも増して、作戦間に追及していた者や後方機関の兵士たちが演じた、野獣的な行為の跡が私たちを迎えていた。師団の河川輸送の陸揚げ点ともなり、山砲兵連隊は編成替えで余分になった砲や砲弾を、監視兵とともに残置した地点であるとも聞いた。村の中央には四メートル幅の道路が走っていたが、ここには打ち落とされて空になった椰子の実と、切り倒されたバナナの木が散乱しており、重い荷をせおって一晩中、強い雨に打たれてきた我々には踏み場もないほどだった。

我々経理室の兵たち五人ばかりは、夜明け前にここに到着し、それぞれ空き家となった民家にはいって睡眠をひじっていた。私と当番兵は途中、すこし遅れたので夜が明けはじめて到着した。一夜の強雨ですっかり濡れネズミになった被服を乾かすため、裸になって先着の兵士たちの中にはいってひと眠りした。

十時ごろ、第三大隊の先発の設営隊が到着したため、まもなく私は経理室をひきいて出発した。この村で、私ははじめてバナナの茎を生で食べた。水分がおおくて、内地の梨をかじるような感じがした。

トンへを出てからは、途中二、三の集落を右に見ながら、チンドウィン河の右岸を南下していった。このあたりまでくると、今まで山の中ばかりで、荒涼たるジャングルの中を歩いてきたのとは対照的に、明るい気分がしてきた。そのうえ、空からは薄日がさしていた。反面、敵機にたいしては極端に暴露しているので、いよいよ危険となった。一面に田地とバナナ畠のつらなる平坦地で、右側のジャングルには原住民が仮の集落をつくって退避しているという。左側からは、つねにチンドウィン河の速い流れの音が聞こえていた。

ときどき夕立のような雨もあったが、おおむね曇天であった。むし暑い熱気が地面からたちのぼるため、不愉快な気分もしないではなかったが、それ以上に苦難の山道を切りぬけてきたという安堵感で、心はすっかり明るいものになっていた。

じめじめした、しかし太陽が強く照る野道を歩きつづけた一行は、日暮れ前に川端のあるごく小さな村についた。某野戦病院の軍医が、警備隊の看板をかかげて陣取っていた。私たちは無理をいって住民の家屋のひとつを使用させてもらって、ここに落ちついた。舟待ちの茶店のような感じの家で、家の前が船着場となっていた。

ここでは、まだ住民が家に残っていたので、乾肉やバナナ、パンの実などを提供してくれた。アラカンの山中いらい、血便に悩まされてきた私たちも、これをひじり食べた。

日が暮れてから、携行してきた約一万ルピーの現金の整理をしていると、私への訪問者があった。出てみると、師団輜重の北村少尉という人で、作戦間、後方の輸送にあたり、レウに駐留している小隊長であった。

師団の転進の報に接し、今後の自隊の行動を決めるために、全体の転進状況を聞こうと、対岸から単身、小舟に乗ってチンドウィン河を渡ってきたのである。私は北村少尉に、撤退中の師団の行動について概括的な説明をした。会談中に対岸のレウには第十五軍の貨物廠のあることを知った。

私は当時、重症に属するアミーバ赤痢をわずらっていたが、にわかに思いたって、貨物廠に副食の受領にいくことにして、単身で北村少尉について出発した。当番兵も同行させたかったが、小舟の収容人員が三名とかぎられていたため、やむなく私一人が北村少尉とともに原住民の船頭にあやつられていくことにした。

河を渡るのに一時間ばかりを要したが、対岸からほどちかいところに北村小隊の宿営地が、深いジャングルを利用してつくられていた。ひさしく野戦建築にはお目にかからなかったので、竹製の建築物でもものめずらしく、かつありがたく感じた。

ひさしぶりにドラム缶の温浴をすすめられ、すっかり身体の緊張がゆるんだ。それから、部隊長でも望めないほどの立派な夕食を、北村少尉と二人だけでご馳走になり、夜のふけるまで作戦間の前線のもようを詳細に語って聞かせた。

その間にも、明日はレウの貨物廠からできるかぎりの副食を受領して、一刻も早く対岸にうつし、部隊に分配するのを夢見て、その輸送対策に腐心した。ときどきは北村小隊の協力を願ったりしていた。

前線から撤退してきた将兵は、チンドウィン河に到着できるか否かが生死の別れ目と信じて、そのためにあらゆる苦難を忍びつづけてきた。私とて、その例外ではなかった。そのためには、長期にわたるきびしい精神的緊張が要求されたのである。

それがこの日、チンドウィン左岸に渡ったこと、にわかに風呂にはいったり、王侯の食事をとったことなどで、すっかりゆったりした気分になったせいか、床にはいってから私は、にわかに病気に襲われたのである。まるで堰をきった大河の流れのように、ひどい高熱であった。

ありあわせの薬をもらって飲み、翌日の仕事に支障をきたさないようにつとめた。すぐに後続してくる大隊主力のためにつくしつつある任務を思うと、このくらいの熱で行動を躊躇するわけにはいかなかった。

翌日、北村少尉とともに、私も同隊の象に乗って長いあいだ森林の中を進み、レウの警備隊長、若園大尉のもとまで行きつくことができた。ここで第一大隊の草野主計准尉にあい、一緒にレウ貨物廠にいき、主要な副食と調味料を受領した。

私は前述のように単身できていたため、受領物資を運ぶことさえ困難であったが、何回もかかって運んだ。

このとき、熱は高く、頭がさけるように痛んだので、草野准尉に話して、付近にあった第一大隊の梱包監視隊に厄介になることになった。

受領したものは象で運んで、対岸の兵力で渡河させるつもりであったが、私はそのまま動けなくなってしまった。

私はここで、約四〇日におよぶ孤独と病魔との闘争にはいったのである。下痢は激しく、血便をくりかえし、熱は執拗にさがらなかった。しかし、第一大隊の樽本兵長が私の給養と看護にあたってくれたので、この面で私は不自由をしなかった。

野戦建築の竹の床の上に敷く毛布二、三枚も貸与してくれた。この状況下にあって、第一大隊から過分の配慮をいただいたといってよく、ありがたいと思っている。

ただ、閉口したのは、約一キロはなれた警備隊の元中尉という軍医のもとまで、診断と薬物受領にいかねばならぬことであった。ふらふらの身体をひきずって行き帰りすることが、このうえもなく頼りなく、つらかった。

ここでマラリアの注射をうけたので、熱は間もなく下がり、脳症にならずにすんだが、アミーバ赤痢の方は注射がないため、回復の見込みがたたなかった。

こんな孤独な生活のなかでも、対岸に残してきた部下の安否を案じ、なんとか連絡をとろうとしたが、いかんともできなかった。それから数日後、当番兵が一人でこの場所をたずねあててきてくれた。私は夢かとばかり、兵士の誠心に感謝した。

なんとはなしに、第一大隊梱包監視隊に私のいることが第三大隊に伝えられたようであった。ここまでくるには、相当の苦労をして捜しあてたにちがいない。この日から私は朝夕、顔や身体を温水で拭いてもらった。四ヵ月も着つづけて、泥の中で真っ黒になった被服も洗濯してもらえた。

せっかくの私の企画はむなしく終わり、主力は右岸を南下していったという。私の留守中に、連隊本部の福田中尉の依頼によって貸した現金二〇〇〇ルピーの借用証を、私に渡してくれた。

ここはジャングルの中にあったが、敵機は毎日、何回となくジャングル上空をすれすれに飛んで、無防備の地を偵察したり、銃撃したりした。疲れきって体力を消耗しつくした私は、空襲があっても皆と退避する気力もなく、床の上に横たわったままであった。

こんなとき、私の命令にしたがわず、当番兵も退避することをこばみ、私とともにいてくれた。生死をともにした軍人でなければ体験することのできない場面であった。当番兵は箱崎上等兵で、どちらかというと無愛想で気のきかない福島県人だと思っていたが、このときからは、かくべつ気のきく誠意の人と思うようになった。

地図なき追及

レウ付近の第一大隊梱包監視隊での四〇日間の寄宿生活は、まったく単調なものであった。八月十八日、私はすこしはましになった身体を無理にひきたてて、当地を出発することにした。連絡により、歩兵第五十八連隊がシッタウンで激戦を展開中と知ったからであった。

箱崎と私は地図もなく、おぼつかなさのなかにも左岸地帯を、爆撃で荒廃した村々をたどって、河岸に近づきながら南下していった。

　この地域は、私の赴任前に歩五八が駐留していた。雨季のビルマは、乾季に使える地図を見ても、まったく見当もつかなくなるほど、平地はどこもここも沼地のようになっていた。道はすべて泥濘《でいねい》と化し、一日の行程はほとんどはかどらなかった。

　日本軍の敗退に気づいてか、原住民の心にも動揺を認めた。物価がいちだんと高くなっていたのが、なによりの証拠であった。それでもビルマ人は最後まで日本人には親切で、貧しいなかにも宿舎を提供し、ご馳走をめぐんでくれた。

　タヤウンまできて、私たちはふたたびチンドウィン河を右岸へと渡った。着いたところがミンヤという、かなり大きな村落であった。師団経理勤務班が野戦倉庫を設定して、当時ここには常木見習士官が倉庫にがんばっていた。

　常木は過日、二一マイル地点の野戦倉庫で厄介になった経理学校の同期である。私はある日、夢中で彼を頼って訪問した。大きな民家に陣どって、転進中の師団の糧秣交付を一手にひきうけて、大規模な活動をしていた。周辺村落での現地物資の蒐集にも、いそがしく奔走しているようすだった。

　私はここで気を許したためか、ふたたび発熱したので、当番兵と二人で一〇日ほど、この家に滞在した。この家のビルマ人夫婦は親身になって私の面倒をみたり、三度の食事もまかなってくれた。

　この間にも空襲がしばしばあって、ビルマ人の恐怖は予想以上であった。防空壕に退避するときも、我々の動作が遅いといって怒ったり、壕のなかで口をきこうものなら、大変な騒ぎとなった。

この間の常木は、各隊のあらそうような交付請求に閉口していた。また、仕事が仕事なので、私はなるべく邪魔にならないようにつとめたが、彼の方でも、我々にたいして気をつかう暇もなかったためか、前回ほどの親友のよしみをしめすことはなかった。

別所見習士官も、私とおなじような状態でここにいた。彼は私よりすこし以前からおり、野戦倉庫のすぐそばの野戦病院の勤務だったので、すこしは厄介になったらしい。後日、別所と会ったとき、この当時の常木見習士官の態度にはすくなからず憤慨していた。

いそぐ心にもかかわらず、約一〇日をミンヤに滞在してしまった私たちは、さらに部隊を追って南下していった。地図はなく、敵情も不明だが、とにかく住民からできるだけの情報を聞きながら、シッタウンへ、シッタウンへと進んでいった。

いまだ明けやらぬ雨季の泥道はものすごいばかりで、重い荷に痩せた脚では、とうてい思うだけの前進は困難であった。やっとのことで夕刻、どこかの村落にたどりついては宿りつつ、いくぶんかずつでもシッタウンに近づいていった。

荒野のなかには、大型の敵軍爆撃機の不時着となったままなのや、めちゃめちゃに壊れたのが無残に横たわっている。これらにたいして、私は奇妙にも敵愾心は起こらず、むしろ戦争のもたらす、ひとしく哀れな現実を見るといった傍観者的な気持ちであった。

またまた雨が降りだしたので、マンモーという途中の村落に二日間滞在した。大きな民家に泊めてくれたので、歓待された。蚊帳も吊ってくれ、よく熟睡できた。

雨のあい間をみては歩きだし、降ってくると宿ったりした。ムッとむすような深い草いきれと悪路をものともせず、すでに底が減ってしまった靴を頼りに、おぼつかなく前進していった。ときには、夜になっても村落に着かず、疲れはてて森林のなかに雨と戦いながら露営することもあった。

このころの私は、マラリアよりもむしろアミーバ赤痢の勢いに圧倒されていた。道を歩いていても、一時間ごとに腹痛をもよおし、道端にかがみこんで軍袴をとるのも遅しと血便を排出していたのである。

途中、光機関の将校が駐在するという某村落に泊って、米を補充してもらった。ここでひさしぶりに日本軍人の人の情けを味わって一日中滞在した。

ちょうどここには象の集団がきていて、そのうちの一匹が象使いのあつかいに怒って暴れだし、村中を暴走するにいたり、これを取りおさえるのに大騒ぎしていた。私はこの情景を二階から眺めていたが、象の力の大きさに驚かされた。

ここからは一面の開豁地《かいかつち》となったが、皮肉なことにかえって歩行が困難になった。ジャングルのなかは草木が地面をかたくおおっているので、それほど土質がゆるまない。開豁地では泥沼が四方に散在していて、わずかについていた現地民の細道は、人や動物、車など通ると、泥土がまぜかえされて膝を没するほどである。あえて道でないところをいくと、ますます歩行がはかどらない。

そのうえ、敵機がたえず不気味な爆音を聞かせて、この雨季にもときどき低空で地上をうかがっていったりすると、開豁地の歩行は困難に困難をかさねることになる。こんな状況下にも、私たちはたがいに励ましあって、一刻も早く部隊に追及するため、あらゆる努力をかさねた。

三、四日でヘローに着いた。ここはチンドウィン河右岸の要点である。河がここから大きく右折するので、道路も西に向かい、その先がシッタウンである。

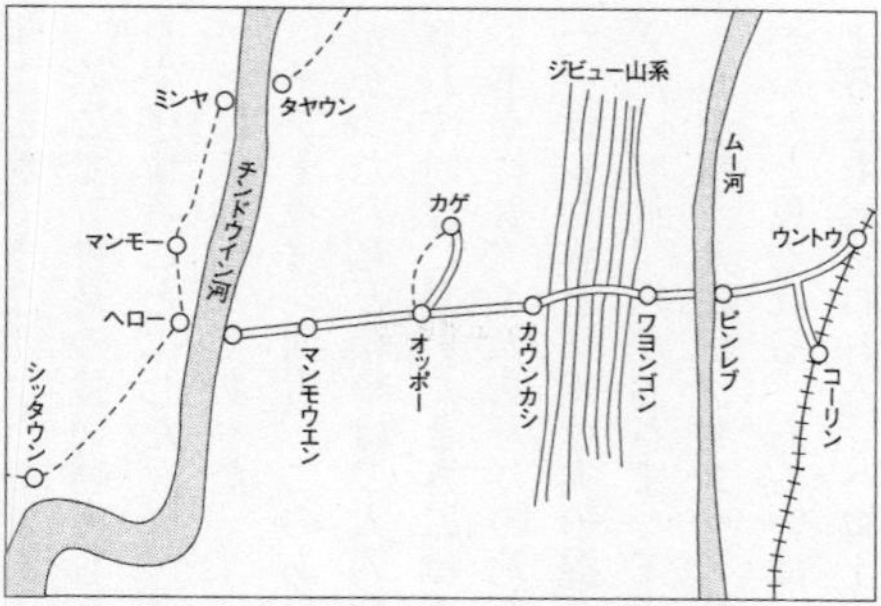

村落にはいっても日本兵の姿を見なかったので、状況に変化があったのではないかと案じた。村人に聞いて村長の家をたずねあて、シッタウンの状況を聞いた。

数日前からシッタウンには英印軍がはいっており、もはや友軍は一人もいないこと、ヘローにも以前は日本兵がたくさんいたが、これも数日前にすべてひき揚げて渡河してしまったことがわかった。私は状況の変化も知らずに、無謀な単独行動をとってきたことを恥じた。

一日千秋の思いで、早くシッタウンの激戦に参加し、部隊給養の任務にあたるべくいそいできたものの、身体と状況が意のごとくならず、予想外に時間を要し、ついに初志をはたすことができなかったのである。

　そこで、村長の強い勧告もあって、私は敵機の活動をはばからず、日の暮れるまでに渡河を完了することにした。いつ英印軍が進駐してくるかわからず、この村落に一刻もとどまることは危険千万であった。

　チンドウィン河も、このあたりはことに河幅が広くなっており、渡りきるのに三時間ほどかかった。私と箱崎は二人の船頭にあやつられて、濁流がとうとう渦まく本流を相当に流されて対岸に着いたときには、すでに日が暮れていた。

　不幸にも、このあたりの地名はすっかり忘れて記憶していない。私はこの夜、また発熱した。カレン族とビルマ人の混在する村落で、私たちはビルマ人の一番大きな家に泊めてもらえた。翌日、熱がおさまって出発した。

　わが第三大隊がシッタウンから渡河したとすると、作戦前に駐留したこの地域を東方に向かったと思われる。あるいは、シッタウンからなおチンドウィン河の右岸を南下していったようにも考えられる。ヘローの村長に部隊名で聞いてみたが、村長に部隊の行動がわかるはずもない。私たちはとにかく渡河したのであった。

　渡河した以上、私たちは東方へ歩いて、カウンカシ～ワヨンゴン～ピンレブと、箱崎のなじみの地域をこえて、ビルマ縦貫鉄道線に出ることを目標とした。

　歩きだすと、村落のはずれにある寺院の床下に、部隊からとりのこされて病気と飢えで死ぬ寸前にある兵士が、一人で苦痛にうめいている情景をあちこちで見うけた。このように死線をさまよう兵士たちが、期せずして寺院の床下に集っているさまは、まことに末世であり、だれ一人かまおうともしない。

そういう私たちにしても、薬物も食料も持たず、これらの兵士と大同小異の病人であった。ただ、やっと精神力だけで動いているのだから、他人事ではないのだが、どうしてやることもできない。

「頑張れよ、早く元気になって東方にむかって前進するのだぞ」

と言って、立ち去ったのである。そのつど、口にこそださないが、私も箱崎も、この兵士たちのようにはならないぞと、みずからに励ましをいって聞かせたのである。

私はまだかなりの熱をのこして、歩行困難であった。箱崎からも励まされ、今まさに死なんとしている兵士たちの呻き声から遠ざかるため、熱をおしきって、とにかく東方に向かって進発していった。病苦のため部隊からとり残された哀れな兵士たちを残して……。冥福を祈りつつ、彼らの呻き声をうしろに聞きながら……。

さながら生死の境をさまよいつつも

このころは、まだまだモンスーンの猛威がおとろえるきざしもなかった。さながら生死の境をさまよいつつも、飢えた身体のはてるまで生きぬこうとする、人間の強い力を体験していた。

体力の回復を待たず、一刻も早くチンドウィン河畔を離れて東に向かった私たちは、たちまち疲労と病苦のため、思うような前進はできなかった。

この地からビルマ縦貫鉄道までの行程を歩くのに、チンドウィン河という生死の境を渡りきったという、いくらかの安心感があったためか、約一ヵ月も要してしまった。地図はなく、原住民が教えてくれるとおりに東に向かって歩くだけの、いたって頼りないものであった。

カウンカシにいたる間は、チンドウィン流域の平原で低い泥地帯であった。何本か南北にのびる低い丘陵が走っており、これらを横切るために、何度か山のなかも通った。

チンドウィン河を渡るとき、約二〇〇ルピーの現金を持っていたが、渡河のときに八〇ルピーを払ったため、今は一〇〇ルピーそこそこになっていた。原住民の家に一夜厄介になると、謝礼としていくらか置いたので、しだいに心細くなっていった。もっとも、原住民が謝礼を要求するわけではなく、一方的にお礼として置くのだから、なんとかなった。

幾度か道をまちがえて、行きつ戻りつしたりして、前進は計画どおりにははかどらなかった。二、三日は山のなかの道だったが、この途中にマンモウエンというかなり大きな村落についたとき、はじめて日本の駐留部隊を見た。歩兵第百二十四連隊の一コ小隊であった。この付近では米が充分に取れないため、とうもろこしを粉にしたものを主食としているようであった。

ビルマでは寺院と僧侶の権力が強いために、いろいろ珍しい風習があるが、どんな寒村でも、寺院にささげるご馳走だけは、ありったけの奮発をしていた。これに目をつけた日本軍兵士もときどき見うけられた。

つまり、日本仏教の僧侶だと名乗って乗りこみ、仏像の前にすわって「いろはにほへと……」を経文を唄うように読む。その兵士は、僧侶たちから異国の同教聖者として取りあつかわれ、僧侶の来訪としてたいそうな知遇とご馳走をうけたという。

箱崎が見てきたような話を持ちだして、私たちもマンモウエンの寺院でこの手をこころみようと提案し、私も面白半分で同意した。二人で寺院を訪れ、たんまりご馳走にあずかることできた。

こんな悪戯ができたといったら、私たちはよほど健康体であったような印象をあたえるが、事実は正反対であった。アミーバ赤痢がひどく私たちの身体に食いこんでいたのである。

私たちは泥土を踏みこみ、沼地にはいり、山の上り下りなど、あらゆる苦難のなかで日に一〇〜一五マイル歩くためには、とにかく食べること、食べられることが先決であった。下痢などは度外視していたように思う。もう慢性だということで、病気に気をとめないようになっていたのかも知れない。

しかし、食べられないようなことになれば、一巻の終わりになったのはまちがいない。幸いにも原住民の家に泊めてもらえた最善の場合においても、床高の家の床板の上に携行天幕を敷いた上にころがって寝るのだから、腸を冷やすばかりで、病気がしだいに悪性となっていったのも当然であった。

カウンカシまでは平地がおおかったが、この時期はかえって山道を歩くほうが歩行には楽であった。しかし、山地にはかならず病気や飢えで死んだ兵士の死骸が横たわっていた。すっかり腐敗しきって、ひどい臭気が鼻をつく。

私たちは夢中で、その側を通りすぎた。我々が彼らとおなじく死の一歩手前にあることを承知しながらも、彼らの仲間になることを拒否していた。死人の悪臭がしつこく私たちの後を追ってきた。

インド進攻作戦のはじまる前まで第三大隊がこの地域に駐留していたので、箱崎上等兵がこの付近の地理をよく知っていた。そのため、ビルマ人の知人の家に宿ることができたり、なにかにつけて都合がよかった。

道が沼地からでて、比較的ましな平地の道を歩くようになって、オッポーで箱崎の知り合いというビルマ商人の家に泊った。偶然、経理室の者と会うことができた。牧岡伍長も人懐かしげに訪ねてきて、私が部隊を離れたときいらいの部隊の状況を話してくれた。

牧岡伍長らは、オッポーからすこし北方にあるカゲという村落にあった、第三大隊の残置物の処理にあたっていた。オッポーにも光機関の将校がいて、チンドウィン右岸にはすでに英印軍が到着して、渡河の準備に着手したと知らされた。

私はすぐに指示をだして、残置物件を後方の連絡部隊に引き渡すように命じた。人員はただちに本隊に合流することになり、私たちもこの地に長くいるわけにもいかず、また東方に向かって出発した。

平地を行きつめ、山地にかかろうとする所がカウンカシである。もと第三大隊が駐留していた村落で、ひどく荒れていて住民は一人もいない。草が茂り、数世紀前に栄えた古城が荒廃し、廃墟を見ているようであった。

屋根から雨が降りこむ空き家に一夜を明かし、翌朝、出発準備をしていると、戦いと長旅のために破損しきった被服をまとった敗残兵のような哀れな姿の兵士たちが、三三五五、私たちと同じ目的で退却していった。ここから名にしおうジビュー山系にはいるのである。

ジュビュー山系を横断して

このころ、私の衰弱は最悪の状態になっていた。ただ左右の脚をなんとか進めているだけで、一日の行程もずっと少なくなっていた。箱崎が私よりだいぶましだったのが、唯一の幸いであった。

とにかく理屈抜きで、一歩でも前進しなければならないと、精神力だけで動いていたといってさしつかえない。

ジビュー山系の横断は、二、三〇メートルの上り坂と下り坂がくりかえされるだけで、平坦な道はまったくなかった。そのかわり、平地を歩くよりも泥土に悩まされることがなく助かったが、坂道は坂道なりに体力を消耗した。

腐敗した兵士の死体をもっともおおく見たのも、この山中であった。体力を消耗しつくして無理に行軍をつづけた兵士たちが、坂を上りつめたところで、背嚢をせおったまま仰向けに地面に腰をおろして休むうちに死んでしまったのである。

頂上を通過する者も、これらの死体を処分するどころか、これを見るだけでも自分に不吉をもたらすように思えて、これを避けて通りすぎていく。おなじ場所に三名、四名の死体があっても、死んだ時期は異なっていた。古くなって骨ばかりになって、朽ちた被服がわずかに残って散らばっているのもあれば、腐敗期で肉がくさって目もあてられないものもある。これがもっとも悪臭が強く、鼻を衝いた。

また、死んで二、三日がたって、水をふくんで大きく腫れあがっているものもあり、蠅のような虫が無数にたかっている。死んで二、三時間しかたっていないと思われるのは、一見すると、病兵が休息しているように見えた。

我々生きている兵士も、当時はそれほどまで顔色が死人のような土色をしていたと言うほうが本当なのかも知れない。負け戦さの惨めさを如実に体験したときであった。私たちは生き抜くために、これらの行き倒れの仲間にははいらないぞと、励ましあう努力で一杯であった。

先に死んだ死骸の側に身体を休めながら、来世に往ったこれらの兵士を見ると、本当に死に直面した人の心理がわかるように思えた。おなじ仲間とともに、死の世界に道づれを求めるのであろう。

思えば、戦闘間に天皇陛下の万歳をとなえて死ねた将兵は幸福であった。それに反し、ここに死んでいる兵士たちは、おそらく世の無情を思いながら、苦痛にせめたてられ、最後には母の名を呼んで逝《い》ったことであろう。

私はウクルルいらい、身体中いっぱいに発疹がでて化膿し、歩行にも大変な不自由を感じていた。ジビュー山系では、雨の毎日を迎えたため、これらがつぶれて処置のしようがなくなった。

内股の腫物はつねに歩行をにぶらせ、一時間に一度は休息のためにすわろうとすると、手のひらや甲の腫物ですわるのも困難だった。立つときは、臀部や股部の腫物がべったりと被服にはりついて、容易にはがすこともできない。

筆舌にあらわせない苦難であったが、もちろん薬品もガーゼもなに一つないのであるから処置のしようもなく、なるに任せるほかなかった。

ジビュー山系は横断する直距離が一五マイルしかないのに、カウンカシからワヨンゴンに出るのに、まる一週間かかっていた。健康体なら一泊か、せいぜい二泊で越えられた。この山中で、山砲兵連隊の某中尉と同行になった。のちに私が山砲隊に転勤になって友誼を結ぶことになるのであるが、この時期、誰が先のことを予測できたであろう。

山中で夜の露営は、先行者が残していったかんたんな竹組みの骨格を利用して、これに天幕を張って上からの雨露をしのぐのが精一杯であった。下は、泥んこの上に濡れた落葉を敷いて寝るだけである。このころは携行糧秣もなくなっていたので、箱崎が掘ってくる山中のタケノコを煮て食べるようになっていた。

ジビュー山系を越えたところで某中尉とは別れた。ワヨンゴンにはいる手前で、ひさしぶりにバナナを売る住民が道端に立って迎えているのに出会った。一房五ルピーで、じつに高いものであった。軍票の価値が、それほど下がってしまったのであろう。

私には二〇ルピーしか残っていなかったが、無理をしてこれを買い、箱崎上等兵と二人で忘れられぬジビュー山系の方を眺めながら食べた。

ワヨンゴンにはいると、あちこちに日本の部隊らしいものの宿営が見えた。当地の警備隊が私たちを特別あつかいにして、寺院の床板の上に寝かしてくれたが、終夜、雨の音と寒さのために心細く、それでもよくここまでたどりつけたと、感慨にふけるのであった。

このころになると、さすがに強健だった箱崎も私とおなじアミーバ赤痢とマラリアで呻吟《しんぎん》するようになっていた。ワヨンゴン着の翌日、ひどい発熱をしたので飯を炊くこともできず、やむなく欠食となった。

ワヨンゴンには軍の貨物廠があって歩行患者に糧食を交付していると聞き、私は無理にも身体を引きずって受領にいき、ひさしぶりで人間の食う野菜類を食べることができた。ジビュー山系では、もっぱら生えているタケノコを掘って食べてきたが、ここで葉野菜や実野菜に舌鼓みを打ったのである。

ワヨンゴンでは歩行患者がおおいため、滞在は一夜と決められて、翌日には追いだされる規定であった。私は無理にたのんで、二、三日滞在した。ジビュー山系中に四、五ヵ所あった濁流さか巻く河川を渡渉してきたので、携行品も被服もすべて濡れていた。腕時計の中まで水がはいって使えなくなっていた。

ワヨンゴンには、前述の第十五軍貨物廠のほかに第三十一師団の野戦倉庫の交付所があって、同期の大槻見習士官がいることを聞いたので訪ねてみた。ひさしぶりの対面でたがいに喜びあったが、このとき、坂上見習士官と伊藤見習士官が病を得て戦病死したとの報らせを得た。また、永島見習士官もチンドウィン河以西で死んだことを知った。

七ヵ月前に第三十一師団に赴任した同期のグループ七人が、この間に三人が死んで、いまでは四人が生き残っているだけである。このうち、別所見習士官と私が重病で死の一歩手前にいた。師団の経理勤務班にまわった大槻と常木だけが元気である。

彼らは野戦倉庫や糧秣交付所をやってきたため、栄養もとれたし、入浴もできたし、勤務兵の世話もゆきとどいた。私から見れば、うらやましいかぎりであった。私は大槻の厚い好意によって、缶詰や調弁野菜の間にすわってご馳走になった。

大槻はこの日、ワヨンゴンを出発してピンレブに向かう予定で、この糧秣交付所を歩兵第百三十八連隊の佐々木中尉に申し送っていた。大槻とは、ここで別れることになった。ときに一九四四年九月二十五日、私の二五歳の誕生日であった。

第六章　兵站病院

部隊との再会

箱崎の熱がさがったので、私たちもふたたび前進行軍となった。また一山を越えると、ピンレブの対岸に着いた。すでに平地の行軍となっており、左右に黒々とむらがった集落が散見された。私たちはこれらの集落に立ち寄ることなく、ひたすらムー河をめざして進んだ。

（一二一頁地図参照）

河畔で一日をすごすことになったのは、大規模な敵軍の空襲がこの地域にくわえられたからで、一日中、銃撃と爆撃がつづいた。私たちも水浸しになった防空壕にはいって退避した。夕方の日暮れころから、ムー河の渡河が小舟艇ではじめられ、やっとのことで便舟のひとつに便乗することができた。ピンレブでは、保健隊が歩行患者にミルクと善哉《ぜんざい》の接待をしていると聞いていた私たちは、渡河後を楽しみにしていた。

渡ってみると、この日の爆撃で接待所が灰燼に帰し、閉鎖されたと聞いてがっかりした。

ミルク缶などを山積みにした倉庫が、まだ燃えつづけているのを見た。半焼けの小豆が、バケツのまま置いてあった。

落胆したものの、夜になって佐々木中尉のいる野戦倉庫を訪ねて、わずかばかりの副食物を受領した。佐々木中尉は歩一三八の主計であるためか、あまり好感のもてるあつかいをしてくれなかった。私たちはすくなからず憤慨したが、ピンレブには軍の貨物廠もあり、駐留している部隊もおおかった。

貨物廠では清水主計少尉といって、レウの貨物廠で知りあった人が廠長をしていたので、私たちには都合がよかった。単独の歩行患者がそれほどおおかったためか、私たちは泊る民家を探すのに骨がおれた。レウで遭った若園大尉もここにいた。

ピンレブからビルマ縦断鉄道まではトラックの便があり、患者を優先して運搬していた。これを利用しようとする人たちが滞留する一方で、トラックの運行が思うように能率があがらないために、トラック待ちの患者がたまるばかりであった。トラック便は貨物廠のなかにある運送班が、一手にあつかっており、申し込んでもなかなか順番がまわってこない状態であった。

この間に私は、光機関の将校が宿営する家屋で、めずらしく内地の軍隊的なものの復活に遭遇した。つまり、宿営地を探すために民家を物色しているうちに、日本兵がいなさそうな家を見つけて階段をのぼった。この地方の家では、広い板敷で屋根のない部分があった。ここに立って私はビルマ語で「ジャパン・シデラ（日本人はいるか）」と怒鳴った。

誰もいないらしく、しばらくして静まった家の中からロンジをはいた背の高い人が、突然つかつかと私の前に出てきて、「出ていけ」と大声で叱りつけるや、腕力で私を梯子から地上に突き落としたのである。

私はこれほどまでに、体力が弱っていたのであろう。背丈の三、四倍はある梯子《はしご》からつき落とされ、もんどり売って背嚢をせおったまま、全身を地上に叩きつけて打撲傷をおった。私は事情がわからないので、また梯子をのぼっていった。その間に私は、この男は私より上位の日本軍将校で、私が日本人のことをジャパンといったのが気にいらなかったのではないかと推察していた。のぼりきると、私は上官にたいする姿勢をつくって、私の誤りを詫びた。

すると、ロンジをはいた男は、負け戦さになったとはいえ、現在の線で日本軍は態勢をとのえ、ふたたびインド進攻をやろうとしている。そんなときに、日本軍の将校たる者が、ビルマ人に向かって自国人のことをジャパンなどというから、兵士も見習うのだ。それがビルマ人になめられて、みな英軍のスパイにならせてしまうのだ。そんなことで、兵の上に立って雪辱戦を完うすることはできないと、内地の若手の職業軍人がいうように説諭する。

これで私の謎が解けた。今晩の宿舎を探していたことを説明すると、見るからに体力のおとろえている私を見て、ぜひここに泊っていけという。夕方、この人の好意で大変なもてなしをうけた。炉端にすわって、すっかり落ち着いて夜遅くまで語りあった。

この人は宇品といって元陸軍大尉、二・二六事件で死刑の判決をうけたが、実際には光機関の要員となって、かなり前からこの辺境に特務機関員として活躍していたのである。もちろん国籍をうしない、法律上は死せる人としてあつかわれているという。全身にみなぎる忠君愛国の至誠に燃えた人で、私の言葉を聞いて許しておけなかったのであろう。

この日の夕暮れ、インド国民軍と称するインド人二名が連絡のため、この家にきた。第六感の鋭い宇品氏は、寸時の会話で英印軍のスパイと見当をつけて、くわしく取り調べた結果、持っていた軍票も偽物とわかり、敵軍のスパイと断定したのだった。

スパイは殺すことになっていたが、翌朝、箱崎がきてトラックの順番がきたというので、にわかに出発となって家を辞去した。そのため、捕虜にした二人の結末はわからずじまいとなった。

私たちはピンレブから、悪路をトラックに揺られとおして、夜になってから鉄道にちかい三叉路で降ろされた。ここから左にとればウントウ駅にでるが、私たちは右にとってコーリン駅に向かった。

間もなく進むと、歩一三八の某将校が連絡所長として師団の歩行患者の連絡と掌握にあたっている村落にはいった。私たちは鉄道線ちかしということもあって、ここに一泊せずに、夜道をコーリン駅まで歩いた。着いたときはまったくの闇夜で、方角もわからぬほどだった。

ものすごい下痢のため、ちょっとの違いで最初の列車には乗りはぐってしまった。それでも、翌朝午前一時の汽車には乗ることができた。汽車といっても有蓋貨車で、中には疲労しきった土色の顔をした兵士たちがぎっしりとつまって、身体をかさねあって寝たり、すわったりしていた。

私たちは夜中にコーリンに着いて、夜中に南下する汽車に乗ったので、駅の付近についてはわからなかったが、ここで二、三日、汽車待ちをした人びとは、ひさしぶりに物資の豊かな町にきたので、かなりエンジョイしたようであった。

私たちは翌朝早くシュウェボウに着いた。敵機のお見舞いをうける恐れのすくない地区にはいったので、比較的に安らかな気分で貨物廠を目標に歩きだした。

さすがに北ビルマ有数の町だけあって、家並みも整然としているし、アスファルト道が南国の日光にはえて目に痛く感じる。自動車は平坦な道路をこころよく走っている。烈兵団の連絡所がこの町にあると聞いていたので、まずそこまで行って状況を聞かなくてはと思いつつ、大通りを歩いていた。

ともかく朝食をとろうと、煙草などを売っている家に休憩することにした。ところが、これまで堪えきっていた病気が、奔流のようにあふれだしたからたまらない。箱崎も私も、ひどい発熱だった。

計画は一時中断して、この日は一日中、この家に厄介になった。もう通貨を持っていない私たちは、たいした世話になることはできなかった。だが、それでもこの家の人たちの心からの手厚い看護をうけた。

下痢が猛威をふるい、便所に駆けこむのも間にあわないほどだった。ことに、日中の気を狂わせるような烈日には、まったく閉口した。このときばかりは、頭が裂けるかと思った。病を得てから体験した、もっとも苦しかった日だったと思う。

それでも夕方の冷気を迎えるころには、いくぶん小康を得た。付近の珈琲店で一ルピー半のコーヒーを、ひさしぶりで味わっていた。

翌日、箱崎をこの家に残しておいて、私は一人で貨物廠に連絡のためにでかけた。第十五軍（林集団）の貨物廠だけあって、集荷も交付も活発である。それに隣接して現地人の市場があって、色とりどりの男女が売買をやっていた。私はここでも、なにがしかを買って食べたと思う。

貨物廠で歩兵第五十八連隊の所在をたずねると、交付係の下士官が親切にも私の第一線勤務を感謝しながら、菓子やコーヒーをだして歓待してくれた。貨物廠には、たいてい威張った奴がおおいのであるが、この人は例外であった。歩五八を調べてもらうと、毎日この貨物廠に副食受領にくることがわかった。

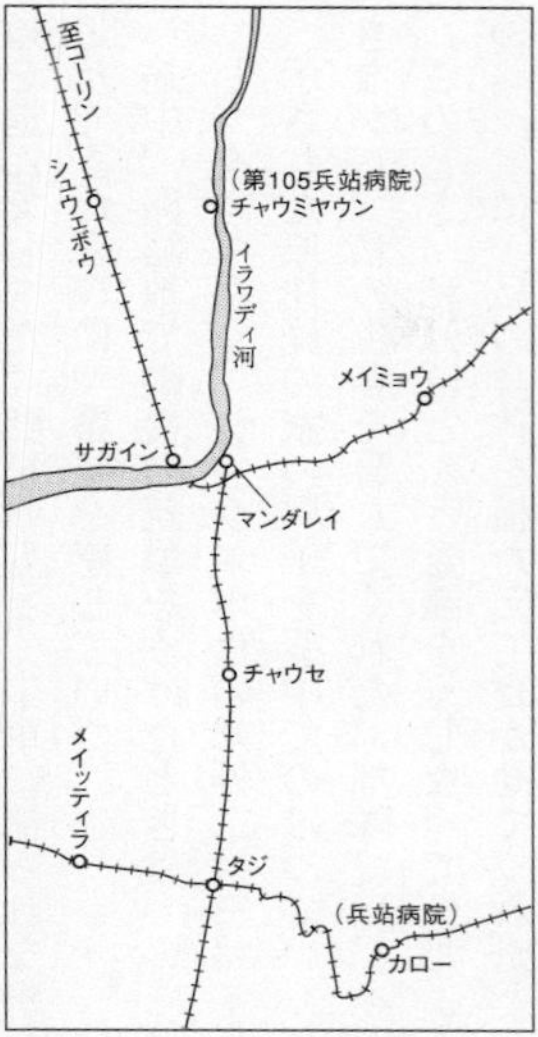

貨物廠をでたところで懐かしい小川軍曹に逢い、ひさしぶりに部隊の概況を教えてもらえた。大隊の副食受領の牛車が二時ころに到着したので、私はこれに便乗し、途中で箱崎をひろって、部隊に向かうこととなった。

シュウェボウの街を通りぬけ、川沿いに東方に向かって森や林のつらなる道を進んでいった。烈日のもと、牛車に揺られながら呻吟する私でも、やがて自分の部隊に追及できた喜びに、希望を感じていた。

途中、開豁地で敵機の銃撃をうけたときは、いちはやく川端の叢に隠れて難を逃れた。かくして夕方ちかく、シュウェボウの郊外二、三マイルにある村落に着いた。

示された原住民の家の梯子を夢中でのぼっていくと、生方主計中尉は私の出現にひどく驚きながら、私の生存を喜んでくれた。部隊では、私が病死したことになっていた。

このとき、私はほとんど意識をうしなっていたようである。経理室にあてられていた二階のベッドに、私の身体を横たえて寝かせてくれたとき、これらの懐しい人たちの顔が見え、親身になって私の生存を喜んでくれているのを感じた。大隊副官の柴田中尉や軍医の古閑中尉が、経理室にきて私を見舞ってくれたことも、おぼろ気ながらわかっていた。

この間に中川主計伍長が、私の赴任いらいの給料と諸手当として一五〇〇ルピーばかりを、私のポケットにいれておいてくれた。これがこれからの入院生活の間、大いに役だったことはいうまでもない。

さらばマンダレイ

私は衰弱と病苦がその極にたっしたときに、自隊の位置まで追及することができたことを、不幸中の幸いと思い、天の救いであったと信じている。私はただちに入院することを古閑軍医から命ぜられ、日が暮れてから、ふたたび牛車に乗せられてシュウェボウに向かった。

箱崎上等兵も入院することになったため、私との関係はここで終結した。ともに牛車に乗り、医務室からの付添いにともなわれてシュウェボウに着くと、今度は病院車に乗り換え、イラワディ河右岸のチャウミヤウン（シュウェボウから直距離一六マイル）の兵站病院に到着した。時に十月十二日の夜半であった。

夜おそく、イラワディ河畔のチャウミヤウン（兆明と書いてあったように思う）の第一〇五兵站病院についた私は、ただちに伝染病棟にいれられた。将校には別に将校病棟がもうけられてあった。生方主計中尉の心づかいによって、同中尉の当番兵を暫定的に私のために付き添わせてくれたので、大いに助かった。

数日後には菅井上等兵が交替にきてくれ、私の入院生活の全期間を通じて、私の伴侶としてよく働いてくれた。

日に十数回にもおよぶ下痢のため便所通いにいそがしかった。二週間目には目に見えて快方に向かい、一日四、五回ほどになった。同宿の将校患者には、烈参謀部の某少尉、管理部長、経理部の牧中尉、光機関の金子大尉など全部で七、八名、ほとんどが烈兵団の者であった。気持ちのよい野戦建築の病棟であった。

下痢には悪いと知りながら、一方では衰弱がひどかったためか、当番兵にいいつけてひそかに現地の砂糖を買いにやっては、寝ながらなめていたのは、いま考えても奇妙だったと思う。病院の給養は良好であったが、なんといっても量のすくないのには閉口していた。それでもミルクは毎日、給された。

チャウミヤウンの病院にいた間は、病苦を克服することに専念していた。たまには将校連中の雑談や自慢話に耳をかたむけたが、とくにこの期間の記憶はあまりない。ただ毎日、注射をされて体力がすこしずつ回復するかに思えたことや、菅井上等兵に朝夕、汚れた身体を温湯の布で拭いてもらったことなどが想い出される。

このころになって、戦局の変化にともない、第一〇五兵站病院が他の病院部隊に申し送られることになった。現住患者の後送がはじめられ、私もその第一便で後方に輸送されることになった。

十月二十六日の夜、牛車でイラワディ河の船着場にでて、ここから船便に乗り、現住民のあやつる船旅でイラワディ河を下っていった。

イラワディ河を下る舟は、夜明けころにマンダレイに着くはずであった。潮の加減でことのほか遅れ、すっかり日が昇っても、まだ着きそうにない。同乗の全員が、敵機の爆音を遠く耳にしながら、幸運にも空襲の難をうけることもなく、昼ころにマンダレイの桟橋に上陸することができた。

私はチャウミヤウンいらい、歩一二四の岩田中尉と同行していた。彼はひどく衰弱していたため、担架に乗ったまま舟の舷側に託され、一晩中苦しみとおしていた。日中は暑いが、夜間の河川運搬の間はじつに寒かった。

マンダレイの一角に上陸すると、一同は引率されてマンダレイ患者集合所に歩いていった。私は岩田中尉とともに特別の許可を得て馬車でいった。

時計台の付近に大きな鉄筋の建物があって、これを患者集合所にしていた。ところが、この大きさでも当時の患者数は収容能力をはるかに超えていて、二、三倍にもなってあふれていた。

私は伝染病棟の将校舎にいれてもらえたから、まだましな方であった。兵室へいった箱崎は、かなり冷遇をされたようである。病棟にはいりきれずに、戸外にアンペラを敷いて寝かされた者が何百人もいた。

雨季は去ったから、雨に悩まされることはなかったが、それでも寒い夜露に濡れて、哀れなことは言外であった。薬物も三日に一度は欠けることもあり、下痢患者は粉炭らしい薬を支給されるだけで、頼りないかぎりであった。

とにかく、ここは病院ではなく患者の集合所であった。一日も早く後方の病院にうつすための仮置場であった。鉄道輸送が思うようにはかどらないためと、収容能力を超えているのに、毎日おびただしい患者の入来があるため、滞在患者数は減少するどころか、日増しに増加するのであった。

私たちは幸運な方だったらしく、入所五日目には後送となった。軍医の患者輸送指揮官の引率によって、鉄道でシャン高原のカローに向かって出発した。懐かしのマンダレイよ、いつかふたたび、ここを訪れることができるか。

ビルマ第一の古都、王宮で有名な街よと、列車の有蓋貨車から離れいく夕刻のマンダレイに別れを告げた。ふと今日は妹、富枝の誕生日の十一月四日だと気づいて、想いは郷里にはせていた。

白衣の天使たち

マンダレイからカローまで、私は岩田中尉、菅井上等兵と行動をともにした。岩田中尉は輸送隊のいくつかある班の班長をつとめており、このころにはどうにか歩けるようになっていた。

私の方はいぜんとして下痢がよくなっていなかったが、マラリアはでてこなくなっていた。夜が明けて列車がチャウセに着いた。日中退避のために下車し、班ごとにわかれて疎開することになった。

私たち三人は、現住民の家を借りて一日をすごすことにした。森林にかこまれ、マンダレイ～ラングーン幹線道路に面した家で、小さいが涼しくて快適な家であった。

朝食の準備では菅井上等兵を炊事にあたらせ、私は市場へ副食や果物を買いだしにいった。朝日でさわやかな野天の市場では、戦争を忘れたような光景である。活発な取り引きがおこなわれ、女たちの社交場ともなっていた。

私はまた悪い癖がでて、勝手に焼飯などを食べたうえ、牛肉と野菜と果物を買って帰り、朝食にくわえた。岩田中尉もひさしぶりに「うまい、うまい」と喜んでいた。このころから岩田中尉は脚気《かっけ》が悪化してきて、行動にひどく不自由を感じているようすであった。

夕方になってから、一行はふたたび汽車に乗りこみ、途中、幾度も長い停車をしながら、夜中にタジに着いた。タジはマンダレイ～ラングーン間のビルマ縦断鉄道と、東西にのびるシャン高原線とが交差する駅である。

ここでまた、翌日の日中退避をするため汽車から降ろされた。夜中の道を一マイル強にあるタジの大寺院まで歩いて、ここに泊ることになった。このあたりからタジの町となる。

ひと眠りしたら夜が明けていたので、私は一人で市場に買物にいった。市場には食品を主として、雑多なものが数おおく売られていた。

すっかり疲れきって、やっと安全なところまでさがってきた日本兵の患者たちは、気分的にも緊張がとけたためか、寺院の床板に天幕を敷いたまま、敵機の来襲を恐れる必要もなく、日中は眠りつづけていた。私たちはかかる状況下において、下痢が日増しにふたたび悪化しつつあったにもかかわらず、食欲だけは旺盛で、市場にでては焼飯や蕎麦《そば》を食べるのが唯一の楽しみとなっていた。

想えば、かくのごとき不遇な戦線に配置された自分たちの不幸を、いまはもう諦めたという気分で、瞬間的な享楽を追うことしか考えなくなっていたのが真相であったと思う。

幸いにも、この日は当地警備隊の好意による食事が支給され、ひさしぶりに味噌汁を味わった。皮肉にも、市場でたらふく食べてきた私には、このご馳走をすべて平らげることができなかった。

夕方になって、一行はまた鉄道駅まで徒歩でいくことになった。好意により、重患者の岩田中尉が牛車で運ばれることになり、私たちも便乗して牛車で比較的楽《らく》にタジの駅に着くことができた。

夜中、せまい貨車に揺られとおして、汽車は翌朝早く、山間の田舎駅に停車した。両側がけわしい崖になっていて、列車の日中退避には恰好な場所であった。またここで一日滞在だなと私が言っていたら、やはりそのとおりになった。

もうシャン高原にはいっているので、冷たい空気が身にしみた。山間なので日中退避といわれても、どこへも行くところがない。

駅の近くには、さびれたシャン人の村落があった。ビルマ人の村とくらべると、なぜか私たちには近づきがたい、異様な野蛮なにおいが強かった。誰も村落には近寄らず、一日中、駅の付近にいた。

珍しく退屈な日で、しかも終日、霧のような雨天であった。タジ駅で物売りの少年から鳩の焼肉をたくさん買ってきた者がいた。車中では、むしゃむしゃ食べている重態の下痢患者がいたが、これに注意する者は誰もいなかった。

シャン高原の朝夕は、とても冷たい。とくに陽のささない日は寒くて、荒涼としている。着のみ着のままの私たちは、夜になって列車が動きだしてからも、ずっと冷気に震えていた。

真夜中ころに、汽車はカロー駅に着いた。私は菅井上等兵に装具を持ってもらい、やっと地上の人となると、岩田中尉を助けて下車した。わずかとはいえ、第一線を離れているカローは、いまだ戦争を知らぬ別天地である。

カロー駅で下車した後送患者の一行は、一時駅の構内で休憩して、ひしひしと身にしみる寒さをこらえながら、指示のくだるのを待っていた。すると、将校と重患者は数をかぎって乗用車で運ばれるとのことで、やれやれと安堵する。しかし、大部分の者は徒歩約四〇分の夜道を歩かねばならない。

私は当番と岩田中尉の三人で、一台の乗用車に乗ることができた。五、六分もかからずに、広壮なカロー兵站病院にはいった。

玄関前には二、三人の軍医と看護婦数名が、夜おそく我々を迎えてくれた。前線でやわらかいものに渇《かつ》えていた私たちは、看護婦の姿をながめ、我々の装具をはこんでくれる姿を見て、たいそう心強く、まだまだ後方全しの気分を禁じ得なかった。

この病院は、今までの野戦建築とことなり、もともとは英人が避暑地用の完全に洋風の本格建築であった。私たちはいったん伝染病棟にはいったが、すぐにペスト病棟として建てたがペスト患者がいないため、最近これを将校病棟にした建物にうつり、岩田中尉と私はここに落ち着くことになった。

我々がまだ夕食をとっていないことを告げると、あらかじめその準備がしてあるという。係の看護婦が、夜中に三人分の食事を運んできてくれた。我々はこの病院にきて、いたれりつくせりの看護と誠心をうけることができ、このうえなく嬉しく感じさせられた。

ひさ方ぶりで、りっぱな寝台に寝ることができた。この病棟はペスト病棟として造られていたので、コンクリートの床に、側壁はすべて内側がトタン張りで清潔であった。

朝、目をさますと、病院をつつんでいる松林の露のしたたる音が雨のようだった。カローはすっかり濃霧につつまれていた。それほど高地であり、ことに英人の避暑地となったほど寒冷の地である。

扉の方は、外にすこし庭があった。すぐに横掘りの防空壕となっていて、その上は広大な松林が鬱蒼《うっそう》と茂っている。扉の反対側の硝子《ガラス》窓から外を見ると、すぐ下が急斜面となって、その下を広い自動車道路が走っている。右側のすこし上がったところには、看護婦の宿舎が建っていた。

私たちはこの病院で、完全な状態で徹底的な養生をすることができた。カローの病院における一日の生活の大要を記述する。

朝、やっと霧が薄くなって明るくなりだしたころ、やさしい声で「お早うございます」と看護婦が、我々三人の部屋にはいってくる。一人用の蚊帳をくりあげ、窓をあけて朝の空気をいれてくれる。

洗面器に水か湯をくんできて、顔、頭、手を拭いてくれる。半年以上もの間に二、三度しか水浴をしていない身体は、いくら拭いてもきれいにならなかった。毎朝、こうしてていねいに面倒を見てくれるのは、じつに嬉しい。

洗濯物はなにもかも、看護婦が捜して持っていってしまう。ビルマ人の看護婦もいるのだから、彼女らにやらせるようにいっても、なかなか聞かないで自分でやってしまう。

別の看護婦が食事を運んでくる。将校には一品よけいに特別食がつく。アルマイトの食器に一杯の米飯だが、はじめのうち二〇日間は、オモユからしだいにオカユになり、平食にもどったのはだいぶ後のことだった。

食事が唯一の楽しみであるが、外食は禁じられていた。朝は味噌汁がおおく、昼はカボチャの煮付け、夜は肉や野菜の煮付けであった。ときにはコロッケのようなものがあがった。それでも量がすくないといっては、皆が不平を鳴らした。

朝食がすむと、別の看護婦が体温と脈をはかりにくる。それがすむと、毎週三回、軍医が回診にくる。このころは静脈注射がおおく、毎日、葡萄糖《ぶどうとう》を打ってくれた。注射針がなかなか私の静脈にはいらず、一生懸命に努力する看護婦の姿が、いまも目に浮かぶようである。

午後は毎日、洗腸にくる。肛門からゴム管をいれて薬品を注入するのであるが、気持ちが悪くて閉口した。しだいになれて上手にできるようになった。隣りの部屋では、リンゲル注射を一時間近くかかってやる重症患者の苦悩の声が聞こえてくる。

夜食がすむと、蚊帳を下げて窓をしめ、不寝番《ふしんばん》の看護婦が湯たんぽを替えにきてくれる。以上が毎日の日課であった。我々は便所にいくときいがいは、寝たままであった。

一週間もたたないうちに、菅井上等兵の腿部のリンパ腺がはれて、診断してもらうとペストの疑いがかかり、病理検査をうけるために、我々から隔絶された。もっとも、この病院では当番は事実上不要であったから、私は困らないが、彼の病状を心配するようになった。

そのため、菅井だけを残して、私は岩田中尉とともに神谷少尉（弓兵団輜重兵連隊の小隊長）のいる隣室に移動して、将校三名がならんで寝ることになった。このころ、いま思い出しても愉快になることは、病院の禁制をおかして地方物資を買いこむ冒険をこころみていたことである。

朝食のころになると、すぐ下の自動車道路を、現地人が頭上の籠に野菜、菓子、果物などをのせて、ぞろぞろと市場に売買にいく。それを、比較的に体力の回復していた神谷少尉が、斜面を駆けおりて大根を買ってくると、三人で生のまま切って塩をつけて、朝食の生野菜にしていた。

我々の病状は良好な環境、設備と看護婦にめぐまれて、しだいに回復していった。

シャン高原タウンジへ後送

急速な状況変化による兵站病院の改編や移動にともなって、せっかく住みなれた我々は、さらにタウンジに後送されることになった。十一月末に、我々はトラックに乗せられて、一路東にむかっていった。

カローからタウンジにいたる行程は、坦々とした平原であった。経理学校時代に現地戦術にいった高崎付近のように、どこまでもつらなる一面の原野を、秋晴れのさわやかな空気のなか、ただ一本のアスファルト道を全速力で東へ東へと走った。道路のまわり一面に蜜柑《みかん》畑がひろがって、秋の陽射しに黄金の色にきらめいて、美しく私たちの目を楽しませてくれた。

シャン高原は、日本とよく似た農作物がとれることでつとに知られ、内地のかおりがひしひしと身にせまるようであった。二〇人ばかりを乗せたトラックが、四両つづいて走った。

我々の車では神谷少尉が車長で、彼とならんですわっていた。

シュウェンイャウンをすぎると、日が西にかたむいて、いくぶん高原の冷気を感じるようになった。もっとも高い所には、有名な温泉地もあると聞いた。

途中、敵機の出現を見ることもなく無事にシャン高原を走破して、東翼の一段高い台地に登っていく。六甲山のドライブウェイのように曲がりくねった道を、全速力でおそろしいように登っていく。

日はすっかり落ちていた。空はまだ明るいのだが、かなり寒くなってきた。南西の方角をふり返ると、左の方にインレ湖が美しく静かな姿を、夕闇の彼方に見せていた。

いく曲がりもして、トラックが高地をのぼりつめる。間もなくタウンジの街にはいった。トラックはなおも街中を、全速力で南に向けて走っていく。

タウンジはシャン人の町であった。ビルマの他の町とおなじく、ここにも外国人やタイ人の勢力がはびこっているようであった。街を通り抜けると、トラックは本道をはずれて右に折れ、兵站病院の方にはいっていった。

広い地域にわたって、病棟がいくつも建てられていたが、別に病院のまわりに垣根があるわけでもない。一面の野原に、ばらまかれて建っているだけであった。付近の西洋館は、もともとは英人の別荘であったのを、いまは兵站病院の軍医殿の官舎になっていた。

トラックは病院の中央に止まって、我々は下車した。それぞれ、あてがわれた病棟にはいった。菅井上等兵も我々と同時に移転してきたが、トラックが別々だったので、まったく逢えなかった。神谷少尉と私は伝染病棟にはいった。菅井は外科病棟にいれられた。

この病院は、もともとは日本軍の兵站病院であった。インド進攻作戦にさいして、前方に移動していったため、しばらく空いていた。

それが情勢の変化のため、ふたたび兵站病院に使われることになり、ウントウにいた第百二十四兵站病院の本院となったものである。カローは、ここの分院となっていた。

そのため、カローよりもタウンジの方に医療の主力がそそがれていて、カローにいたたいていの患者が、ここに移されたのである。今日は二回目の移転なので、まだ患者は数えるほどしかきていなかった。

そのためか、この病院には日本人の看護婦はいなかった。衛生兵の数もごくすくなく、完全に機能していなかった。ビルマ人の看護婦はいたが、正規の教育をうけていない、いわば雑役婦であった。

カローの病院の完備されていたことが、ここにきてあらためて認識させられた。タウンジでは患者の取り扱いが粗雑で給養も悪く、マンダレイ時代に逆もどりしたようで、みな不安を隠しきれなかった。

アミーバ赤痢やマラリアからくる脳症のため、一晩中、唸りとおす患者がたえず、毎晩一、二名の死者をだしていた。これらにたいし、なんら応急処置がほどこされるようすもなく、ここに勤務する衛生兵たちの無責任さに、みなは憤りを感じていた。

それでも一週間たち、二週間するうちに、新入患者がぞくぞくとカローなどから送られてくるとともに、軍医や衛生兵もふえてきた。病院施設も改造、拡張されていったため、状況はしだいによくなってきた。したがって、当初に我々が見た状態は病院移転の過渡期の混乱であったようだ。

入院して一〇日ほどで菅井上等兵が外科を退院した。私のもとに戻ってきて、ふたたび当番として働いてくれるようになったので、我々の生活環境は一変して好転した。

隣りの部屋には只野一等兵という、我々ととても話のあう兵士がはいっていた。この人は航空通信隊出身とやらで、実戦のことは知らなかったが、内地の話がひどくはずんでいた。仙台の人で、上野音楽学校をでた一風変わった人であった。とても楽天的でもあった。

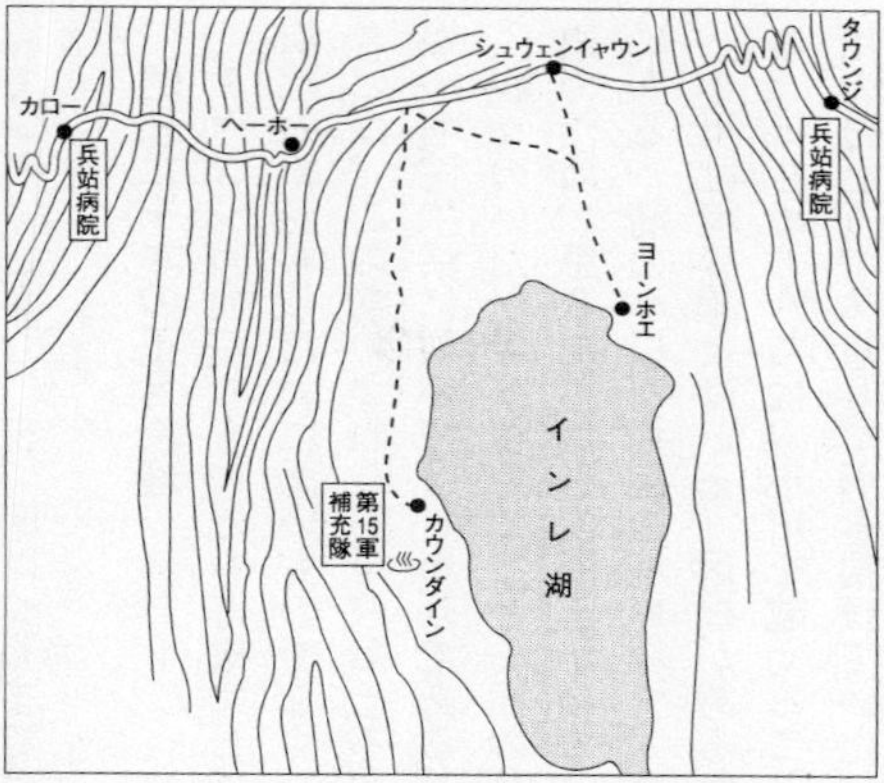

毎晩のように私たちの部屋にやってきて、これは東海林《しょうじ》太郎、これは霧島昇といいながら、いろいろな有名歌手の声色《こわいろ》で、だれでも知っている流行歌を歌って説明するので、わが病棟の人気者となった。

病院での生活は、おおむね愉快なものであったので、家郷の夢を見ることはすくなかった。区切られた一室となっている我々の部屋には、神谷少尉と私が寝て、隣りに只野一等兵がいた。菅井は後からきたため、廊下の向かいの部屋に他の当番兵とともに寝ていた。しかし、夜、床につくまでは、我々のもとに一緒にいてくれた。

昭和二十年の正月料理

タウンジの病院でもっとも奇抜にして忘れがたいものは、我々の秘密の食生活であった。病院の給養もしだいに悪いものでなくなっていったが、快方にむかっているアミーバ赤痢患者には、この病のつねとして、おそろしいほどの食欲昂進《こうしん》をきたす。ことに、他に楽しみのない病院生活においてはしかりである。

我々のいた伝染病棟をでると一面の草原で、牧場のような美しさであった。毎日、対空退避のため、患者たちは日光浴をかねて、幾組かにわかれて草原にでかけていた。草原のなかにある一筋の小川が病院の境界線で、小川の向こう側が、また広大な草原になっている。

小川は境界線とはいえ、垣根があるわけでもなく、飛び石づたいに自由に渡ることができる。はじめのうちは、小川を越えることは、すなわち部隊からの逃亡を意味するとして、小川のほとりで休息して引き揚げていた。

体力もついてきたある日、他の組がはるか遠方にいて、だれも我々の動静を見張っていないので、小川を越えて向こう側の草原を歩いてみた。ゆるやかな上り斜面の頂上に、一軒の大きな農業倉庫のような建物があった。

中をのぞくと、これが陸軍病院に毎日、野菜や果物をおさめている現地商人の倉庫ではないかと思った。事実そうであった。私はシュウェボウ近郊で部隊を離れるとき、経理室から千数百ルピーをもらっていたので、金の心配はない。

それからというものは、神谷少尉と私は、毎日、越境行為をおかして倉庫にいき、一隅にある事務所の囲炉裏の側にすわりこんで、親父と世間話をしながら、あれこれ倉庫にある野菜物や果物をもってこさせては、煮炊きをして食べたのである。

病院をでるときに飯盒を携行するから、病院の飯となにがしかをまぜて雑炊《ぞうすい》にしたり、芋を炉にくべて焼芋にしたり、よくつぎつぎに食べたものである。夕暮れせまるころ、金を払って退去した。

日中は、各地からこの商人に納入する百姓たちでにぎわい、夕方、我々が去るころに、この商人はトラックに野菜を積んで病院に納入するため、出発するのであった。日中、食べあきて戸外にでれば、広大な草原が四方に見下ろせた。乾季の快い太陽が満ちみちて、草に寝っころがると別天地であった。まるで、信州か北海道の牧場に遊びにきているような錯覚を感じる。

シャン高原には、ビルマの平野部とくらべると、野菜の種類がひじょうにおおかった。馬鈴薯、甘藷はもちろん、ネギ、大根、山芋、キャベツなどがあった。内地出発いらい、食べたことのないものがおおい。

そのせいもあって、アミーバ赤痢の回復期にもあったためか、よくもこんなに旺盛な食欲があったものだと、あきれるほどであった。帰りには、野菜を袋に忍ばせて病棟に持ち帰って、料理の得意な菅井上等兵に渡していた。

芋が夕食に添えられたり、夜の間食になる。このように一日中、食べていない方がまれだったのである。ときには、この野菜商人が町から牛肉や鶏卵や菓子を買ってきたりすると、私たちもわけてもらった。

このようにして、ビルマ商人の倉庫は私たち二人に独占されたようで、私はこの間、約七〇〇ルピーを道楽についやしていた。したがって一九四五年（昭和二十）のお正月も、豪勢に迎えることができた。

餅は病院から配給になったが、その他あらゆる材料を買い集めて寝台のあたりに隠しておいて、正月料理を菅井上等兵の腕にまかせた。彼は神田で中華料理店を開業していた。その前の三年間も、芝で年季を積んだとかで、一流のコックであった。

この材料のおかげで、正月の一〇日間は、毎食すばらしいご馳走を食べることができた。皿数がおおくなるので、私たちは竹の皮をとってきて皿の代用にした。酒は菅井が、街へひそかに買いにいってくれた。病院の方でも、年末ころから酒保ができて、パンや果物を売ったり、病棟にも配給したりした。

最後にタウンジの病院の食生活で忘れられないことは、日中退避のために野外にでかけないときの昼食である。菅井上等兵が専用の炊事場をつくるのに苦心したあげく、病棟からすこし離れた草原の一部を掘ってつくった防空壕の中に、自分でかんたんな竈《かまど》をつくり、ここを専用炊事場としていた。

一〇人ははいれる防空壕であったが、どうしたわけか防空退避のときに、ここにはいるのは神谷少尉と私、それに菅井の三人だけだったので、自然に三人の専用防空壕のようになっていた。

幸い、私たちは材料を豊富に持っていたから、昼食用に病院から配給される米飯の量が飯盒の四分の一くらいしかないので、これで満腹するためには、いろいろな野菜や肉をいれてぜいたくな雑炊にするのがよいと思いついた。昼食時ちかくになると、菅井上等兵がひとり防空壕の炊事場で三人分の雑炊をつくってくれた。

時間をみて、神谷少尉と私が防空壕のあたりの草原にすわると、菅井はでき上がったばかりの飯盒雑炊に鶏卵を割っていれ、我々のもとまで持ってきてくれる。

高原の陽光がさんさんと降るなかで、腰をおろしてはるか彼方に一面につらなる満開の桜を眺めながら食べるのは、内地のハイキングの経験とは比較にもならない、じつに快いものであった。

正月をすぎると、タウンジでも二、三度、空襲をうけたが、別に被害はなかった。我々の病棟を担当する中野軍医は、親切で熱心な人であった。そのため、私の病状は日ましによくなっていった。

じつは秘密の食生活が、それにも増して回復に寄与した結果であったかも知れない。タウンジでは、日本風の蜜柑やバナナもしばしば食べられたし、酒保ではパパイアが買えた。

しかしながら、このような前線を忘れた生活をしているうちに、一月二十六日、私たちは突然、退院の命令をうけた。

退院は軍人として喜ばしいことであるが、時に聞く戦線の状況ははかばかしくなく、平和な病院生活を清算することに、いちまつの寂しさをおぼえた。

神谷少尉は私にくらべて回復が遅いので病院に残され、私と菅井上等兵は去ることになった。昼ごろに診療主任に申告をし、病院長にも申告した。

トラックの発着所で整列していると、当番兵は自身が病気でないかぎり、ここからただちに原隊を追及するよう、軍の指令が伝えられた。菅井上等兵は、これからも私と行動をともにするつもりでいたので、すくなからずうろたえた。

歩兵第五十八連隊の平山少尉も一行のなかにいたので、彼と打ち合わせて、私は輸送指揮官に当番兵の同行を許可してくれるよう懇願してみた。

交渉の結果、平山少尉の当番兵の鈴木上等兵と菅井上等兵のうち、一人だけなら許すということになった。抽選の結果、鈴木が我々と同行し、菅井上等兵は本意に反し、原隊に追及しなければならなかった。

突然の出来事でもあり、菅井はひどく落胆しているようすだった。私は十分に事の理非をさとして、ここで別れることとなった。別れを惜しむように雨が降る夕刻であった。

第七章　イラワディ会戦に敗れて

第十五軍補充隊

一身を皇国にささげて第一線に勇戦奮闘した私も、病院生活が数ヵ月におよぶと、心身の緊張がこのようにまで弛緩《しかん》してしまうものであろうか。退院の喜びよりも、もうしばらく安穏なところにいたいという方が本音であったと思う。

こんな気持ちになることは、かつてなかったはずである。しかし、命令がいっさいを解決し、清算してくれた。

友人以上に親しくなっていた神谷少尉や菅井上等兵とは、一瞬にして別れることとなった。夕刻、雨がかなり降っているなか、退院者は公式にタウンジ病院から離れていった。

兵站病院を退院して第十五軍（林集団）管下の各部隊に復帰する者は、前線に向かう前に、一ヵ月の予定で第十五軍補充隊にはいり、野戦勤務に服せるだけの気力、体力の訓練をうけることになっていた。したがって、通称「健兵訓練所」と称せられていた。

夕刻、雨のなかタウンジを出発した我々のトラックは、日が暮れても走りつづけていた。タウンジ〜カロー道をカローの方向に走り、やがて左折して南下した。道が急に悪くなって、トラックはかなり揺れた。（一五一頁地図参照）

全員が古ぼけた雨外套を頭からかぶっていたが、ひどく雨に打たれたので、雨は被服をとおって直接、皮膚の上を流れた。すっかり参ってしまった。トラックは悪い道をゆっくり走った。

目的地のカウンダインの軍補充隊に着いたのは、十二時をすぎた真夜中であった。トラック三台に乗せられた入隊者たちは、寒夜にトラックから降りたった。

めずらしくも補充隊のラッパが、寂しく響いた。これでにわかに、ひさしぶりに軍隊らしい雰囲気につつまれたような気がした。ただちに新入隊者たちは、指示された宿舎にはいった。

補充隊の第二中隊は第三十一師団出身者のための中隊で、二宮大尉が中隊長、松石中尉が副長となっていた。補充隊本部には大内少尉という主計がいて、部隊開設後間もないのと、糧秣、被服の調達に困難を感じていたため、その打開にいそがしく働いていた。

翌日からは訓練がはじまった。初年兵同様のきびしい訓練であった。ところが私には、予期しないことが起こった。

隊長の正木少佐と駒井少佐の依頼により、私は部隊の経理室勤務となり、一般の者が体操や教練でしごかれているとき、経理室で大内少尉の補助として働くことになったのである。

一〇〇〇名を突破する部隊の給養に直接あたることになり、はじめのうちは、まだ不自由な身体で炊事指導をおこない、炊事下士官以下を監督、指導した。

主食はカローとシュウェンイャウンの貨物廠から補給をうけたが、その他の補足糧秣は、すべて自隊の調弁によっていた。この方面の仕事もひと苦労であった。

炊事関係で、私は期せずして二つの問題に挑戦し、いずれも独自の対策を実行して、成功をおさめた。

その一つは、終日使用しなければならない炊事場から煙をださない問題、その二は全国から集まった混成部隊であるため、出身地により味付けの嗜好《しこう》が、これほどまでに差のあることを知らされたことへの対策であった。

第一の問題は、日に一度は上空を敵機が通過するので、部隊長からの命令により、燃料の選択と、竈《かまど》ごとに煙の責任者を決めることで解決した。第二の問題は、副食の味付けの問題であった。鍋ごとに標準、から口、あま口の三種に区分して専用化することで解決した。それまで食事ごとに、「あまい」の「からすぎる」のと苦情がでていたのが、なにもいってこなくなった。

部隊の一隅に専用の浴場があり、すこし熱すぎるほどの温泉が、つねに浴槽からあふれだしていた。病院下がりの者を温泉にいれる効果を配慮して、健兵訓練所をこの地に決めたものと思われる。一〇メートル×三〇メートルほどの大きさであった。

そのうちに、私の体力の回復につれて、私はしばしばトラックに乗って、下士官兵三、四名とともに貨物廠に主食や被服の受領にいった。またヨーンホエの野菜市場や、タウンジの肉市場や味噌工場にでかけたり、近在の集落から現地砂糖を買いにいった。

タウンジへ行くときは現地酒を、マンダレイからは日本酒にちかい酒を、ドラム缶に一〇本ほど買ってきたりした。一度、舟でヨーンホエにいったが、たしかに琵琶湖より大きいと思われるインレ湖はじつに美しい湖で、のんびりと行楽の気分を楽しんだ。

ある日、トラックでヨーンホエに野菜を買いにいったときは、夜が明けてから開豁地で空襲に遭い、まったく肝《きも》をつぶした。

軍補充隊での給養はもっとも恵まれたもので、第一線に復帰する兵士の体力の向上を第一義としたものであった。ことに、私自身の記録によると、一週間に一〇キロずつ体重がふえていった。

まったく異常な太り方で、人間がこんなに太るものかと、みずからを疑った。これではまったく豚といわざるを得まい。この現象は私にかぎったことではなくて、全部の将兵が大同小異だった。

私は昼食と夕食は炊事場で食べることにしていた。かつて、つねに満腹するまで食べたので、人一倍よく肥《こ》えたのであろう。

ある日、朝早くトラックでタウンジに向かったことがある。五、六人の使役兵を乗せてタウンジに着いたのは、夜が明けて間もないころであった。トラックを適当なところに退避させておいて、みなでまず朝食に、軍指定の中華料理店で焼飯をつくらせて腹を肥やしてから、私はもといたタウンジ兵站病院を訪れた。

長らく放置していた虫歯が痛むようになっていたので、病院の歯科で処置をしてもらってから、タウンジの市街を歩きまわった。爆撃で街の一部が被災しているようであったが、まだまだ街は賑わい、商いも活況をていしていた。味噌と塩を仕入れて、夕方に部隊に帰着した。

入隊して一ヵ月、毎日このような充実した生活の連続であったが、けっこう多忙でもあった。とくに前線を離れ、病苦から解放された時期だったので、夢のように楽しい生活を送っており、生涯忘れ得ない思い出となるだろう。

一瞬もゆるがせにできない、緊張の連続だった第一線の生活に終始したビルマ在勤時代の華であった。

そんななかにも、駒井少佐の将校集合の命令がくだって、将校連中が初年兵のように敬礼演習をやらされたり、精神訓話をうけたりすることもあった。

特攻隊の訓練が問題になったのも、このころであった。当時、メイミョウでは組織的な特攻隊教育がおこなわれているもようだった。

この地方は砂糖の産地で、「チャンナカ」という名称で、砂糖きびからつくるものであった。これにたいして、砂糖椰子からとる砂糖は「テニイェ」と呼ばれていた。

この地方のチャンナカは、いたって原始的な製法ではあるが、全村をあげて砂糖をつくっていった。外壁に刻み目のある円筒型が二つならんだ石臼が反対の方向にまわり、そのなかにつぎつぎと砂糖きびを挿しこんでいく。つぶれて流れでた液汁を釜で煮つめてから、アンペラの上に流して、自然にかたまるのを待つ。労力はすべて人と牛。できあがった砂糖は、色は黒いが、ひじょうにしつこく、甘い砂糖板となる。

酒保では毎日、饅頭や汁粉をつくり、部隊の運動会があったりして、つねに楽しい生活の連続であった。このような生活が長くつづくはずがない。また、もともと期待してもいなかったはずである。

軍補充隊に入隊してから約一ヵ月たった二月二十一日、ついに出隊命令がでた。実戦向きに体力の回復した我々は、盛大な出隊式を終えて、トラックでそれぞれの所属部隊に向けて輸送されることとなった。

前線追及

この日、第二中隊（烈兵団関係）で出発の命令をうけた者は、石橋少尉と私のほかに、下士官以下計二〇名ほどであった。副長の松石中尉が、とくにメイッティラまで送ってくれることになった。

夕刻、カウンダインを出発して、メイッティラにいたる道は懐かしい景色ばかりである。夜じゅうトラックに乗りとおしで、翌朝まだ明けやらぬころにタジをすぎて、メイッティラに到着した。メイッティラは中部ビルマの主要都市で、いたる所に爆撃をうけていた。（一六九頁地図参照）

兵站でトラックを降りて、ここから所属部隊までは、みずから軍交通車の便をさがさねばならない。とりあえず兵站に交渉したが、日中は空襲にさらされて危険きわまりないから、郊外に退避した方がよいという。今度は貨物廠にいって食糧と被服を受領し、大いそぎで郊外にいくと飯盒炊さんをおこなった。

メイッティラは第一線からははるかに後方なのであるが、空襲が激しいためか、にわかに戦場にもどったような空気に圧倒された。この調子だと、第一線の歩兵第五十八連隊はさぞ苦境におちいっているはずだと思い、いまさらのように病院生活の恵まれていたことを痛感した。

この日は退避地で空襲をうけたが、退屈な一日であった。日中、避難している間に、偶然にも師団輜重隊の北村少尉の一行にめぐりあった。彼はラングーンから新たに受領したトラック隊を指揮して、師団に帰るところだったので、私たちには幸運の女神となった。

北村少尉とは、チンドウィン河畔のレウで知りあった間柄であった。そのうえ、松石中尉も輜重隊出身であったため話がつごうよく運び、烈に帰る我々全員の便乗が許された。

夕方、太陽が中ビルマ平原の彼方に没するころ、我々を乗せたトラック隊はメイッティラを出発、北上していった。

チャウセからタダウ街道にはいった。後続の車両が追随してこないので、私が乗っていたトラックがひき返した。チャウセの兵站で降りて夜明けを待ち、翌日は日中退避していた。

敵機による空襲の危険度は、前線にちかづくにつれて濃厚になってくる。夕方まで、郊外の立木の下に暑さと闘いながら空襲を避けていた。夕方になると、トラックはふたたびタダウに向かった。

一日中、他の車両との連絡がつかなかったのに、この夜の走行中に偶然に、これらと一緒になり、我々一行は全員がタダウ野戦倉庫前で下車した。ここでメイッティラからタダウまで、全員を無事に運んでくれた北村少尉の一行に厚く礼をいって別れた。

片桐上等兵はコヒマのころ、歩兵第五十八連隊第三大隊の経理室勤務であったが、私と時をおなじくしてラングーンの病院に入院した。このたび、退院になってメイッティラまで北村少尉の一行に便乗してきた。彼とはメイッティラで奇遇を喜びあったが、それいらい、私の伝令代わりとなって、いろいろと面倒を見てもらった。

私の背嚢を彼にあずけて、私は別の車両に乗っていた。片桐が乗った方のトラックが、この日の夕方、敵機の銃撃に襲われ、私の背嚢がみごとに敵弾に射ぬかれていた。片桐とおなじトラックに乗っていたら、私自身も射ぬかれていたはずで、私はここでも命拾いをしたことになる。

夜もだいぶ更けていたので、さしあたりは野戦倉庫の付近にあった空家を見つけて、全員をここに宿泊させることにした。私は片桐上等兵をともなって、倉庫長の田中大尉の宿舎まで連絡と挨拶にいった。

この人も空襲を極度におそれる一人で、倉庫に常住せず、一キロも離れた待避集落にいて、日に一度だけ倉庫にいくのであった。私たちは真っ暗な夜道を、教えられた方向に進み、やっと彼の居場所を捜しあてた。

田中大尉はちょうど、師団輜重の連隊長と会食中であった。ランプのほのかな光のもとに私が挨拶すると、一瞬驚いて、酔眼をみはるのであった。

師団司令部では、私がチンドウィン河畔で病気のため彷徨していた以後の消息を知らないので、てっきり途中で倒れたものと思っていたからである。ところが、イラワディ河畔作戦の最中に、若少の主計将校が期せずして一人生き残っていたことについて、田中大尉は大いに祝福してくれた。

ひさしぶりに、日本酒と美食にありつくことができた。片桐と私は、さすが自分たちの師団に帰ってきた心強さと、喜びを感得したのである。しばらくして、私たちは田中大尉の宿舎を辞去して、野戦倉庫に帰った。

私と石橋少尉には、各当番兵をふくめて、倉庫の別棟の二階を宿舎にあててくれた。同夜は、寝台の上でゆっくり寝ることができた。それでも、夜明け前に敵機が朝靄の空低く、何回も何回も旋回して、ときどき銃撃していくのを、床の中で聞いていた。

翌朝早く、私たち一行は野戦倉庫を辞して、タダウ郊外にある大寺院にはいって待機する一方、ここから前線に向かう輸送部隊との折衝にあたった。この寺院には、我々いがいには誰の姿も認められなかった。

我々はいくつかの建物に分散して退避することができ、空襲にたいする危険をすくなくできた。タダウの街も、野戦倉庫いがいはすべて空襲で焼きつくされていた。

我々は野戦倉庫から受領した糧秣を、あらかじめこの寺院に持ってきていた。各自で炊飯して、やや楽な気分で一日をすごした。

石橋少尉らマンダレイ、サガイン方面に布陣中の部隊へ帰る者は、この次の日のトラック便を利用することになった。これに反し、我々のように左第一線部隊に帰る者は、ひとまずミョータに出ることにして、私が彼らをひきいてこの日の夜、ミョータへ行く野戦倉庫の牛車隊に便乗した。

ここで、思い出おおき病院生活をともに楽しんだ戦友たちと別れを告げた。また運があれば、いつか、どこかで再会せんと、悲しくもまた雄々しく西と東に別れたのである。

日が暮れると、あらかじめ打ち合わせた大樹の下に牛車隊の到着を迎えた。我々七、八名の一行は牛車に分乗して、西方に向かって出発した。

二月もなかばをすぎると、中部ビルマのイラワディ河畔の平原は、まるで砂漠である。雨季の間に車の轍が深くめりこんで、それが乾季にかたまって凹凸の激しい道を、牛車は左右の平均をうしないながら進む。塵埃《じんあい》が白く高くたちこめて、被服はいちように真っ白になり、脂とともに全身にべっとりはりついて不愉快であった。それでも、この行程を歩くのにくらべれば、文句はいえないと私は自分をたしなめていた。

月白く、一点の雲もない中部ビルマの大荒野をいく隊商ともおぼしい我々のミョータ行きは、のちのちまで我々の記憶を印象づけたほどに壮快なものであった。

敵機は夜間といえども、つねに遠くの空で日本軍の動静をうかがっているようだった。ブンブンと飛びつづけて、移動する日本軍を発見すると、不気味な銃撃の連続音が聞こえてくる。我々は爆音が近づくと、牛車隊はそのまま停止して、人員だけが道の左右に疎開して身をかくした。当夜は行軍中に、十数度このような経験をした。

このように不便と危険とをかさねながら、毎夜、前線補給の任にあたる後方経理、輸送部隊の苦労を、前線の兵士たちはよく認識しなければならないと思った。このような状況下では、かえって第一線の兵士は一ヵ所に我が身を隠すことで危険を避けられるが、輸送部隊はつねに敵に発見されやすく、行動も大きく緩慢であるから危険が大きい。

輸送は第一線の者に、一刻も欠くことのできない物資を、万難を排して届けなければならないとの重責を認識しているからこそ、夜間のかかる苦しい勤務を敢行するのであった。

ミョータまでは、一夜のうちにはとても行きつけないので、この平原で唯一の集落に、一日を退避することになった。また、そのつもりで前夜は、夜明けまで牛車の行軍をつづけたのである。

ここは荒野のなかに、まったく隠蔽物がなくぽつんと存在する集落で、もちろんこの時期、住民は一人も残っていなかった。日中の暑さと乾燥度は激しく、映画でみた外人部隊の砂漠の場面を彷彿と頭にえがいていた。

つねに上空に敵機の音を聞きながら、外に退避する所もなく、家屋のなかで不安な一日をすごしながら、できるだけ睡眠をとるようつとめた。

夕方ちかくになって、牛車隊は分散から集結にうつった。前夜とおなじように、我々はこれに便乗して出発した。さらに西方に向かうにつれて、暗夜に星の光を浴びながら、敵機の爆音をときどき左右に聞き、銃撃の火を見ながら行軍をつづけていった。

かくて、翌朝まだ夜明けまで三時間もあるころ、牛車はミョータ野戦倉庫付近に到着した。

イラワディ会戦

我が軍の「ウ号作戦」の断念から、イラワディ河畔の作戦にいたる間のビルマ内外の情勢については、その大略を病院生活中に、各種の情報によって承知はしていた。このころの戦争への見とおしは、印緬戦域の資材戦にもとづく敗北にもかかわらず、対米英主戦場におけるわが軍の絶対的な優勢を信じきっていた。

このため、我々はたえがたい悪条件の連続のなかにも、やがて勝利を得るための捨て石となって、不撓不屈に闘いぬいていたのであった。また、部隊がチンドウィン河畔からイラワディ河に撤退する間に、内地からの補充兵力や傷病者が逐次退院、帰隊する者などで、ウ号作戦での兵員の損耗がかなり補充され、充分に次期作戦を戦える態勢になったと聞いた。一方で、火砲や航空機の補充、増強の方はどうなのだろうかと、誰かがだした疑問にたいして、これぞといった情報を持った者は皆無で、また頭をかかえてしまったものである。

私が入院していたわずか数ヵ月に、敵軍は雨季をいとわずチンドウィン河を渡って東進するかに見えたが、にわかに南進に転じて、ミンム〜ミンジャン〜パコック方面に主力を向けてきた。

わが第三十一師団は、ビルマ縦貫鉄道を守備しながら、主としてこの方面における敵勢を防ごうとしたが、敵主力の前進方向の変更にともない、チンドウィン〜カレワ〜ミンム間の平原に兵力を移動して平原戦に転じた。

敵軍はある期間、新作戦への準備期間として軍の整備に努力をはらったようすで、積極的な攻撃をしかけてこなかった。しかし、ちゃくちゃくとチンドウィン河以東に莫大な量の戦車、火砲、トラックなどをはじめ、軍需品と糧秣の輸送、集積に腐心していた。

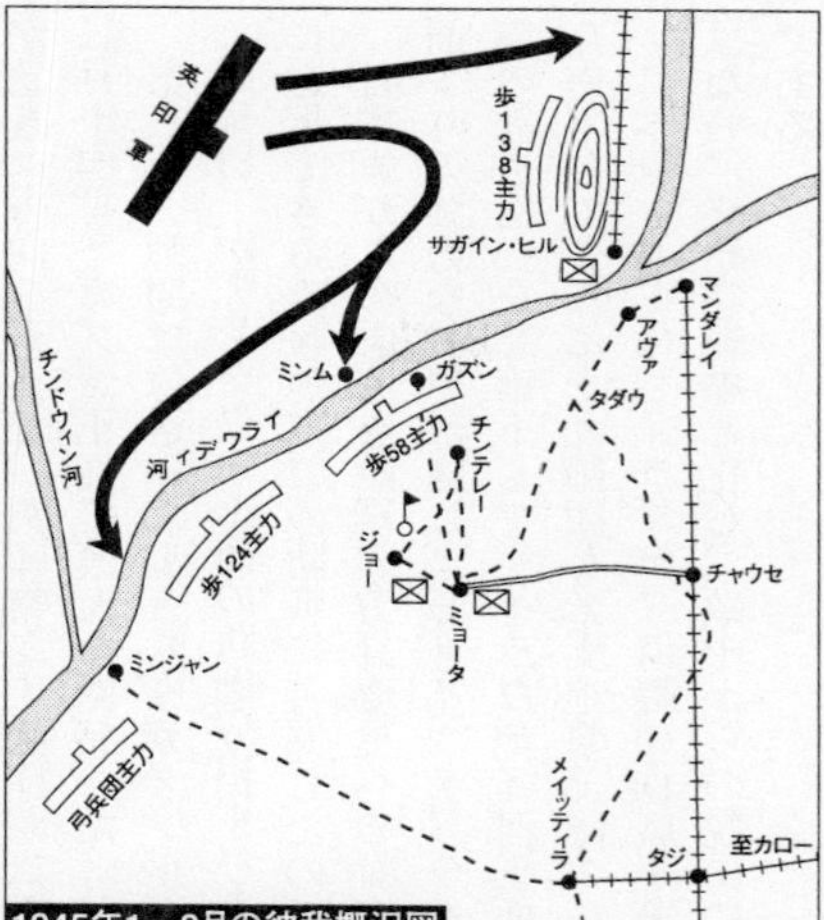

1945年1〜2月の彼我概況図

一方、日本軍はカレワ〜ミンムの平原戦では、所有兵器や補給上の理由で不利と判断し、むしろイラワディ河左岸に布陣して対戦することに方針を変更した。私がミョータに追及したころは、ミンムにいた友軍がついに渡河して、左岸に拠点を求めて態勢をととのえているときであった。

イラワディ河畔の第三十一師団の正面は、右はサガイン・ヒルから左はアレタウンにいたる五〇キロにもおよぶ広範なものであった。最初、歩兵第五十八連隊はサガイン・ヒルに陣取っていた。ところが、敵軍が急きょ方向をかえて、英印第二十師団が二月十一日にアレタウンで、さらに英第二師団が二月十四日、ガズン正面で渡河を開始した。

第三十一師団は急きょ、歩五八をガズン正面に転用し、二月下旬、隣接する第三十三師団（弓兵団）がアレタウン正面の防御分担をひき継ぐまで、歩五八は広範な正面に、敵が自由に選択できる攻撃地点での防戦に苦闘したのである。

日本軍がこのような敵軍の方針変更への対応に腐心する間に、敵軍は二月末、パコック方面よりの強力な装甲部隊によるメイッティラ進出に成功した。この機動力がメイッティラ以南の鉄道沿いを急南下して、イラワディ河正面の敵第二師団、第二十師団の圧力と、北方から南下してきた第十九師団と米支追撃部隊の圧力とをうけた。

日本軍としては、イラワディ河畔の作戦を第二の決戦場と位置づけたのだが、なんのことはない、終始守戦場と化し、敵中からの脱出に苦悩するなど、完全な作戦の失敗に帰したのである。

こうしてマンダレイ～チャウセ地区に寄せ集められた日本軍は退路をうしない、東側のシャン高原の難路をサルウィン河に沿って南下して、ようやく生きのびるほかに方法がなくなってしまったのである。

師団経理勤務班付き

ミョータは、さながら砂漠のなかの町であった。乾季もなかばをすぎ、ことさらにこの感が深かった。牛車を十数台つらねて行軍すると、ひどく埃がたちこめて、空襲にたいする処置の方法がないので、夜間行動に限定するほかはなかった。

ミョータの町は、跡かたもなく爆撃しつくされていた。この町から約二マイル南方に烈兵団の野戦倉庫があった。平原というより、砂漠といったような曠野に、大きな立木がぽつん、ぽつんと一〇〇メートル以上もへだてて立っていて、そのうちの一本の下を広く掘って野戦倉庫がつくられていた。

私はタダウでくわしい地図をもってきたので、容易に野戦倉庫にたどり着くことができた。ここには師団経理部の高級部員の牛島主計少佐のほか、福田主計中尉や参謀部の河原少尉もいた。二棟の野戦建築を完全におおい隠すほどの大樹だから、木の大きさが容易に想像されよう。

その夜は遅かったので、倉庫の一角に一泊した。翌朝、私は正式に牛島少佐から命令をうけた。本二月二十六日付けをもって師団経理勤務班第四分隊付きとなる。

福田中尉は昨年十月ころに、歩五八付きから師団経理部付きに転属して、現在経理部の庶務課長となっていた。私も彼と前後して、歩五八勤務をとかれて師団経理部に復帰を発令されたのであるが、このことを知らされていなかった私は、この日、実質的な転属となったのである。

ミョータ野戦倉庫は、第三十一師団のイラワディ河左岸における最大の倉庫で、師団主力の給養に任じていた。当時、第三十一師団は配属部隊もふくめて約一万五〇〇〇人であった。

歩兵第百三十八連隊を主力とするサガイン・ヒルにおける部隊は、敵の主攻をまぬかれて至極平静であったが、ミョータ前面に急きょ配置されてきた歩五八は、広範な正面の防衛戦で、ミンム～ガズンに敵主力の進攻をうけて、各地での転戦に苦慮していた。私はこのような状況下に、まだ身体が完全には回復していなかったが、この日から師団給養の源泉地点での勤務につくこととなった。

経理勤務班第四分隊長の山林主計大尉は当時、単身でチャウセにあって、第十五軍からの補給品の受領と連絡のために駐在していた。この人がひどく飛行機に神経過敏で、戦地にはあまり適応できない人であることが、後日わかった。

ミョータの野戦倉庫は前述のとおり、大樹の下に事務所と宿舎をもうけ、倉庫を周辺に分散したほか、野積みにしたり、家屋にいれたりして、敵の空襲にたいしては万全の配慮をはらっていた。事実、昼間は何回となく偵察機や爆撃機の編隊をあおぎ見ることとなった。そのつど、防空壕へはいったり出たりするのが、億劫《おっくう》になるほどであった。

毎日の業務は、チャウセやタダウからの前送貨物のうけいれと倉庫への収納、前方に所在する支庫や糧秣交付所への出荷と前送、あるいは師団司令部への直接補給と多忙をきわめた。私は仕事のあい間をみて、私の軍装品の補充、更新をすることができた。

牛島少佐からは、私のコヒマ作戦いらい使いふるした図嚢をみかねて、新たに兵器勤務班につくらせたという立派な図嚢をもらい、背嚢ももらった。また牛島少佐の命令で、数日間は経理学校で習得した教程に照らして、野戦倉庫の合理的な運営について研究もした。

この間に、弓兵団の某将校が牛車を借りにきたさいに聞いた情報によると、ミンジャンでイラワディ河を渡河した英軍は、二十五日には、すでにメイッティラ西方数キロの集落にまで、機動力をもって前進してきたという。

弓兵団は、これにたいして兵力を増強しつつ、万難を排して妨害と阻止をはかりつつあった。事態は想像を絶する速度で、わが軍に不利な様相を呈しつつあると直感した。なお、狼兵団と安兵団も、メイッティラ防衛に急きょ転進を下令されたことも聞いた。

メイッティラを奪取されることは、第三十一師団のみならず、印緬方面、緬支方面に作戦した全日本軍の退路がたたれることになる。また全軍の士気に致命的な打撃をうけるので、メイッティラ防衛は是が非でも成功してもらわねばと、力をこめて激励して別れたのであった。

チンテレー支庫

当時、イラワディ河畔への敵の進出がしきりになってきた。従来、サガイン北方鉄道線を警備中であった歩五八の一部と山砲兵が、この方面に転進してくることになった。一部はすでに到着していたので、ミョータ野戦倉庫は転入部隊への衣糧の補給を有効におこなうため、チンテレーに支庫をだすことになった。

ここには以前、糧秣交付所があった。敵のガズン進出にあたり、一時撤収したのである。今度は、私がミョータ野戦倉庫のチンテレー支庫長としてでることになった。

いよいよ単独勤務を受命して、私の胸はいやがうえにも高鳴った。イラワディ平原は乾季、いな、寒季もたけなわで、埃っぽい日々がつづく。敵機はしきりにわが上空をさぐりまわり、銃爆撃を続行する。

三月にはいったばかりのある夜、私は倉田軍曹、井手伍長のほか、兵四名をともなってミョータを出発した。ミョータ倉庫から衣糧品を満載した四〇台の牛車隊は、月冴える明るい夜を、さながら砂漠の隊商もかくあるかと思われるように、ぞくぞくとイラワディ平原を北上していった。

四〇台の牛車の隊列は、かなりの距離にわたるので、七人で監視をつづけるのはひと苦労であった。幸い、御者たちが倉庫の常雇いなので、比較的に信用がおけた。それにしても、彼らにとっては貴重な品物を積んでいることから生ずる誘惑を否定し得ない。夜間の敵機による無差別銃撃で混乱するときは、彼らの行動には、とくに注意を要する。

ミョータ倉庫からチンテレーまでは直距離で一二マイルであるが、実距離では一六マイルあった。敵機の爆音の方角や頻度を判断しながら、四〇台の牛車を統御して目的地に到着するには、大変な努力と時間を要した。

我々はミョータの町をとおって真北に向かい、ガズンに通じる本道沿いにあるジョーに着いた。ここには登村主計少尉が指揮するミョータの支庫があって、主に歩兵第百二十四連隊など、西方および後方部隊に交付していた。

我々はここに立ちよる時間もなく、本道から東方にそれて、北東に向かって砂漠の道を前進していった。砂漠を通りぬけたころに、もう白々と夜が明けはじめていた。やっと平原にでて、ところどころに砂糖椰子の群れが生えているいがい、なにもない所ですっかり夜が明けてしまった。もう爆音が聞こえている。倉田軍曹の指揮した先発隊は、すでに目的地に着いたように思えたが、私が直接ひきいた主力隊二五台は、ついにここで日中待機せざるを得なくなった。

さらに、予期しなかったことがかさなって起きるものである。牛車の御者全員が、ここで一日をすごすことを恐れて、今からでもミョータに帰るといってきかない。やむをえず、荷物をすべて椰子林に卸下して、牛車と御者を帰した。

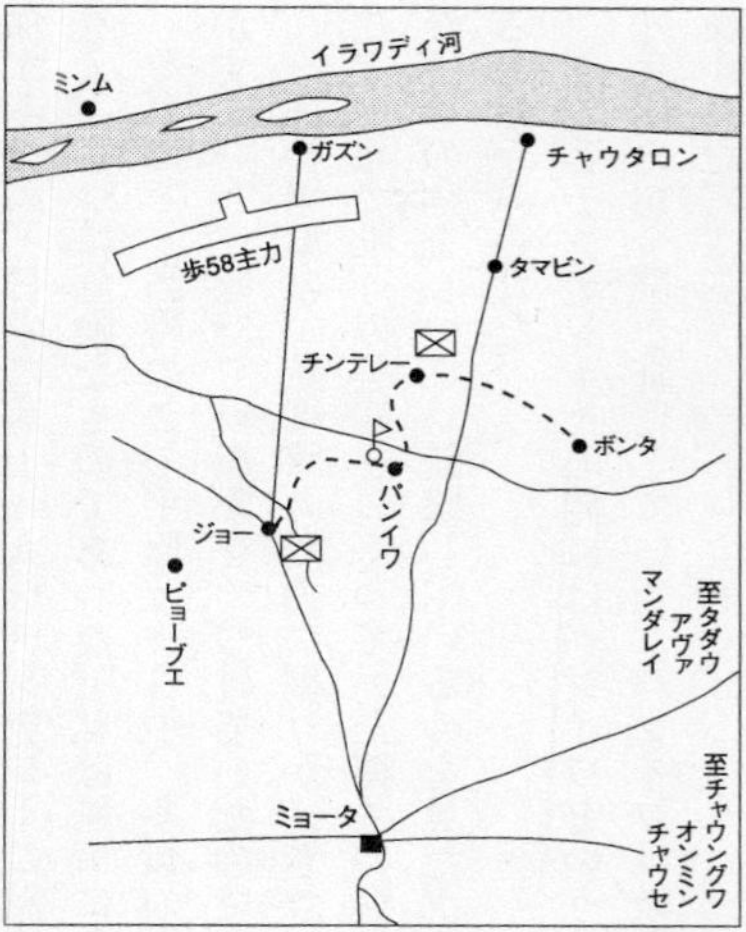

私たちは地襞に隠れて一日をすごした。食事に不自由して、近くの集落を物色したが、連日の空襲のために住民は一人もいなかった。やっと通りすがりの男に頼んで食事を持ってきてもらい、かろうじて空腹をしのぐことができた。

この無防備の地に衣糧品を集積して、わずかの人員で終日、心細く監視していた。

一方、夕方になってからの輸送手段を確

保するため、日中に兵士一人をチンテレーに派遣したのはいいが、その任務はきめて重要なうえ、じつに危険なものであった。私は無事に任務をはたせるよう、神かけて祈っていた。

それほど、当時のこの平原は一日中、多数の爆撃機と戦闘機が一人の日本兵といえども生かすまいと、低空で銃爆撃をつづけていたのである。

一面の平原は、銃爆撃のために掘りかえされ、土や銃弾の破片がいたる所に散らばっていた。平原で唯一の美観をつくっていた椰子の樹々も打ち倒され、集落は無惨にも全焼していた。その跡をしつこく銃撃しているのを見た。また、廃墟にパゴダが淋しく立ちのこっている光景がみられた。

ここととチンテレーとの間にはパンイワという集落があった。その側を流れる河の砂原に、烈兵団の司令部が駐留していた。パンイワは数日前にいっきょに全焼し、余燼が何日もたえなかった。

私はこの日、集積荷物のところを離れて、地形および状況を偵察のため、パンイワまで単独で歩いていった。この開豁地は、たとえ一人であっても、昼間の行動はきわめて困難であった。敵戦闘機の餌食になる確率は、きわめて高かったのである。

司令部はパンイワ河の河岸に、縦横に壕を掘って広い地域に分散していた。日中はさらに個人壕に待避していたので、私は経理部長にも逢えず、引き返して集積地にもどって日暮れを待った。

太陽が平原の彼方に沈むと、急に暗くなる。空には一面に星が輝いているが、月のない夜であった。夜遅くなって、倉田軍曹から迎えの牛車隊がきてくれた。これに集積貨物を積んでチンテレーに向かった。

チンテレーとは、もちろん集落の名称である。この付近一帯は平原というより、むしろ砂漠状の地帯であった。奇妙にも二〇〇メートルほど離れて大樹がぽつん、ぽつんと立っている地域を、一般常識を破って、支庫の衣糧の集積、交付に最適と判断した。

この地域の周辺には、砂糖椰子の樹林があり、北方にチンテレー集落が、南東方に同待避集落があった。支庫はこの砂漠地に、一本だけぽつんと立った大樹のうち、もっとも翼をひろげているひとつを選定し、航空機からは容易に幹が見えないことをたしかめた。

その太い幹に密着して貨物を積みかさね、椰子の葉で外側をおおって、これを野戦倉庫支庫、すなわち糧秣、衣料交付所としたのである。

勤務員は、昼間は別の木の根本に深い壕を掘ってもっぱら眠り、夕方から夜間の部隊交付をおこなった。真夜中をすぎてから、ミョータから前送されてくる牛車隊が到着すると、幹に集積し、いそいで牛車がつけてきた轍跡を丹念に消すころ、夜明けになった。まずは前代未聞の支庫経営の日常となった。

おかげで、あれほど飛びまわっている敵機には、所在を感じとられなかったようである。

チンテレー支庫の前方には歩五八が第一線となっていて、後方には山砲、野戦重砲、九〇式野砲などの砲兵陣地があった。このように、歩、砲兵の中間に野戦倉庫を開設することは無謀であり、危険このうえもなかった。

受領する側からすれば、これ以上の便宜はなかった。かつ、常識の裏をかいて成功した例であり、結果的にはまったく被害をうけなかったのである。

私はチンテレーの勤務で、ある種の歓びを感じていたと思う。それは危険とスリルのなかで、みずから計画したことが思いどおりになったという歓びである。

苦しい戦闘をしている部隊からは、餓鬼のような兵士たちが食糧の受領にきた。私はつとめて戦線部隊には、親切と思いやりを基本とするように、勤務兵にはうるさいほど念をおした。これはなんといっても、私がコヒマ作戦で部隊付き主計として、辛酸をなめたことに由来する。

友好的な人々

チンテレーの村長はひじょうに親切だったので、大助かりした。ビルマ人一般の例にもれず、この待避集落でも、村民が村長のいうことには無条件にしたがった。我々としては、つねに村長との対話を通じて理解をあたえて、彼を掌握しておくことが経理官として必要であり、かつ有利であった。

我々の防空壕を掘ってくれたのも、チンテレーの村民であった。毎日三度の食事は、村長がみずからつくって大樹まで運んできてくれた。鶏の料理は毎食、あきあきするまで食べさせられたし、椰子酒や椰子砂糖も毎食忘れなかった。

日中、たえず上空よりの危険にさらされていた環境下においては、できすぎた食生活を楽しむことができた。日中は壕のなかで事務の整理をしたり、同夜の交付計画を立てたり、ときおりくる近在部隊からの連絡者と応対したり、眠ったりしていたが、つねに頭上の敵機には悩まされつづけた。

日が暮れてからの一時間が、一日中でもっとも気楽なときであった。まったく心が安らかになるときである。

南国の乾季でも、日が暮れて、いくらか涼風が吹きはじめると、大樹の根元にミョータから持ってきた携帯用の布団をしいて、四方山《よもやま》の雑談にふけったり、大声で唄を歌ったりして気を晴らしていた。そして八時ころになって、そろそろ部隊からの受領者が到着しかけると、我々の仕事はもっともいそがしい時間にはいるのであった。

そうこうするうちに三月九日、私は井手伍長をともなって、ミョータの野戦倉庫に情況報告と、爾後の連絡のためにでかけた。一面の平原を南へ向かって真っ直ぐに進み、ジョーにでて登村少尉を訪れようとした。この地域がすでに敵からの有効射程圏にはいったため、支庫は撤退していた。

しかし、軍需品はまだ残っていたようで、各隊の兵士たちが残置糧秣をあさって持ちだしている。経理官として、もっとも恥ずべき処置を目撃したのである。

我々は夜中にミョータ野戦倉庫に到着した。以前、私がいた建物はすでに爆撃をうけ、倉庫事務所は相当な距離をへだてた地襞にはいっていた。

牛島少佐は情況の変化により、師団の後退ちかしとみて、後方のドゥウェラにさがっていた。私は福田（隆）中尉に逢った。

福田中尉は私を見るなり、私の無事を喜んで、もっと早くきてくれるかと、心待ちに待っていたといわれた。情況がにわかに切迫したので、ただちにチンテレーの支庫を閉鎖して、東方に移動するように命ぜられた。心ばかりのご馳走にあずかって、私と井手伍長がここを辞去したのは、三月十日の午後四時半であった。

陸軍記念日用の補充の煙草《たばこ》を積んで、ふたたびチンテレーに向かう。北上するアスファルト道路を進行途中で、すっかり夜が明けたが、我らには待避する時間の余裕がなかった。一刻もはやく支庫まで帰り着かねばならなかったからである。

この道路上では早朝、しばしば敵機に見舞われている。そのつど待機しながら、御者に命じて牛をしたたかに打って全速力で驀進《ばくしん》させた。

幸いなんの被害もなく、八時にはチンテレーに到着した。私はただちに全員を集めて情況を説明し、支庫閉鎖の準備をさせると同時に、各隊に連絡して、すこしばかりの未交付の衣料品を受領にこさせるようにした。

心頼みにしていた陸軍記念日も、日本軍にはなんら有利に展開しなかった。全面的に戦況が切迫して、にっちもさっちもいかなくなってしまっていたためであろうが、陸軍記念日の夜に撤退することになったのは皮肉《ひにく》であった。

この夜、東条政文主計中尉（烈山砲兵第二大隊の主計で、現在は大建産業高松支店に勤務中）が来庫されたので、とくに煙草一本（二〇コ入り、すなわち四〇〇本のこと）を呈上した。ひさしぶりの煙草だと言って、たいへん喜んで感謝された。

この夜、歩兵第五十八連隊第二大隊が受領にくるのが意外におそく、夜十時になってもこないので案じていた。この夕方、大隊経理室が四名で敵の戦車を捕獲したので、その処置のために遅れたことがわかった。

勇壮なうちにも、愉快な戦車捕獲の経緯というのは、大要次のようなしだいであった。第二大隊経理室の勤務兵四名が平原のかんたんな防空壕に退避していると、夕方になって敵の戦車が、彼らのいる壕の上を乗り越えていってから停車した。

日本軍の砲兵陣地を偵察するためか、搭乗員三名が戦車から外へ降りて、そのなかの一人が双眼鏡を持って、わが砲兵陣地の方をながめている。彼らのいわば背後に位置していたわが勇敢な経理室勤務兵が、すかさずこれを一斉に射撃すると、ドギモをぬかれた敵兵は、本能的に四散したというのである。

うち二名は、あいつぐわが方の射撃で射殺されたが、逃げ去った一人は間もなく、わが部隊に捕まったという。これがなんと、この方面の敵の戦車隊長であった。

彼から得た情報によると、わが第三十一師団正面の英軍の戦車勢力は一一台であるが、活動しているのは七台にすぎず、はじめは一〇〇台を超えていたが、日本軍の砲撃で喪失したという。だれが見ても劣勢な日本軍の砲兵戦力が、その質と技術でいかに優秀だったかを物語るものだと話していた。

経理室の兵士が、英戦車（迫撃砲が一門積まれていたともいう）と戦車隊長を生捕りにした話であるから、しばらくはこの話題でにぎわっていた。反面、英戦車が一台だけで、わが第一線を通りぬけてきたという事実から、どう見ても日本軍の戦力が侮られきっていたのも事実である。

夕方、食事をしていると、すぐ目の下のチンテレー集落では、歩五八の兵がさかんに銃撃している。英軍もこれに対応して、我々の頭上をヒューッと飛んでいった英軍の小銃弾を数発聞いた。

私の部下たちは相をなくして、ただちに撤退すべしと私にせまった。私は予定どおり夜半まで待つように命じ、諸般の準備にあたらせた。夜になると、すっかり静かになり、敵は後退したようすだった。

南国の月は、なにごともなかったかのように、煌々《こうこう》と輝いていた。十時ころ、チンテレーにおけるすべての任務を終了したので、村から牛車を四台供出してもらって、我々の糧秣とともに人員もこれに乗って、懐かしのチンテレーを後にした。

ここで私は、チンテレーの村長と村民が、最後まで我々に友好的な態度で協力を惜しまなかったことを付言しておく。

疑わしき村落

我々一行は、記念すべき陸軍記念日の深更にチンテレーを去り、牛車で東方に向かった。夜どおし進み、四時ころにボンタに着いた。ミョータ野戦倉庫の先日の指令にもとづいて、私はここで登村少尉一行を待ち、業務を申し送ってから、タダウにさがることになっていた。私は寺院の一棟を借りて、ここに宿営した。寺院には僧侶が一人いるきりだった。ひと眠りして夜が明けると、敵機は前日にも増して、いっそう頻繁に上空をうかがっている。機敏に朝食をすませてからは、登村少尉がくるまで、ゆっくりと一日をここで待避することにしていた。ところが、午前九時半に歩一二四の下士官と兵士が数人、戦線の方向から血相をかえて、我々のいる寺院に駆けこんできた。

我々の姿を見るなり、このあたりの情況を聞いた。私が「しごく平静だ」と答えると、彼らは頭を横にふって、「敵はこのすぐ前まできている。戦車も相当に持っている。そのため、ここまで逃げてきたのだ」というと、後方にさがっていった。

私は「そんなはずはない」といって、部下を落ちつかせておいて、前方に出てみた。すると間もなく、山砲の観測係将校に逢ったので事情を聞くと、やはり状況が切迫していることは事実のようである。

「敵襲にさいして、歩兵は山砲兵を残して逃げたのだ」と、歩兵の最近の堕落ぶりを憤慨していた。ちなみに歩一二四は福岡の部隊で、九州人は攻勢のとき、つまり景気のよいときは、これに拍車をかけてひじょうに強い。しかし、じりじり後退となるとはなはだもろく、逃げ足はじつに速いということを、私はビルマの全行動をつうじて評することができる。

これにくらべ歩五八は雪深い新潟の部隊のため、不撓不屈、全員団結のもと、じつに粘り強い部隊であった。砲兵を見殺しにして逃げたことなどなかった。さらに歩一三八は奈良編成の関西人ばかりで、ふつうに知られるとおり、あまり実戦には向かなかった部隊であった。状況の切迫を聞いて、さすがの私もいささかあわてざるを得なかった。すぐ寺院にもどって、出発準備を命じた。各人は糧秣を持てるだけ持ち、残余はここの村にあたえた。そのかわりに苦力《クーリー》を供出させることに成功した。

このとき、チンテレーの村長が牛車で追ってきて、我々の安否をたずね、さらに別れを惜しむとともに、ここの村長には我々にできるだけ協力するようにと話してくれた。

牛車をすてて徒歩となった我々は、苦力をつれて東へ東へと向かった。いくぶん起伏のある平原であるが、歩いても歩いても、いつもおなじような地形で変わりばえがせず、がっかりした。

敵弾は我々の頭上を越えて、無人の平原に炸裂する。空襲と砲撃をたくみに避けながら、夕方ちかくにさる待避集落に到着した。井戸の付近に粗末な竹製の家が五、六軒あって、まだ住民が住んでいた。

我々はここに夕暮れまで休憩して、夜になってから炊事にとりかかった。敗戦のなかにも、できるだけのご馳走をつくって、部下たちにせめてもの慰めとした。

一方、この村から先は牛車が使えるので、牛車をやとうために、現住民に村長をよびにやり、牛車を四台だすように命じた。ほんらいの村落は約二キロの所にあって、村民を待避させても、村長だけは残っているという。

すっかり腹ごしらえができて、もういつ出発してよいころになっても、頼んだ牛車はこない。使いにやった住民も帰ってこない。再度、別の住民に村長を呼びにやったが、その男も帰ってこない。

我らはついに業《ごう》を煮やし、住民二人を虜《とりこ》にして道案内をさせて、村長のいるという集落に向かった。二キロといっていた距離は、じつは八キロもあった。この村には全村に厳重なバリケードがはりめぐらされて、すこしばかり不気味だった。

我々は銃に弾丸《たまこ》込めをして、バリケードを破壊して侵入した。今まで日本軍が通過したビルマの村落で、こんなに金をかけてバリケードでかこまれたものはひとつもなかったことを考えると、ここの村長は英軍と通じて、日本軍の動向を報告していたり、日本軍に危害をくわえる行動をしているのではないかと、私が直感したことを部下に告げたため、にわかに部下の士気がたかまった。

中央に村長の屋敷があって、これがさらに厳重なバリケードでかためられていた。村長は、このなかにいるはずである。我々は大声で門をあけるよう怒鳴ったが、なんの沙汰もない。ついに門を破壊して侵入したが、村長の姿はなかった。

我々の目的は、ただ牛車を供出してもらうことにあった。ここまでひどく敗退したとはいえ、日本軍を侮蔑するビルマ人にたいしては、徹底的に対応しようと部下たちは勇んで、ただちに家探しをはじめた。

蠟燭《ろうそく》が数ヵ所に煌々《こうこう》と立てられ、戸外を警戒しつつ家のなかをさがした。その結果、小銃弾多数、猟銃、拳銃、および、それらの弾丸、英軍落下傘から落とす数百枚の宣伝ビラが印刷されたまま、ぎっしり詰まった箱を押収して、やはり村長は私の直感どおり、英軍のスパイと断定した。

そのうちに、この騒ぎを聞きつけて村長と、その弟が帰ってきた。私たちは二人を捕らえて罪状を白状させようと、あらゆる努力をこころみたが無駄であった。私は目的の牛車をださせて、村長兄弟とともに、これに乗って村を出発した。

夜中にタダウに着き、村長兄弟を憲兵にひき渡した。以前から敵方のスパイとして着目してきた人物であったという。その後の処置については、どうなったかわからない。

我々はただちにタダウの野戦倉庫に向かった。倉庫で連絡をとり、部下を倉庫に残して、私は一キロばかり離れた退避集落に常住している田中大尉のもとにいき、ひさしぶりに無事を喜びあった。

夜が明けるまでは野戦倉庫の別室で眠ったが、夜が明けるや、この地点が攻撃目標になっているのか、敵機は地上すれすれに低く飛んで、むやみに銃爆撃をくわえていく。防空壕も頼りにならないシロモノであった。それより、防空壕に出入りするのが億劫になるほど、頻繁に攻撃をうけた。

その間に、私は煙草を大量に受領し、出発準備を完了した。夜になると、師団のトラック八両に重要物資を積めるだけ満載して、後方へさがっていったが、大部分は翌日の輸送を待たねばならなかった。

野戦倉庫は、タダウを通過する部隊には要求するだけ交付したが、なかなか在庫がさばけない。それというのも、タダウの野戦倉庫へは、軍の貨物廠から受領する物資が直接に送りこまれてくるのと、前方への輸送が思うようにはかどらないため、莫大な滞貨となっていた。我々は前線のチンテレーから帰ってきたという理由で、幸運にも後方輸送トラックの第一便に便乗できた。ときに三月十二日の深夜であった。

このころは、夜間といえども敵機の活動が活発で、タダウ街道は幾度も銃撃をうけた。最大可能量を積載したので、トラックは遅々として進まない。やきもきさせられたが、それでも十三日の午前三時に、ドゥウェラの野戦倉庫に到着した。

森林には、前方からの逆送物資が野積みにされている。このなかに牛島少佐が頑張っておられた。前線勤務の苦労をねぎらわれて一休止するうち、私は時をうつさず、さらに新任務をあたえられ、部下をひきいてチャウセに向かうこととなった。

私は牛島少佐の好意により経理部長の乗用車をあたえられて先行した。そして、夜明け前にチャウセにはいり、連絡のため、第十五軍貨物廠に滞在している三輪大尉の指揮下にはいった。

チャウセ貨物廠

私は三輪大尉に、牛島少佐からの命令を伝達した。これにより三輪部隊は、一両日のうちに師団の後退に対処するため、二〇〇トンの主食、副食、調味料および軍靴を準備することになった。

翌三月十四日から、このための努力が活発に展開された。貨物廠としては、烈兵団だけに衣糧を交付することはできないとして、交付量を削減しようとした。私は状況の切迫をといて、ようやく所期の数量を受領することに成功した。

しかし、激しい空襲下にあるため、貨物廠はあらかじめ倉庫を各地に分散して集積してあったので、これらの倉庫にトラックで夜間に受領にいくことは至難のわざであった。倉庫の位置がきわめて秘匿されていたので、あるときは倉庫に到着できず、むなしく帰ってきたトラックもあった。

一方、十四日の夜は、受領した貨物を集積する場所を設定するための偵察をおこない、チャウセ兵站付近の森林地をえらんだ。ここを根拠地として、また一方では、ドゥウェラの経理部との連絡をこころみた。

都市における任務の遂行には、空襲による妨害が頻繁なため、ひじょうな苦労を強いられた。チャウセに集積した物資は、主食二〇〇トン、粉味噌、粉醤油、砂糖、煙草、食塩のほか、軍靴、衣袴、襦袢、袴下、巻脚絆など各種におよんだ。これらを監視する人員がすくないため、夜間は集積物の上やかたわらに寝た。私は煙草の箱の上に寝ていた。

師団命令で、各隊の受領者を集積地に参集させて交付したから、三度の食事もできないほど忙しかった。緊急輸送で前方からさげられてきた物資は、送り状も不確実であった。ことに煙草は八梱しかうけとっていないはずなのに、実際には一五梱もあった。帳簿にない七梱は私自身の管理下におき、とくに頼まれたり、親しい人びとにすこしずつ分けてあげた。

七梱というと一〇万五〇〇〇本の煙草となる。これまでに経験したことのない数量を、自分の裁量で自由にでき、人知れぬ権威のようなものに自己満足していた。野戦生活で煙草は貴重品であった。誰もが欲しがる物である。

今作戦のように補給が欠けるときには、現地の煙草の葉を紙に巻いて吸っていた。それゆえ、紙巻き煙草の値打は異常なもので、一〇万本の上に寝ていた私は、異常な優越感を味わっていた。これをもらおうと、頭を低くしてくる将兵はたえなかった。私は状況が切迫しているおりから、申込みには躊躇なく応じていた。

しかし、チャウセ野戦倉庫の生活も、何日とはつづかなかった。ことに空襲に神経過敏な三輪大尉は、すこし早めに倉庫から後退することを決意していた。彼はみずから新規の倉庫地点を設定するため先行したので、私があとを一手にひきうけて、この危険で繁忙な場所にとどまっていた。

当時、歩兵第五十八連隊の主力が抵抗するドゥウェラの戦線は、しばらくは持ちこたえていたが、マンダレイ方面から南下する英印軍が、先にチャウセを圧倒する形勢になってきた。また、弓兵団正面の戦線は総くずれとなって、メイッティラ方面から敵が北上してくる危険が濃厚になってきた。

サガイン、マンダレイも英軍と米支軍に占領され、ぞくぞくと後退してくる日本軍が、マンダレイ街道をさがってくる。私は一定の交付をつづけるかたわら、非火急的物資はつとめてトラックで、三輪大尉が設定した野戦倉庫へと後送した。

三月二十日の夜、命によって私はチャウセをひき揚げ、三輪大尉のいる野戦倉庫に合流した。第二次の野戦倉庫はチャウセから南方約四キロにあり、街道沿いのゴム林にもうけられていた。

ここでも、可能なかぎりの部隊交付をおこなった。その一方で、チャウセの軍貨物廠が撤退するときに残置した糧秣、衣料を、できるだけここの野戦倉庫に収容することに奔走した。ドゥウェラの戦線は五日間は持ちこたえたが、これが撤退しはじめると、第二次倉庫からチャウセにいく道程が通過できなくなって、この作業は断念のやむなきにいたった。チャウセ貨物廠の莫大な軍需品は、残置されたまま敵の手中にわたったのである。

チャウセの第二次野戦倉庫となったゴム林に隣接するバナナ畑の野天倉庫では、危険ななかにも、各隊からの受領者でにぎわった。しかし、この倉庫も幾日もつづかなかった。私はさらに後方に、次期の野戦倉庫を設定するために先行を命ぜられ、トラックで出発した。

翌日、選定した新倉庫の位置は、チャウセから南下する本街道から道なき道を東方に二キロほどはいった森林地帯であった。このような状況下にあっては、交付の便よりも、敵機にたいして秘匿しうることが選定の第一要件となっていた。

私は位置の選定がおわると、ただちに元のバナナ畑の野戦倉庫にもどって、三輪大尉と交替した。この日から、さらに物資後送のうけいれがはじまった。食塩や粉味噌は、ミッタの野戦倉庫からも後送されてきた。

二日目には、おびただしい日本軍の後退部隊が倉庫前の街道をさがってくる。昼間、連絡にきた某隊の兵士から、情勢が極度に悪化して、敵の斥候がすでに昼間にはチャウセの三叉路に出没しているとの情報を得ていた。

街道にでてみると、昼間にもはばからず、多数の患者が荷車に載せられて、長蛇の列をなしてさがってくるのを目撃した。

美しい列樹におおわれたアスファルト道を前方に歩いていくと、とある橋の下に「烈兵団連絡所」の表示を見たのではいってみた。そこには参謀部の河原少尉がいた。私の聞いた情報を伝えると、彼はそんな情報は聞いていないといって、ごく平静な顔をしていた。

私はひとまず安心して、これにかんする情況調査を依頼し、情況に変化があったら、野戦倉庫に急報することを頼んで倉庫に帰った。野戦倉庫の貨物は、空襲にそなえてバナナ畑に縦横にめぐらされた灌漑用の溝のなかにいれて、バナナの葉をかぶせてあった。粉味噌を主として、相当量が未交付のまま残っていた。

夜になると、小島主計中尉の一行がチャウセに強行して、軍靴をとりにいくといってトラックで倉庫に立ちより、すぐチャウセに向かった。間もなく一行は、三叉路に敵の集中砲撃があって、どうしてもチャウセにいけなかったと、南方に戻っていった。

さらなる後退

この日の夜は、文字どおり激烈な敵の砲撃に悩まされた。野戦倉庫を中心として、着弾が四方に飛散する。迫撃砲も相当に使われているようであった。

我々勤務員は、溝のなかにはいって一夜を明かした。砲弾の破片が、異様な音響を発しながら遠慮なく我々の頭上を通過して、ゴムやバナナの木が大音をたてて倒れるなど、まったく凄惨な情景を呈した。

このような集中砲火の目標地点で、終夜ひっきりなく打ちのめされると、部下の兵士たちはさすがに顔色を変えて、倉庫を独断放棄して後退すべきだと私に迫った。

私は、我々の任務の重大なことを認識し、我々の前方にはさらに飢えた将兵のいることを忘れてはならないとさとした。命令された糧秣交付は、絶対に一時の砲撃などで停止すべきではなく、否、ますます活発に交付にはげみ、わずかながらでも前線将兵の戦闘力をつちかわねばならないという使命感を説いた。ここを去るなど、もってのほかであった。

翌日は直接の砲撃はこうむらなかったが、そのかわりに敵の攻撃機が低空で一日中飛びまわった。夕方からは、チャウセ・ヒルにいた日本軍の砲兵隊が徹底的に爆撃されているのが、野戦倉庫から目のあたりに目撃できた。音に聞くロケット式の爆弾が使われ、チャウセ・ヒルの麓に落ちた爆弾が、地上を遠く走ってから炸裂していた。

夜にはいるや、ふたたび倉庫付近への砲撃がはじまったが、前夜ほどではなかった。しばらくして、後方の三輪大尉のいる新規の野戦倉庫から食塩を二車両で送ってきて、これも当地で交付すべしという。

一刻も早く交付をおえて、新倉庫に合流をと努力していたやさきであった。我々はみな切《せっ》歯《し》して、三輪大尉の人柄をうらんだ。私がつとめて平静になるよう訓告して、平常の勤務にもどった。

今夜もまた、ひどい砲撃に悩まされると、全員がすっかり覚悟を決めて一時間もすると、今度は三輪大尉のもとからトラック四両で迎えにきてくれた。砲撃のさなかに、残存糧秣をすべて積みこんで野戦倉庫を閉鎖し、通過部隊に新倉庫の位置を表示して新倉庫へ向かった。

新倉庫（以下、自然林の倉庫またはチャウセ第三次倉庫という）には、牛島少佐、三輪大尉のほか、福田中尉もがんばっていた。各位に挨拶をして、さっそく三輪大尉のもとで業務を開始した。

師団経理部では、この地域に残存する物資は、すべてこの野戦倉庫で交付を終了する予定でいた。前方の各方面から後送されてくる物資をうけいれるかたわら、部隊にどんどん交付

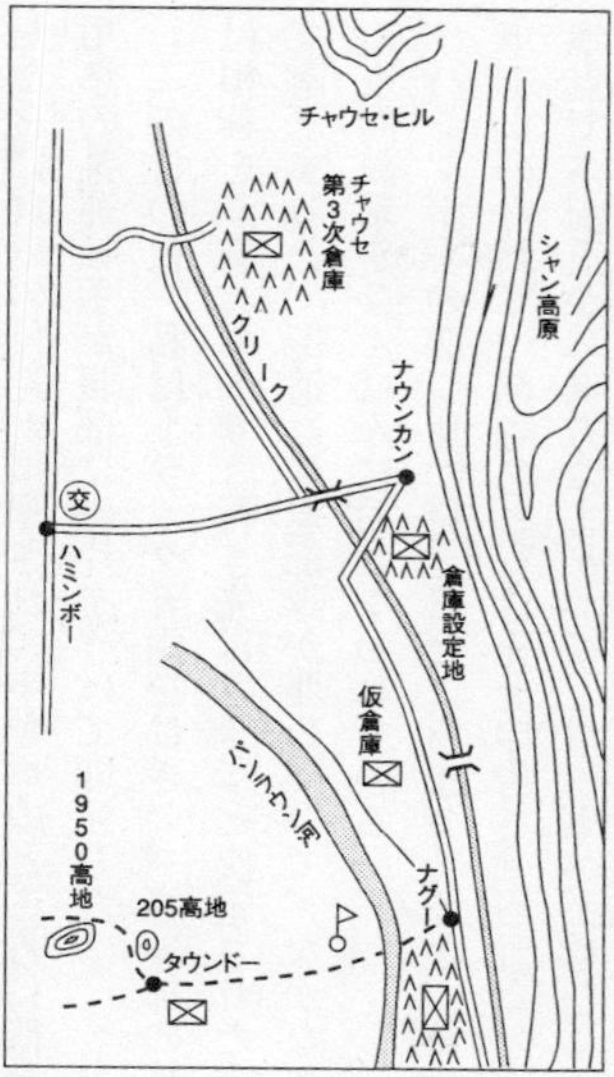

していった。私個人も、ここでとりかえた軍靴を終戦時まで使用することとなるなど、その他、入手困難なものも、ここでは自由に入手したり交換できた。

ところが私は、第三次チャウセ野戦倉庫でも二日間しか仕事できず、この次に予定すべき野戦倉庫設定のために先行を命ぜられた。私が出発

した日に倉庫の付近が爆撃され、半キロのところに待避していた自動車隊が損害をうけ、乗用車の某運転手が腹部に破片をうけて即死した。

この日の夜、私はトラック五両をひきい、経理部の乗用車に乗って出発した。トラックには糧秣を満載してあり、行き先はさきほど決定されたナウンカンであった。まず本街道にでて南下すると、街道は後退部隊が埋めていて、なかなか前進できない。そのうえ、敵機による夜間銃撃がひんぱんにおこなわれている。

ハミンボーの四つ角が見えるところまでくると、第十五軍の交通統制班ががんばっていて、車を止められて、部隊名と行き先を申告させられた。交通統制班の指示により、我々はこの地点で本街道から東方にまがって、東へ東へと進む。

途中、顔見知りの連中をふくむ歩兵部隊が、逆方向に行軍しているのと出会い、車を止めて聞いてみると、やはり歩五八だった。日本軍がぞくぞくとさがってくるのに、この部隊だけ前方に向かっている。

「どこへいく?」

と聞くと、みなは知らないという。ここにも歩五八の特徴があらわれていると思った。この部隊の兵士は、上官の命令には無条件でしたがう。自分たちの行く先も知らないで行進しているのだ。

これは私の作戦間に経験した、他部隊では見られなかった特徴であった。他部隊では、将校よりむしろ下士官や兵士の方が情報を持ちあわせていて、上官の意に心から信従しないことがあった。新潟の部隊は、黙々として上官を信じて、死地におもむくのだと思う。前年、同隊への勤務に着任したとき、島之江大隊長が私にもらした見方とおなじだと思った。

ナウンカンに着くまでに、乗用車とトラック一両に故障が生じて動かなくなった。やむをえず道端に残置して、夜明け前にナウンカンのとっつきの集落に着いた。

トラックをここに待機させて、我々はさっそく森林地帯に野戦倉庫の位置を選定した。トラックを誘導して糧秣をおろし、部隊に交付をはじめた。空襲もうけず、平静な一日であった。

夜になって、私はトラックをチャウセ第三次倉庫の貨物輸送に役立てるために出向かせようとした。しかし、運転手たちはあらかじめ申しあわせていたかのように、ガソリンの不足を理由に拒絶した。呼んで話し合ううちに、前方へもどることへの忌避が顔にあらわれていた。

運転手の弾丸《たま》嫌いは充分に承知していた。当初、命令で強行しようと思った私は、ふと新しい考えを思いついた。トラックを次の倉庫地点となるべきナグーまでさがらせて、修理とガソリンの取得にあたらせるため、即刻出発させた。

この決意の裏には、チャウセ第三次倉庫をでるときに、三輪大尉から車を返せという指示がなかったことと、チャウセの残存糧秣はおそらくすべて交付ずみであろうと想像できたからであった。

この時期、ビルマ北部および中部の日本軍は、ビルマ平野において完全に敗北していた。

英軍の圧迫する方向に移動し、ついに第十五軍管下の諸部隊はチャウセ～ハミンボー～ナウンカン～ナグーと、シャン高原の山麓部に押しこめられたかたちとなっていた。

敵機動部隊は縦貫鉄道と幹線街道を南へ進撃し、ラングーン東方のペグーに殺到しつつあり、我々のいる方面も余命いくばくもない状況で、今日は玉砕かと決心する日がいく日もつづいた。

つぎの日の夜、チャウセの三輪大尉の一行が倉庫を閉鎖して、徒歩で我々のいるナウンカン郊外の倉庫設定地に到着した。ところが、状況が急変したため、師団はナウンカンで物資を交付するだけの時間的な余裕がなく、すぐに出発することになった。私がせっかく選定した野戦倉庫は、ほとんど使用されずにおわった。

自動車をうしなった三輪分隊は、ここで数班にわかれて各自、自己の背嚢だけを頼りにナウンカンを出発すると、徒歩でクリークに沿ってナグーへ向かった。

道路の左側は、どこまでも幅二、三〇メートルあるクリークで、汚れた水がときたま自動車のライトに光をえて、不透明な色をみせていた。夜中に、小島中尉の開設している仮野戦倉庫で一時休憩した。

その間に、三輪大尉と私は、ちょうどこの倉庫にいた小島中尉や福田中尉と爾後の連絡をすませた。すこし明るくなりかけたころ、ここを出発して、ふたたび南下していった。ナグーの集落に近づくと、両側の森林地帯には各種の部隊が各個に宿営している。

にわかに騒がしく、埃っぽくなる。我々一行はナグーまでまだ一キロのところで、クリークを渡ってから宿営することにした。この付近からナグーまでは集落が密集しており、かつ開豁地であったから、昼間の危険を考えてのことであった。

　ここで私は、おそるおそるナウンカンで自動車の運転手にたいしてとった独断決定のことを報告したが、三輪大尉は逆に、情勢を把握した適宜の措置であったとして褒《ほ》めてくれた。かくて、夕刻にここを出発して、ナグーの野戦倉庫に向かった。

届かぬ糧秣

　ナグーの町は西側を南北に流れるパンラウン河の流れによって、極度にシャン高原の山麓におしこまれ、細長く河と山地にはさまれている。町はほとんど濃い森林におおわれていたが、めぼしい家屋や建造物はすでに空爆されていた。

　パンラウン河は幅七〇メートルもあるが、白砂のある清流であった。ナグーの三叉路をすぎてから、我々は待避場所を見つけるため、パンラウン河に沿って二〇〇メートルほどさかのぼった森林地にいき、ここに場所を定めた。

　夜になってナグーの野戦倉庫にいき、牛島少佐から全般の概況の説明をうけた。三輪分隊は、タウンドーに交付所を設置するため急行するよう命ぜられて、一行は同夜、出発した。

　牛車一台を住民から買いうけ、我々はこれに装具を積んで行軍にはいった。パンラウン河の渡河にはたいへん苦労した。七〇メートルの河幅であるが、橋がないうえに、急流がさかまいていた。

わが工兵隊が日夜の努力によって木製の橋がかけられたが、日中は空襲を警戒して橋の大部をはずしてあった。夜になって渡河希望者が数おおく殺到して、一晩中かかっても渡りきれない。一方、ナグーには日夜空襲があるので、渡河待ちのための日中待避も大変であった。当時、師団司令部は橋を渡った森林地にあったが、師団司令部付近を中心とした空襲に出遭った。それはものすごいものであった。

一晩がかりで橋を渡り、ナグー西方約四キロにあるタウンドーに到着した。集落とはいっても名ばかりで、残っている家は一軒だけである。ずっと昔、ここに集落があったかと思わせる痕跡が、今は鬱蒼たる森のなかに残っているばかりであった。

この付近は一面の荒野で、水の便がなく、我々は飲料水に大いに苦しめられた。前方にいる部隊は、飲料水をずっと後方から、一晩中かかって牛車にドラム缶を積んで輸送していた。

この地帯にも、雨季になると立派に水が流れる川ができるが、今のような乾季たけなわには一滴の水もなく、川全体が乾燥しきっていた。やっと探しあてたと思える井戸が、ただ一ヵ所、川床を掘ってできていた。

この水を歩兵二コ連隊、山砲兵、工兵連隊、野戦病院、衛生隊、師団通信と、我々交付所が使うのであるから、充分な飲料水を補給することはほとんど不可能であった。兵力のある歩兵などは、これに頼らずパンラウン河付近から汲んで、牛車で運んでいた。またこの季節、暑さがその度合をくわえ、日中はジャングルにいても頭がさけるように痛んだ。

タウンドーの糧秣交付所には、ナグーの野戦倉庫から牛車で物資を前送してくる約束になっていたが、渡河が困難なためか、まったくやってこない。このため、善後策として、交付所による前方物資の緊急蒐集を計画しているうちに、牛島少佐からの指令もきて、三輪大尉は私以下一〇名をひきいて、前方物資の偵察にでかけた。

前述のとおり、三輪大尉は敵機にたいして神経過敏なことを兵士たちは喜んだが、ちょっとした対空処置について大声で叱りつけた。

日中は竹林の中にいても、ご自分は根元から数十本の枝がでている株のなかに身を隠さねば気がすまず、また我々にも、同様にせよと要求した。待機中の各人の間隔はすくなくとも五〇メートルを要求され、このため、相互間の連絡は至難をきわめた。

いくら空襲対策とはいえ、あまりにもいきすぎて、狂気の沙汰とみえた。もともと同大尉は、前方物資の偵察には気が進まず、一晩かけて到着した集落で、夜明け前の敵の砲撃でキモをつぶし、偵察もほんのかたちばかりで断念して、帰途についていた。

事実、前方物資は前線部隊が、経理部からの補給なしとみて、各隊の経理室によって調達されつくしており、潤沢ではなかった。現実に、各隊による調達や徴発を目撃した。

一方、ナグー野戦倉庫から輸送される物資はいまだに到着せず、そのためにタウンドー交付所の糧秣交付ははじまっていなかった。

第八章　果てしなき戦旅

山砲兵部隊勤務

四月六日の夜、私はタウンドーにおいて意外な命令をうけた。ナグーの師団司令部から伝令が書面でもたらしたものである。これによると、私は四月四日付けで山砲兵第三十一連隊勤務を命ぜられ、即刻赴任することとある。

ふたたび部隊勤務となった私の不運を嘆いた。山砲兵第三十一連隊第三大隊付きの渡辺主計中尉がミョータ付近を撤退中、つねづね大胆不敵とうたわれていたが、日中の空襲下にもかかわらず、緊急輸送のためみずから御者となって牛車をいそがせるうちに、敵機の銃撃にあって即死されたため、私がとりあえず後釜に要求されたのであった。

時たま私は、マラリアの発生で高熱で夜をすごしたが、翌朝、単身ですぐに出発した。当時、第三大隊はナウンカン方面に歩兵第百三十八連隊とともにいたので、連絡のとりようがなく、行き先に困った。

そのうちに、大隊もナグーにさがってくると予想して、当面はナグーに向かった。途中で逢った将校に第三大隊の動静を聞くと、同大隊の段列がこの付近の小流にいることがわかった。私は段列の位置をさぐりあてて中隊長に連絡をとると、ちょうど連隊副官がきていた。

相談の結果、私はまず連隊本部にいくことになった。ナグーへ向かって東方に歩いてきた私は、ここで西方へと逆もどりとなった。第三大隊のナグー到着の予定日が不明な現在、連隊長や本部将校に申告をしておく方が有用と思われたからである。

当時、ナグーに集結したトラックは二〇〇両ちかくあり、西方からナグーにくるトラックは、最後の活路をもとめて彼我が対立する第一線の間を強行突破していた。連隊副官と私はタウンドーをすぎると、夜間の銃爆撃で損傷をうけたり、悪路に迷いこんで動けなくなったトラックや乗用車が、何両も路傍に遺棄されているのを目撃しながら前線へ向かった。（一九三頁地図参照）

タウンドーの西方、二〇五高地の三叉路を右にとれば、一九五〇高地の右側を迂回して歩五八の位置に通ずる。この高地の前傾斜部に山砲部隊が陣地をつくっていた。

三叉路をまがったころから、ものすごい雨が降りだした。もうモンスーン雨季のはじまりかと思った。真っ暗な夜道で、突じょ見舞われた強い雨に閉口した。しかも、マラリア熱に悩まされながら夜中に山砲兵の連隊本部に到着した。

ただちに連隊長の大矢部大佐に新任の申告をし、次いで荒井軍医少佐以下にも挨拶をすませた。私は予想どおり第三大隊勤務を命ぜられ、ふたたびナグーにむかった。

夜間、ナグーに向かってひとりでとぼとぼと歩いていると、前方からくる山砲兵部隊に出会った。これが山砲兵第一大隊とわかった。副官に会って第三大隊の所在を聞くと、現在はナウンカン方面から移動中であるという。

こんなに各部隊が錯綜しているさい、部隊をさがしあてるのは困難であった。また、ひとり歩きは危険だから、とうぶんは第一大隊と行動をともにした方が賢明だといわれ、私はこれにしたがった。第一大隊の主計は藤田少尉、軍医は日野中尉だった。

私はここでまた西方に向かうこととなった。第一大隊と行動を共にするのだから気は楽であった。とくに藤田主計とは、コヒマいらいの行動を想起して話しあえたので、苦労は気にならなかった。

翌日、第一大隊はずっと西方に進み、一九五〇高地の前面にでると、彼我の第一線を横走りしてビルマ縦貫鉄道方面への活路を見出すこととなった。第一大隊の前方には、とうぜん歩兵も動いていたと想像する。

日中は待避して、夕暮れに長蛇の列が、この計画実行のために前進を開始した。前衛からの報告によると、前進路の前方に敵弾の集中が激しく、前進不能という。計画を断念して、ふたたびナグーにもどることとなった。

かくて紆《う》余曲折《よきよくせつ》、ナグーまで第一大隊と行動をともにした私は、ナグーで部隊と別れて単独行動となり、第三大隊の所在をひとりさがすのであった。

消えたタバコ梱

ナグーは背水の地であった。これから先は、前方に活路がひらけぬかぎり、シャン高原にはいりこむほかになかった。各隊の行軍準備で、町はことのほか賑わっていた。

私は新しく工兵隊がつくった新自動車道を南下して、ピンジャウンに向かうことにした。ナグーで第三大隊をさがしあてることができず、同隊はすでにナグーを出発したとの仄聞《そくぶん》を得たからである。

ナグーを出発してからは、ひとりで山道を歩いた。夜は山中に寂しく寝なければならなかった。三日間は、不安と焦燥のなかを前進した。三日目に第二野戦病院と日中の待避で一緒になった常木少尉に逢った。苦しいときの親友の情を、つくづく感じた。

五日目に第三大隊の先発隊を指揮した大隊副官の重松中尉に逢い、やっとのことで赴任先の部隊に着いた。また、この付近で連隊本部、第一、第二大隊の経理室の先行者とも逢い、我々はピンジャウンの野戦倉庫まで足をのばして、部隊到着前に糧秣の交付をうけておくことにした。

私はこの旨、大隊副官の了解を得て、経理室とともに先行した。ピンジャウンはタジ～カロー街道にあり、軍から相当量の衣類、糧秣をうけて集積していた。

この野戦倉庫には福田中尉や大槻少尉らがいたので、受領交渉には万事好都合であった。また、ピンジャウンには第十五軍の貨物廠もあり、私と同級の加納少尉もいた。軍靴をはじめ、各種の糧秣と衣料を受領した。この日の夜、第三大隊の主力が到着したので、大隊長に新任の申告をし、名実ともに第三大隊勤務の主計となった。

この日、ものすごい爆撃をこうむった。倉庫が開豁地にあったので、それこそ身のおき場もなく、運を天にまかすほかなかった。こうしてピンジャウンの村は、日本軍のおかげで目茶苦茶に爆撃されたのである。

山砲兵第三十一連隊は通称「一〇七〇三部隊」とよばれ、四国の善通寺《ぜんつうじ》の編成で、大部分が四国人であった。ウ号作戦後に補充された東京第十二部隊の野砲兵がわずか混在し、将校も補充できた人たちであろうか、他国人がおおかった。

今までに私が聞いていた烈山砲への印象は、「赤丸山砲」とか「泥棒山砲」といって、歩一三八の「こそ泥」と対比されていた。戦地において、困苦欠乏に耐えながら生活するさい、物資不足に対処する手段として烈山砲は野戦倉庫や貨物廠から不正に、しかも敏速に取得するのをしばしば見うけられたことから、この名がついたようである。

歩一三八がきわめて「こすい」やり方なのに反し、山砲兵は大っぴらで、だいたんに大仕事をやる。要警戒だが、半面たのもしい連中ということになる。この点、歩五八は正直一点張りであった。どんな苦境にも不正はできない連中で、対照的であった。

じつは、当夜も大隊長に申告するため、受領してきた物資を同行の兵士に監視を依頼してから出かけた。中告が終わってから、大隊長におそらくひさしぶりであろう紙巻き煙草を進呈しようと思いついて、煙草のはいった箱をあけてみて驚いた。わずか二、三分の間に、四〇〇本入りの包み一本が消失していた。

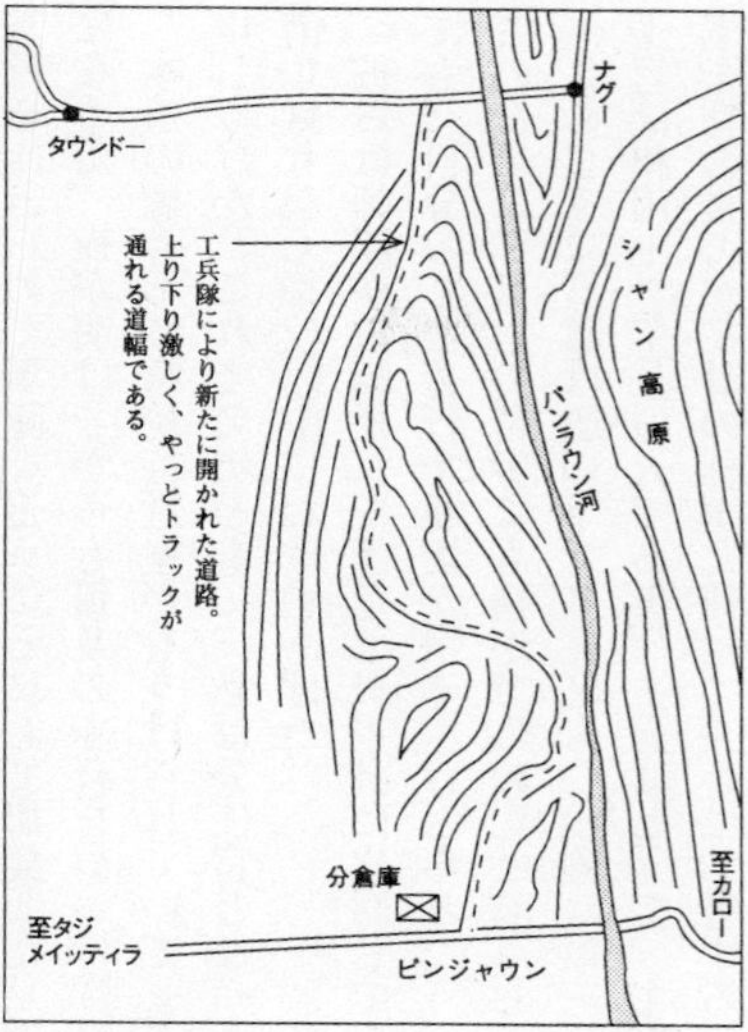

新任の主計とあなどって、誰かがすばやく盗んだにちがいない。暗闇のなかに蠟燭を一本立ててあっただけなので、大量の物資を監視する目をあざむいて、盗んだものと思われる。私は一度に憤激した。この旨を副官に告げ、この夜、配給を考えていた煙草は犯人が判明するまで、絶対に分配しないと宣言した。翌朝になって、経理室の主計下士官の和田伍長が犯人の名を伝えてきたので、このうえは本人に訓戒したところで効果がないと思い、煙草を配給することにした。

ところで、第三大隊は小憩ののちに出発していったが、私は軍靴の追加受領分が、この夜遅くに着く予定だったので、若干名の使役員をもらってここに残った。第三大隊はこの時期、牛車を六〇台連行していて、これが行軍にうつると大部隊に見えた。

待機していた我々は深更になってから、都合で自動車便がなくなったため、軍靴がこなくなったとの連絡をうけた。撤退する各隊のために街道が混雑していて、あまり長く本隊と別れていては追及するのが困難と判断して、今回は軍靴をあきらめて本隊を追うことにして出発した。道はすぐ本道にでて、夜間の歩行も容易になった。夜が明けてからも追及の歩行をつづけ、昼ころに部隊に追及できた。

本道の橋の下に将校待避室がもうけられていて、この日、私は重松副官から金櫃《かねびつ》の内容を申しうけた。これで名実ともに、私は分任官となった。私は背嚢につけていた紙巻き煙草を、惜し気もなく将校連中にわけてあげた。

彼らは師団から転任してきた下級主計に感謝してくれた。このように殺風景な辺境にあっても、自分のした善行や親切が快くうけとられたうえ、感謝されるほど嬉しいことはない。このために、日々の苦労にも精がでるのだと噛みしめていた。

このように、私は橋の下で名実ともに山砲兵第三十一連隊第三大隊勤務となった。主計下士官は和田主計伍長一人である。主計にとって、主計下士官は唯一の真の部下であり、主計下士官の良否が主計の仕事と健康に大いに影響する。

和田主計伍長は同隊出身の現地教育の乙種幹候で、いきおい同隊の古兵たちから利用される立場にあった。風貌からうける印象からも、私はこの部隊ではよほどに人を疑ってかかる必要があるなあと直感した。和田伍長は見るからに立派な体格をして、丈夫そうな人であった。体力的に困ったときは頼りにできる人だとも感じた。

重松副官からひき継いだ金櫃のなかの書類をみると、すでに一〇ヵ月もの間、帳簿にはいっさいの記入がなく、伝票もなかった。いくら戦闘と移動に明け暮れたとはいえ、専任の主計下士官がいるのに、主計将校不在の保管責任を副官が代行していたのであろうが、分任官の責務を知っていたのだろうか。副官も副官なら、主計下士官も主計下士官、その無責任さにあきれかえってしまった。

せめて現金の出納くらいは、公金をあつかう者の義務だという、きわめて常識的なことを無視していたのである。部隊経理は、適当に副官の指示に主計下士官が盲従していたことになる。私は、これは大変な部隊にきてしまったと、あきれかえるばかりであった。

私はこれより先、四月四日付けで第三大隊勤務となり、のちにオンタビンで「山砲兵第三十一連隊付きに補す」との命令をうけるまで、つねに師団から派遣された出向者という意識であった。つねに和田主計伍長や経理室勤務者に、経理室のあり方についてなにごとによらず、うるさく教育していたと思う。

さて、部隊がメイッティラ〜カロー街道の通る山地にさしかかると、夕方の冷気に遭った。ひさしぶりに快適な環境下に、部隊は出発せんとしていた。

私は、本街道を各隊のトラックが走っていること、次の補給地点はカローであることを知った。伝令と二人だけ部隊を離れて、他隊のトラックに便乗してカローに先行し、一刻もはやく糧秣を受領して、カローで部隊を待つ方策を副官に説明し、トラックの便をさがしはじめた。

しかし、残念ながら便乗できるトラックはなく、やむをえず夜道を早足で部隊のあとを追った。夜のうちに追及することができず、翌朝、第七中隊が日中待機している路傍の森林を見つけ、中隊長の清水大尉に初の挨拶をして、ミルクをご馳走になった。しばらく中隊長と雑談をしてから、私たちは第七中隊と別れて日中、カローに向かった。

途中、執拗な敵機の銃撃をうけると、左または右側の谷間に逃げこんだりしながら、夕方、カローの町にはいった。カローの町はすっかり廃墟となり、町の内外に日本軍の退却部隊がたむろしていた。我々は休む暇もなく、当地の野戦倉庫の位置をさがしまわった。

追われる日本兵

各種の部隊がいりまじって移動しており、道行く士官や兵士に聞いても要領を得ず、夜遅くになって、やっと兵站病院の隣りにある野戦倉庫に到着した。もとは現地商人の倉庫であったような建物の土間に火を焚いて寝て、翌朝はやく野戦倉庫に出向いて受領の手続きをした。

倉庫長は菅原中尉で、その下に倉田軍曹が実務をとっていた。師団司令部の近藤少尉も、山砲兵の高級主計もきていた。受領物資の輸送は、夜になるまで動かせないので、日中は兵站の残骸のなかを、なにか役にたつものはないかと物色してまわった。

兵站構内には不発爆弾が数発、不気味に残っていた。このため、立入り禁止の張り札がでていた。山砲兵という肩書きは、経理部関係の者にはひどく信用がなかった。このころ、山砲の兵隊がこのあたりをうろうろして、立入り禁止地域にはいりそうな気配だったので、とくに注意されて立ち去るようにいわれていた。

私は山砲は山砲でも、師団経理部の将校同士であるから立入りを許されていたのである。

受領物資の輸送には牛車を準備し、分配の数量区分表をつくったところへ、夜になって重松副官が来庫された。私は輸送指揮と分配を副官にまかせて、ひきつづき倉庫に残って、さらに受領を促進することにした。

副官の来庫したもうひとつの目的は、このたび師団長命によって、大隊長、副官をはじめ各隊幹部が自動車でロイコーへ先行することとなり、私にもその出発に間にあうように集合地点にくるようにと伝えるためであった。

示された日となり、私は伝令をともなって出発した。カロー～タウンジ街道を東の方向に歩き、やがて示された地点の付近をくまなくさがしたが、ついに大隊長たちの待避場所をさがしあてることができなかった。やむをえず、清水大尉がかわって指揮する第三大隊の行軍がカロー～タウンジ街道から南へ折れていったのを追及した。

街道の右側は深い谷になっており、谷の傾斜に密生する木の下を待避場所としている部隊がおおかった。これでは、大隊幹部の集合地点をさがしあてることができなかったのも、当然のような気がした。これが野戦のつねであり、想像を絶する情況変化というものである。我々が清水大尉の代理指揮する大隊主力に追いついたのは、翌日になっていた。

自動車部隊はカローからタウンジを迂回して、ロイコーに向かっていた。徒歩部隊や駄牛部隊は、カローから東へ約一日行程をすぎて南に折れて山道にはいり、ピンラウン経由でロイコーに直接向かった。この方が距離もすくなく、時間的にも早いのであるが、途中はずっと丘陵地の連続である。

この丘陵地、シャン高原の行軍は、今なお強く印象に残っている。見渡すかぎりの乾燥した高原は、欧州の田舎を想像させるにたる、じつに気持ちのよいところであった。しかし、雨季がちかづいていたので、ときどきものすごい雨に見舞われた。

わが第三大隊は、一日も休むことなく、黙々として予定の進路を南下していった。昼間は灌木のなかに身を隠して睡眠をひじり、そのあい間に元気な兵士たちは、はるか遠くに集落を見つけると、有志の者が数人で徴発にでかけたりした。

私はこれらの徴発には同行しなかった。兵士たちの徴発は、最低必要物資の調達のためではなく、珍しいものや高価なものに集中したようで、いわば冒険心理からのようであった。

砂糖、肉類のほか、布地や宝石類におよんだ。

当分の間、最低限生活に必要な主食、缶詰類などの倉庫からの補給物資を、師団で一番おおい牛車に積載しているわが部隊であったから、充分にあり、徴発の必要はまったくなかった

三、四日の行程で大隊はピンラウンに着いた。それに先だって、私は伝令と二、三名の勤務員をつれて先行していた。部隊到着までに、ピンラウンの倉庫から受領しておくためであった。

したがって、昼間もかまわず道をいそいだ。ピンラウンまであと一日の行程まできた。正午すぎ、右側に小高い丘をひかえ、左側は一面の原野をながめられる地点で寸時の休憩をとっていた。

たまたま、この場所には同隊の設営のための先発隊も休んでいた。安らかな気持ちで歩行の疲れを休めていると、誰いうとなく、見わたすかぎりの平原のはるか彼方にある丘陵地帯の麓に、点のような小さい人の群れが、右の方から左の方に動いているのが目撃された。なおよく見守っていると、人数は五〇人くらいで、先頭の二人はどうも日本兵で、走っている姿であった。

右から左へ走っていたと見えたのは錯覚で、じつは斜めに我々の方角に走っていたのだ。点のようだった小さなものが、しだいに大きくなり、現住民の群れに追われて逃げているものとわかった。

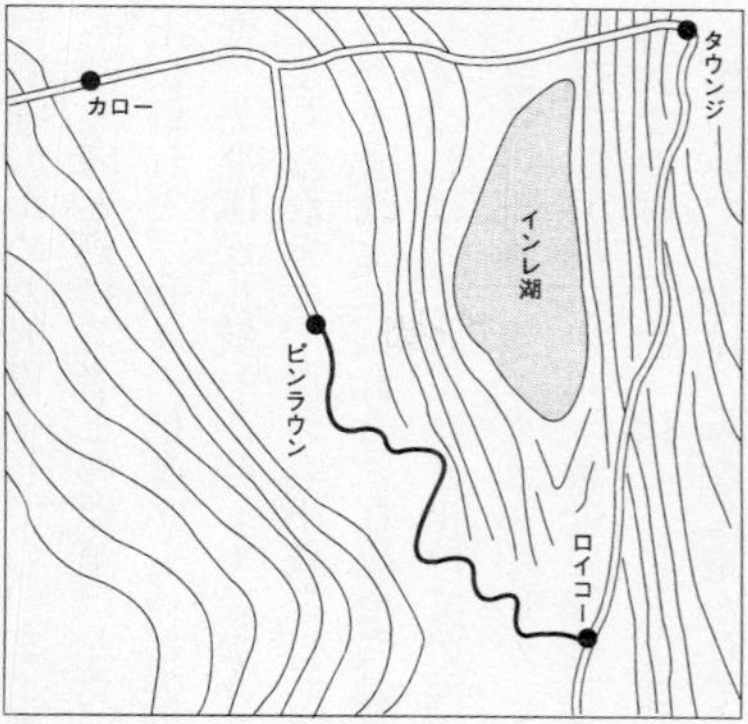

日本兵のうちの一人は小銃をもっており、現住民の方は全員がダー（ビルマ人が通常携行する日本の包丁と刀の中間のようなもので、あらゆる用に使う）を手に持って、走りながら日本兵に向かって投げつけ、それを拾っては追いかけている。

日本兵二人は、部隊が日中待避のための休止中、かってに徴発にでかけて現住民の逆襲をうけたのである。ここの住民たちは、小銃の恐ろしさを知らぬかのように、小銃をもった兵がときどきふり向きながら発砲しても、我々のまわりにいた兵士たちが事情が飲みこんで威嚇のための射撃をしても、まったくひるむことなく日本兵を追いつづけている。追う者と逃げる者との距離はしだいに接近してきた。ついに精魂つきた日本兵の一人が地上に倒れた。我々の位置がもっと近ければ、救援する方法はいろいろとあったであろう。また、先発隊が小銃しか持っていなかったので、どうすることもできない。

こちらからは、なおも小銃を打ちつづけたが効果がない。もう一人の日本兵も、小銃を持ったまま地上に倒れた。住民たちはすかさずよってたかって、ダーで日本兵をめった切りにして、しばらくしてひき揚げていった。小銃も、このときに奪っていったようである。

どこの部隊の者かわからないが、気の毒なことになったと、冥福を祈る気持ちでいた。先発隊の筒井准尉から、付近に待避していた工兵隊に連絡がとれ、同隊の軍医たちと死体の収容にでかけた。我々はここにとどまって、一部始終を見守っていたのである。

傷ついた兵士は、みなに抱かれて我々のいる道路端の木陰に運ばれてきた。幸いにも、まだ息があった。軍医による応急手当がはじまり、私ものぞいてみた。鋭利な刃物が兵士の背中を十数ヵ所えぐっていた。

出血がおびただしく、たちまち緑の草を朱に染めて流れた。致命傷となったのは、左耳から顎にかけて切られた深い傷で、耳がプラプラと離れて動いていた。私はこれ以上見かねて、そっぽを向いてしまったが、じつに悲惨な姿であった。手も脚も傷だらけで、大腿部の深手のために地上に倒れたようである。

まだいくらか口をきくことができたので、一部始終を本人から聞いた。一同が驚いたのは、この兵士が他部隊の者とばかり思っていたのに、じつは山砲兵第七中隊の伍長であったことだ。

他の二名とともに、無断で八キロほど離れた集落に徴発にでかけ、所期の物資を獲得して三人が村を離れようとしたとき、付近の二、三ヵ村の屈強な男たちが、隠れていたパゴダの陰から突然にあらわれて襲ってきた。三人のうち一人しか小銃を持っておらず、一目散に逃げだすほかなかった。

そのうえ、住民たちは小銃の恐ろしさを知らないため、小銃を射ってもなんの役にもたたず、約六キロを夢中で逃げたという。三人のうちの一人は足が悪かったため、いちはやく住民たちの手にかかり、二人だけで逃げることになった。

我々が目撃したときには、すでに一人は倒れて置き去られていたのだ。あとの二人も、屈強な追手《おって》から逃げきる前に精魂つきて倒れ、鋭利な刃物で切りまくられたのであった。

我々が見ている前で最初に倒れたのは曹長で、倒れた場所が遠かったので、かなりさがしまわったが、ついに死体を発見できなかった。軍医の手当がつづくなか、先発隊が第七中隊に連絡をした。

我々にはとんだ長居の見物となった。ピンラウンでの重要な任務もあるので出発した。シャン人にたいする敵意とともに、かってな徴発のむくいをつくづく感じ、敗残軍のみじめさを噛みしめていた。

伍長もしばらくして絶命し、第七中隊は哀れな戦友のために復讐をおこなうことになった。

夕刻、道路上に山砲二門をすえて砲撃し、全員で村を襲撃、全物資を略奪した。できるだけ小銃や機関銃で住民を殺したうえで、村落を焼きはらったことを、あとで聞いた。

一〇〇台の牛車隊

ピンラウンの野戦倉庫に到着した私は、田中大尉の指揮する経理勤務班を訪れて、二日分の糧秣を受領した。

衣服類の交付を請求すると、前送、後送物資による野戦倉庫の機能はカローが最後で、もはや被服類の交付は皆無であった。糧秣についても、経理勤務班が先行して、部隊がくるまでの短時日の間に集めた現地物資のみという。つまり、米と塩だけしか交付できないと説明された。

当時のわが大隊の装備をみると、今までに受領した被服、糧秣のほか、日中待機中に調達した食糧などが多量に牛車に積載してあり、師団経理部から受領する分がわずか二日分とか三日分しかなくても、直接の苦痛とはならなかった。

第三大隊だけでも牛車を二五台、山砲兵連隊全部では一〇〇台以上持っていた。師団でもっとも物持ちといわれ、他部隊からうらやましがられた。ところが、第三大隊の物資は中隊ごとに分配ずみで、牛車も中隊ごとに持たせてあったため、主計や経理室にたいする将兵の依存感が急に微々たるものとなり、員数外的な取扱いをうけるようになった。

ピンラウンの町はたいして爆撃されていなかったが、数ヵ所に落ちた爆弾のため、住民は四散して寂しい町になっていた。田中大尉は野戦倉庫のなかに陣どっていたが、福田（秀）中尉は不要となった少額軍票を焼き捨てていた。

ピンラウンからは、いよいよ山地となった。携行能力が低下し、また軍票の価値低落によって少額紙幣が使えなくなったためとはいえ、夜の焚火を感慨深く見つめながら、軍票をくべていた。

やっと交付伝票をもらい、野戦倉庫員の宿舎にあてられた民家の床下で暖をとりながら、炊事をして夕食をとった。それから二時間後に部隊が到着した。

このころは夜行軍にかぎられていた。装具はすべて牛車に載せ、兵士は牛車のあとを歩いていく。牛車の前進が困難になったり、牛が弱ってくると、みなで牛車を後押しせねばならなかった。

牛を制御する兵士の努力も、眠い終夜のことゆえ大変なのはもちろんであるが、後から眠りながら、ふらふらとついていく我々も、今思えばぞっとするほどの辛さであった。土に起き、土に寝る将兵の身体の色も顔色も、黄色、青色、土色をまぜたような色で、街路に見るルンペンか乞食のようであった。栄養の偏頗《へんぱ》とビタミン不足、連日の過労が主因である。

ピンラウンをすぎると、山岳地帯の峠を通る。その前に部隊は、道からそれた閑散とした寺院に日中待避をした。境内の竹林に天幕を敷き、林のこずえを洩れる南国の強い陽をうけて、苦しい睡眠をとった。

私はひさしぶりで金櫃《かねびつ》を取りよせて、和田主計伍長と内容の点検をおこなった。ついでに、金櫃にはいっていたバリカンをとりだして、将校室の各位の散髪をしてあげた。

夕方から、いよいよ山岳地帯に牛車をともなう難行軍がはじまった。牛は連日の酷使で、充分な牽引力がなくなっていた。道路上にとまると、御兵《ぎよへい》がしたたかに鞭で打っても動こうともしなくなる。

こうなると、兵士たちは牛の尾を折りまげたり、燃えている木片で尻尾のつけ根を炙《あぶ》ったりして、牛の力をふりしぼらせる。そんなことも二度しか効果がなく、生きる屍となってしまう。

誰しも、こんな惨《むご》いあつかいをされる牛の立場を、哀れと思うことに差異はないが、わが軍の行軍が牛車に依存せざるを得ない、みずからへの哀れさを痛感した。牛が減るにつれて、将兵の背中の荷が重くなるのを嘆いていた。

峠道の行程は、夜間は歩いていても寒いくらいである。しっとりと夜霧がたちこめて、身体を不気味に濡らした。懸命の行軍で、その夜のうちにはふたたび平地となり、行軍をつづけた。

平地になると、村落も比較的に道から近い所に散在し、バナナ畑もときどき見える。途中から我々は先発設営隊に同行して、昼間の宿営地を道から左にそれた、大きな寺院の外郭にある濃い森林地帯に選定した。

大隊本部の将校たちは寺院の一棟を占領して、床上に天幕を敷いて寝ころがった。軍医と獣医官と私は、三人でパンの実を拾ってきて食べ、残った種は火で煎《い》って食べた。パンの種を煎ると、栗の実のような味がする。

ここの空気はさわやかで、気持ちよく一日をすごすことができ、散髪や髭剃りもした。大隊長代行の清水大尉は、一般兵士とともに寺院に隣接する深い森林で、牛車を隠したかたわらに天幕を張っていた。大隊は清水大尉の命令により、この地で三日間休養することとなった。

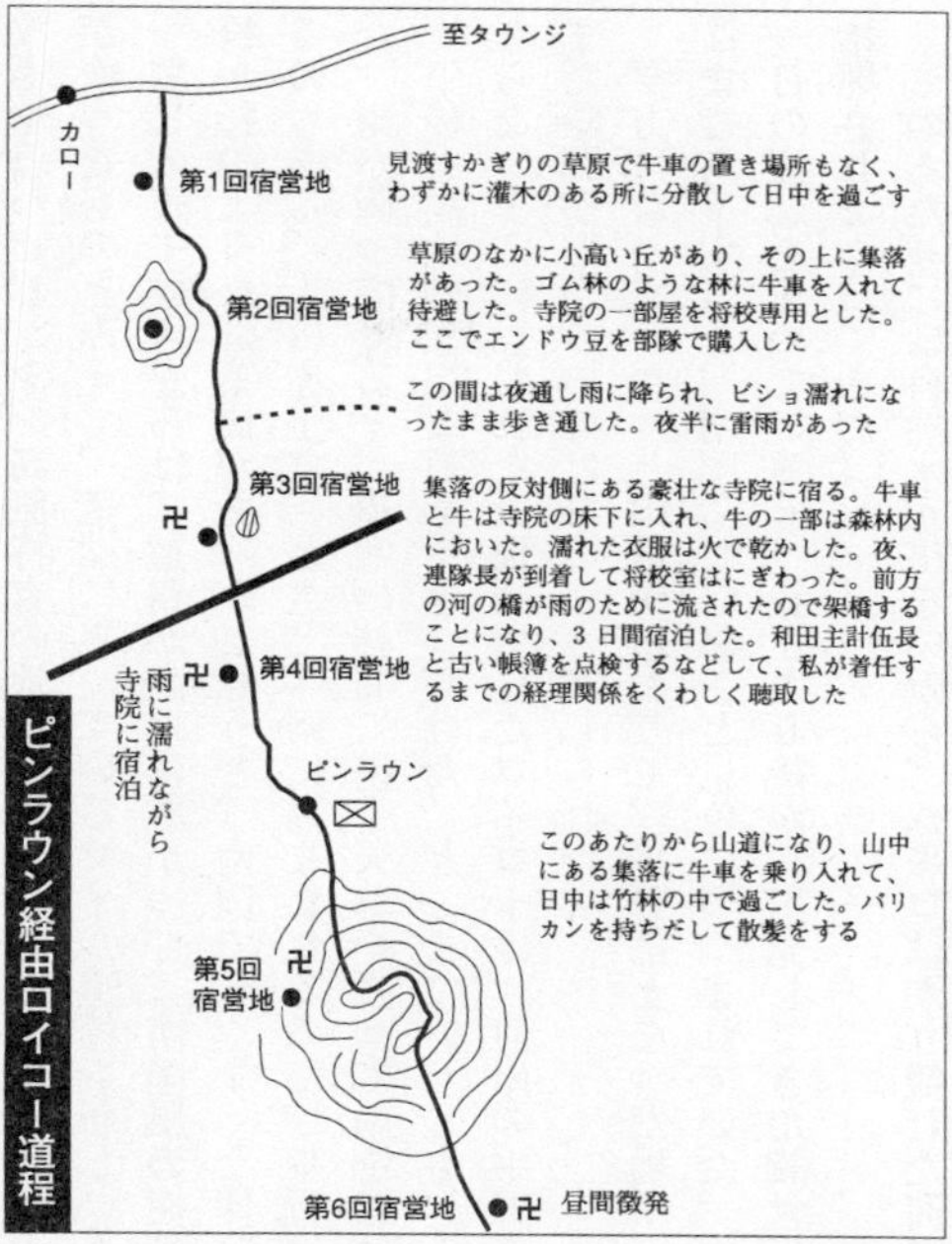
ピンラウン経由ロイコー道程
至タウンジ
カロー
第1回宿営地
見渡すかぎりの草原で牛車の置き場所もなく、わずかに灌木のある所に分散して日中を過ごす
第2回宿営地
草原のなかに小高い丘があり、その上に集落があった。ゴム林のような林に牛車を入れて待避した。寺院の一部屋を将校専用とした。ここでエンドウ豆を部隊で購入した
この間は夜通し雨に降られ、ビショ濡れになったまま歩き通した。夜半に雷雨があった
第3回宿営地
集落の反対側にある豪壮な寺院に宿る。牛車と牛は寺院の床下に入れ、牛の一部は森林内においた。濡れた衣服は火で乾かした。夜、連隊長が到着して将校室はにぎわった。前方の河の橋が雨のために流されたので架橋することになり、3日間宿泊した。和田主計伍長と古い帳簿を点検するなどして、私が着任するまでの経理関係をくわしく聴取した
第4回宿営地
雨に濡れながら寺院に宿泊
ピンラウン
このあたりから山道になり、山中にある集落に牛車を乗り入れて、日中は竹林の中で過ごした。バリカンを持ちだして散髪をする
第5回宿営地
第6回宿営地
昼間徴発

この日の午前中、阪東少尉の指揮する徴発隊が近接の村落に向けて出かけたが、私はこれに同行せず、金銭の支払いのために帳簿をつけた。

夕刻、私は清水大尉と爾後の部隊の行動予定、方針などの打ちあわせをした。その結果、私は即刻ロイコーに先行することとなり、五名をひきいて出発した。

しばらくの間は、一面に

牧場を思わせるシャン高原特有の地帯を南下する。このあたりの道路は、比較的最近に英軍が作ったものとみえて、道端に立っているマイル道標も新しいものであった。

翌日の正午すぎからは、道路が高地にあがって、南国風の樹列の下を南へ向かっていた。松か杉のような針葉樹があるかと思うと、南国ですくすくと伸びる樹に大きな葉をつけているのもある。土は赤土で、ときどき雨にみまわれるので、歩行は決して容易とはいえなかった。雨が降ってくると、道端の林間に携帯天幕を張って雨を避けた。

午後も高地の平坦な道を歩きつづけた。どこまでいっても、ふたたび平地におりることにならないように思われた。地図で見たロイコーは、河岸の平野部にある村落であった。まだまだ時間がかかるのではないかと案じられた。

夕方になって、やっと山地からおりて、平野部となった場所で休息した。シャン高原もここまで南下すると、南国らしい暑さと景色につつまれていた。木陰にやわらかく吹く涼風に、一日の疲れを休めていると、我々より後から出発してきた設営先発隊の一行が、南埜《みなみの》大尉に指揮されてやってきた。

このあたりには自然水が出ないから、八キロばかり離れた河畔までいかなければ設営できないと意見が一致した。そこで、日暮れまでに到着すべく即刻出発し、歩度をはやめて前進、幸い黄昏《たそがれ》時に目的地に到着した。

ここは、インレ湖から発するかなり大きな河のほとりの寺院であった。設営隊は、さらにこの付近に適当な部隊の宿営地をさがすことになった。我々の目的地はロイコーのため、さらに歩かなければならないので、設営隊と別れて夜間、六名で行軍をつづけた。

部隊の宿泊地となった村落は小さかったが、河にのぞんで大きな寺院と金色のパゴダを中心にみごとに構成されていた。町には諸部隊の設営隊が自隊の到着待ちで、ひさしぶりににぎやかな光景をみせていた。ただし、住民の姿は見えないようであった。

燃えあがる集落

我々六名は夜道を南へ向かって進んだ。ずっと一面の草原地帯で、一本の木もないので夜間行軍にかぎられた。ともすると野中の細道をたどる前進で、道をまちがえやすい。

地図を持たない我々であるから、前進は不気味でもあり、頼りない。一晩中歩きとおしても、夜が明けたらとんでもない所に出ていて、夜通しの努力も水泡に帰することにならないかと恐れながら、充分な警戒のもとに、とにかく南の方へと思われる方角に歩を進めていった。

真夜中と思われるころ、連続の行軍でしばらく休息を必要とした。集落があれば、そこに泊ろうとして探したが、一面の草原地には、いっこうに集落らしいものは見えなかった。河が流れている方角に向かえば集落があるにちがいないという着想で、我々は道から左側にはいって河に向かって進んだ。やがて、草原のなかにシャン族の村落があった。

ここには兵站病院と工兵隊の一部の者二、三〇人が、行軍の途中に宿営しているほかには誰もいなかったので、案外と空家が残っていた。我々は村の一隅にある空家を宿営地と決め、みなをこの家にいれておいて、私は工兵隊に情況を聞きにいった。

それによると、ここの住民はすべて退避して一人もいないが、東方の河までの地区に小銃をもったゲリラがいて危険だという。工兵隊は厳重な夜間警戒をしているのであった。我々もこの情報にもとづき、小さな家屋に軍靴をはいたまま眠った。

翌朝は目がさめると、そうそうに朝食をすませて、とにかくこの危険な集落を出発した。東南方にあたる上空には、朝早くから敵機の活動が認められた。

こちらは一本の遮蔽物もない草原地帯を急進しているのであるから、敵機がこの方面に近づいたときを予想して、各人は二〇メートルの間隔をたもって前進し、いつでも平原に伏して姿をまぎらわせやすいように気を使っていた。

事実、九時半ごろになって、爆音が急に近づいてきた。わわわれは幸いそこにあった灌木の茂みに、全員が姿を隠すのと同時に、すぐ前方約一キロの村落が銃爆撃をうけたと思うと、真っ赤になって燃えだした。一時は天が焼けるかと思われるほどに紅くなった。

焼夷弾や爆弾が落下するたびに、我々は全身を揺さぶられた。敵機が去ったので、ふたたび前進をつづける。さかんに燃えている集落を通りぬけて、しばらくいくと三叉路に出た。

これを左にとって前進すると、間もなくまた村落があって、ここに師団の連絡所があった。私はまず連絡所長に挨拶にいき、ロイコーの糧秣交付状況をたずねた。つい最近、烈経理部の命令が出て、各隊はこの地区に三日間駐留して、部隊一週間分の糧秣を自隊調弁によって整備することになっていた。どうもロイコーでは、糧秣交付をしていないように思われた。

また、連絡所長は山砲兵の市川大尉が昼ごろ、ロイコーからの帰りにここで休むはずだから、出発はそれまで待ってはどうかという。当時はすこしでもおおくの情報を得なければ、行動するのに不安でもあったから、我々は昼までこの付近で待つことにして、付近の農家の小屋にはいって休憩をした。

シャン高原の風でうすら寒くなっていた肌を、ポカポカと射す日光を浴びて、うとうと快い居眠りをしていた。一時間ほどすると、突然、北東方約一キロあたりからさかんに小銃を射ちながら、この村落を襲ってくるゲリラの一団を認めた。

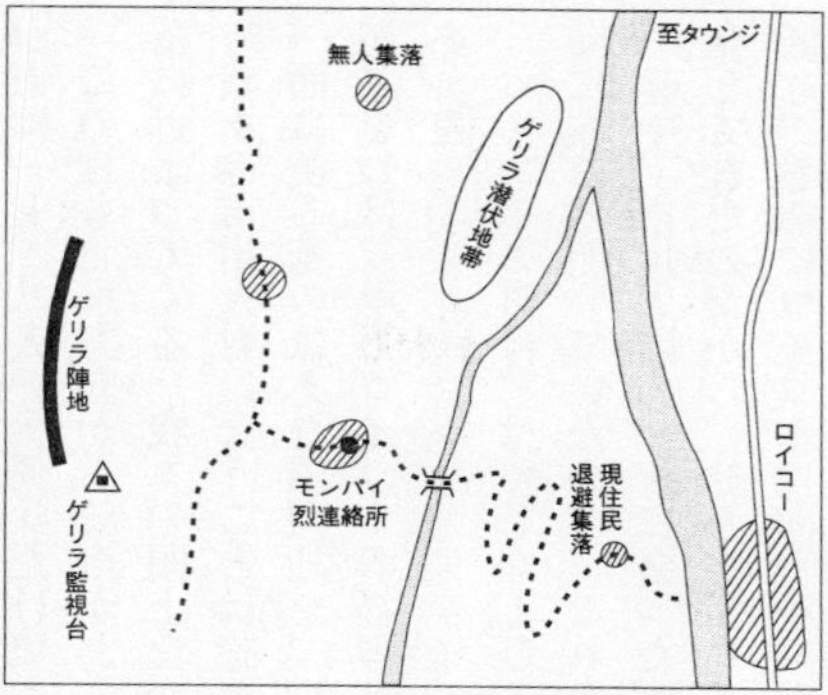

この地区には、歩兵第百二十四連隊の一コ小隊が警備していたほかは、たまたま第一および第三野戦病院と衛生隊などが宿営しているだけであった。すぐ西側七、八〇〇メートルもあるかと思われる山にゲリラが本陣を張っており、日本軍の兵力がすくないと認めると、平地に分派している部隊に連絡をとって、日本軍を襲撃してくる。

村落に接近するゲリラの数は、すくなくとも一〇〇人がいることは、小銃の射ちようでだいたいわかる。重機や迫撃砲も持っているらしかった。これにたいして、わが方は一七、八人の警備兵だけでしかない。

この日も北東方向から銃声がおこり、警備隊が応戦したが、優秀なゲリラ軍はしだいに村落に近よってくる。我々の頭上をかすめていく小銃の弾道を認めるのが繁くなった。

我々は市川大尉に会うことは諦めて、第一野戦病院の一コ小隊とともに、肩のあたりまで一面に茂る葦のはえた沼沢地を、ロイコーに向けて前進した。それというのも、警備隊に見切りをつけ、早くロイコーの経理部と連絡をとって、爾後の行動の指針をつかみたいからであった。

ロイコーの町は、はてしなくひろがった一面の草原のはるか彼方に、パゴダのそびえる方向にあると聞いていたので、これを目標に葦のなかをわけながら、辛抱強く歩いていった。

途中、市川大尉の一行に会ったが、私は彼らとともに部隊にひきかえすより、せっかく先発してきたのだから、ひとまずロイコーに先行して、全般の給養方針を聞くことが先決と判断し、さらにロイコーに向かって前進した。昼過ぎには、河のほとりで第一野病の別所少尉と奇遇の対面をして、コヒマいらいの無事を祝しあった。

この日の夕方四時ころにロイコーに着き、パゴダを占領している師団経理部を訪れた。田中大尉、三輪大尉たちの他は、まだ到着していなかった。やはり連絡所で聞いたとおり、ここでは糧秣の交付はおこなわれないことを確認した。部隊ごとの調達のためには、緊急に部隊に帰らなければならないことが明白になった。

この日は、河を渡って間もなく住民の退避集落で日が暮れた。夜間、ゲリラの潜伏圏を歩く危険を感じて、ここに一泊することにした。

ここには、各隊の先発者や患者などが宿っていたほかに、他の師団の経理勤務班が住民を使って収集した籾《もみ》を精白するために、動力による脱穀機の音が激しく聞こえていた。

雨季の河水はにごりきって流れていた。夕方の敵機が活動を中止する静かなつかの間の平和な間に、我々は河にはいって水浴をし、炊飯をして十一時ころまで雑談にふけった。

また、私がビルマ赴任いらい持ちつづけていた全般地図をひろげて、皆に見せながらインド進攻作戦の由来と軍の企図、これが瓦解に帰してからの日本軍の行動、我々がたどってきた惨烈のなかにもあわただしかった想い出などを語りあった。

夜になってからも、連絡所のあった方角にはときおり銃声が聞こえたが、我々はひさしぶりに落ち着いた一夜を楽しみ、静かに疲労を回復することができた。

雨中の行軍

翌朝、我々はもとの道を、連絡所のあった村落まで警戒をゆるめることなく戻っていった。この日も午前十時ころから、前日同様のゲリラの来襲があった。村落に至近のところまで進出して、彼我の銃撃戦が頂点にたっした。

我々はよけいな邪魔者に出くわしたので、別のコースをとって部隊に復帰する方法を考え、さっそく実行にうつした。つまり、いったん河畔に出て右岸の堤に沿って北上すれば、ゲリラの潜伏地帯の背後を抜けることができた。

葦原のなかを、姿勢を低くして前進すると、やっとのことで河畔の集落に出た。銃声が遠くに聞こえるようになるまで、ずいぶんと時間を要した。河畔の集落は五、六軒の民家があるばかりで閑散としていた。おりしもにわかに雨に出遭い、一軒の民家に立ちよって雨の上がるのを待った。

昼過ぎに、ここで炊飯をしていると、上流から漕ぎくだってきたボート一隻が、やはり雨宿りのために舟をつないで一行三名が上陸して、我々のいる家にはいってきた。このなかの一人が、奇跡的にもマンダレイとカローで世話になった見習士官の軍医であった。たがいに、その後の無事を祝いあった。

彼が長々と話したところによると、タウンジ兵站病院は比較的に遅くまで機能をはたして踏みとどまり、患者の後送をおえてから出発したという。いま彼自身は病院自体の給養を確保するために先行してきたことがわかった。

約一時間の雨宿りのあと、我々は出発して、地形を見うしなわないよう、河の右岸に沿って上流に向かっていった。ときどき思い出したように、西方遠くに銃声の余韻が聞こえてきた。

この地方一帯は、遠くから見ると黄色一色の草原のように見えるのだが、じつは葦原の湿地帯なのである。よほど注意をしないと、抜きさしならない泥沼に足を踏みいれてしまう。思ったよりも前進がはかどらない。時刻の方は無情にもどんどん経過していって、夕方が近づいて心ばかりがいそいだ。

河はわずかに左の方へまがっていて、左前方に見える万古の歴史を物語る金色の美しいパゴダが、我々の今日の目標である。このとき、一陣の風とともに黒雲が上空をおおった。我々は近くにあった農産物保存のために作られた小屋に身を隠す間もなく、大粒の豪雨にみまわれた。

約一〇分ほどで雨雲が去ったので、すでに暮れかかった道をいそいだ。駆け足まじりで急行軍をおこなったので、暮れたばかりのころに、例のパゴダのある村落に到着した。またもしとしとと雨が降りはじめていた。周辺は夕靄《ゆうもや》につつまれて、四囲の眺めはきかなかった。一刻もはやく部隊に合流しなければと、本道に出た。すると、雨のなかをロイコーに向かって前進中の駄牛部隊に出会った。尋ねてみると、なんと我々の部隊であった。うまく部隊に合することができるかと案じていたやさきだったので、これでやっと安心した。

私は真っ暗な中、天幕を頭からかぶったまま、部隊について歩きつづけた。完全に雨季にはいっているので、降りそそぐ雨量はたいしたものであった。天幕や被服をつらぬいて直接、身体を流れていた。

一日中歩きつづけたあと、またも夜行軍をするのはたえがたい。状況の切迫している地帯であるから、そんなことをいってはいられない。心は緊張しきって、大隊長に状況を報告しながら前進をつづけた。泥土が前進をさまたげ、激しい雨が遠慮なく身体を流れる。牛車隊がしばしば泥土に踏みこんでは、これを引きあげるのに大騒ぎをしていた。

右前方のゲリラのこもる山地にたいする警戒を厳重にするため、この夜は行軍中、灯火の使用が厳禁され、暗中の静粛行軍がつづいた。しかし、その地帯は平原で隠蔽物がなく、対空の危険が濃厚である。どうしても夜明けまでにロイコーに出なければならず、ひじょうに困難な夜行軍となった。

途中で師団経理部の福田中尉らと一緒になり、平原のなか、進路をあやまらないように注意深く歩いているうちに、部隊と離れてしまった。見覚えのあるロイコーの河に出るまでに、夜はすでに明けそめていた。それでも、途中で本隊を離れた大隊本部の牛車七台が、途方に暮れているのに出会った。

私はどうしても、一気にこの河を渡ってしまわないと、日中退避する所がないからと、強行して渡河することに決した。相当な濁流が渦巻くなかを、牛車のまま渡河してしまった。

このときは、全員が河のなかに全身を挺して、牛車をささえながら、どうやら無事に渡ることができた。しかし、がぜん近づいてきた敵機の爆音がひどく、我々の行動をいそがせた。河を渡りきってから約二、三〇分の距離にある森林地帯まで、牛車をいそがせるために、地面の凹凸などを無視して牛を責めた。牛も終夜の行軍の疲れにもめげず夢中で走った。こうして、無事に森林地帯にはいることができた。

敵機は牛車隊が森林にはいる前から上空にきていたが、なんの攻撃もくわえなかった。しかし、我々の所在はあきらかに知られたと思う。

この森林地帯は、タウンジから南下する道路が河にもっとも接近した所にあるロイコーの町と、河との中間にある狭い部分となっていた。そのため、空襲されると損害が大きくなる危険がある。

わが大隊も、予定より遅れてこの森林地帯に到達し、大いに対空警戒をしながら、朝食の炊飯をはじめた。幸いにも雨が降っていたので、無事に終わることができた。

日中、私は森軍医、小山獣医とはかって、ふたたび河を右岸に渡って住民の退避集落にはいり、ここに寝て一日をゆっくりすごすことにした。部隊とともにいると空襲の危険がおおく、身体の疲労を休めることができない。また、雨のなかを右往左往するのも億劫《おっくう》だから、河向こうの対岸なら安心だろうということになったのである。

こんな時に、三人だけがなぜかってなことができたのか。おそらく大隊本部では、最悪の場所を選定してしまった、危険を避けるため、各自分散したほうがよい、というような雰囲気があって、私たち三人は対岸にいくと公言して実行したのである。

あてにしていった退避集落には、急ごしらえの仮屋に住民たちが多数はいっていて、子供たちも家のなかで騒がしかった。それでも、一日ぐっすりと眠れた。前夜来、すっかり濡れていた被服は、住民たちがその間に火で乾かしてくれていた。

夕方、我々が部隊の位置にもどると、日は暮れて、雨は夕方から本降りとなっていた。日が暮れると間もなく、部隊は行動を開始した。ロイコーの町の北端にある住民の家屋群を第三大隊の宿営地として移った。

大隊本部の将校たちで一軒を占領し、足をのばして寝ることができた。濡れた被服の乾燥や整理もできた。雨が降りつづくので外出もならず、みなは家のなかで退屈そうにしていた。

このような、なにもすることがないような時でも、主計将校だけは例外で、あいかわらず忙しかった。給養の確保は一日もゆるがせにできないことから、雨のなかをあちこちと連絡や交渉をして、物資の受領に奔走していた。

世間では、主計将校というとうらやましがられるが、それは黙っていても後方から潤沢に補給のある場合であろう。我々の場合のように、現実の戦闘もなく、物資もなく、追送補給もなく、しかも転々と移動する部隊の給養業務に任じる主計将校は、兵科の将校よりも、軍医将校よりも、お話にならぬほどの重責があって、多忙であった。

私は翌朝、朝食をすませると、ロイコーの烈経理部の宿舎にいってみた。高級部員の牛島少佐が、さきの連絡所のあった集落からヤメティンへ出る経路での物資状況を調べに出てから、まだ帰ってこないのを心配していた。

山中からヤメティンに突出して、マンダレイ～ペグー本街道を南下する予定だった日本軍は、シャン高原での行軍がことのほか時間がかかったため、英軍はすでにヤメティンを通過して南下していた。さらに、本街道沿線にも兵力を残したため、日本軍が本街道に出ることは断念せざるを得なくなり、ロイコーに向かったのである。

私は福田（隆）中尉、青木大尉らと昼食をともにしながら、爾後の師団の行動と給養方針について、詳細に聴取した。今後、当分の間、師団による糧秣交付はまったくなく、主食は各部隊による自隊調弁方式で、ロイコーでは砂糖と粉味噌だけが交付された。

この晩おそく、私は野戦倉庫から白砂糖を、正式の交付量とは別にいくらか貰って将校宿舎に帰ると、大隊本部の将校たちは牛車に積んであった小豆を煮ており、砂糖はきっと私が持ってくるだろうと、首を長くして帰りを待っていたのだ。

うまい善哉《ぜんざい》ができ上がり、大鍋に一杯あるのを持てあましながらも、すべて平げてしまった。この時の喜びは忘れられなかったようで、終戦後になってからも、時にふれては思い出話の種となった。

この日、カローからタウンジを経由してきた砲車警乗隊が、大隊長、副官らの一行を載せて到着して、大砲とともに我々に合流した。

ロイコーにおける滞在は、シャン高原踏破の疲れを休めるためと、大隊長以下の砲車隊を待つためであった。大隊長一行が到着したので、さっそくケマピュウを目標に前進を開始した。

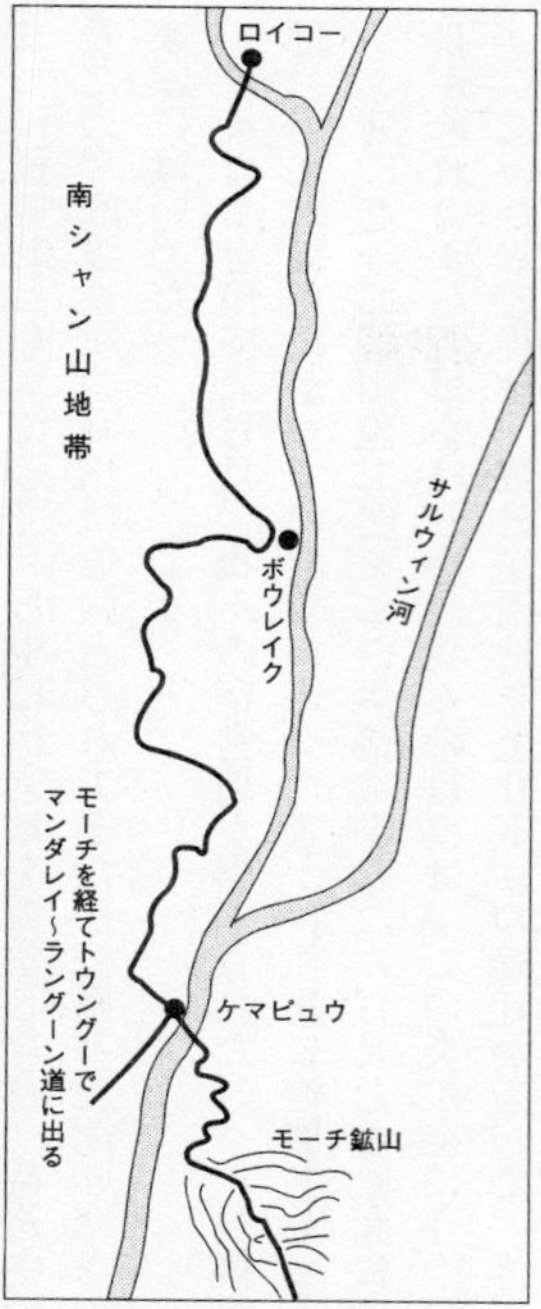

ここはもうシャン高原ではなく、山地がかなり重畳している地区に接近している。しだいに山地にはいっていくので、高度は日一日と増してくる。

この間でとくに記すべきことは、敵機の活動が日ましに積極的となってきて、日中に宿営地を爆撃したり、待避中の兵士を銃撃してきた。そのため、既設家屋の利用は危険とされてきたが、雨と夜間の寒さのため、やむをえず住民の家屋にはいった。

ロイコーを出て二日目、我々の宿営地が爆撃された。幸い負傷者もなくてすんだが、この日、退避がてらにかってに徴発にいった者が、住民に逆襲されて虐殺される事件が発生した。夕刻になって、山砲二門をこの集落に撃ちこみ、またたく間に全村が灰塵《かいじん》に帰したらしく、日が暮れてから行軍をはじめた我々の目には、この炎が空にうつっていた。かくしてケマピュウにいたる道程は、毎日が山地を上り下りの繰りかえしで、苦しい行軍であった。

ケマピュウまであと一日というころ、我々は山地を通る街道の左側にある谷にはいって退避していた。私はここで、師団の経理部がケマピュウにいることを聞いたので、皆が昼間、眠っている間にケマピュウまでいってみた。

ケマピュウの町は爆撃のため、すべて焼失していて、日本軍の兵站病院があったほかは、通過部隊が山林のあちこちに宿営しているだけだった。主計科の福田中尉は、これからはいよいよ名にしおうモーチ鉱山地区にはいるので、経理部としても軍票の運搬を困難と感じていた。そのため、来着する部隊にできるだけ軍票を前渡金として渡したく、私のくるのを待っていたという。

私はとりあえず一〇ルピー札で八万ルピーを受領した。このなかに若干の一〇〇ルピー札があって、私には珍しかった。日暮れすこし前、前進してきた第三大隊の退避集落で部隊にもどった。

この日、第八中隊が師団命令によって、師団の後退を掩護するため当地に残ることとなり、大隊主力から分離されるので、私は中隊付き給養係下士官を副分任官として前渡金を交付した。

大隊主力はこの日の夕方、ケマピュウを通過し、夜のうちにケマピュウからサルウィン河を渡って、モーチ鉱山方面へと進路をとった。ここからは日一日と高度を増して、けわしい山岳地帯の行軍となった。しかも、夜間の行軍にかぎられ、昼間は退避する。

右に渓谷を見、左に断崖を見ながら牛車や砲車を押しあげる苦労は、いまなお忘れられない苦しいものであった。こうして我々は、目前にせまったモーチ鉱山の踏破へと近づいていくのであった。

モーチ鉱山

ケマピュウから三日目、ついに牛車を棄てなければならなくなった。ここで日中に積載物の整理をして、糧秣は各人に分配した。残りを牛の背に載せ、翌日からはじまるモーチ鉱山の踏破にそなえた。

第三大隊に七〇台あった牛車は、この谷間に残置したのである。ただし、牛は駄牛として部隊の携行糧秣、金櫃《かねびつ》など、ぜひ必要な荷物を運ぶこととなり、一四〇頭の牛の誘導と世話をするのに牛一頭に兵士二名があたった。

モーチ鉱山はモリブデン鉱を埋蔵する山地で、戦前にはイギリスの会社によって採掘されていたらしい。我々がたどった道は、鉱山そのものにはまったく無関係なもので、人跡未踏の山岳地帯の急坂の登り降りをくりかえした。

アラカン山脈が広大な地域に、東西交通の障害として存在したのにくらべると、同等の嶮峻が狭い地域におしこめられており、アラカン山脈とは比較にならぬ苦しい前進となった。くわうるに、おりから雨季の真っ最中で、我々の行軍はひどくさまたげられた。

携帯の糧食だけでは、とてもモーチ鉱山を踏破しきれない。この補給をいかんにせんと、私は困難な行軍中にも、つねに先行してなんとかして補給の道を講じようとした。とにかく無人の嶮峻で、米穀などの存在をはじめから否定していた。それでも私は望みをすてず、どこかに現住民の小さな集落が一つや二つは存在するはずと、血眼《ちまなこ》になって探しまわった。

モーチ鉱山にはいってからは、日々の疲労で動けなくなった駄牛を殺しては、肉を部隊で携行し、休止時に焚き火で焼いて食べ、米の節約とした。わが大隊は、師団のなかでもこんなに多数の駄牛をもつ部隊はないと、他隊の主計連中からうらやましがられていたほどである。

我々が肉を取った牛の死体に後続部隊がむらがって、まったく骨だけになるほどに残った肉を削りとったようである。しかし、主食の代用にした牛の焼き肉とはいっても、硬い肉であるから、全員が一様に歯を悪くしてしまった。

このように、急坂につぐ急坂を、つねに雨に降られながら、あやしげな足取りで登り降りしながらの難行軍が一〇日以上つづいて、携行糧秣が残り二、三日分になった。

ある日、私は偶然にも、この山地に隠匿された米の倉庫を発見した。ただちに部隊に連絡をした。水の便のよい所をえらんで部隊を停止させ、兵力をもって山の奥に数キロ入りこんだ所に隠された籾倉《もみぐら》から、できるだけの量を天幕によって運びだした。

これを各自が鉄帽で搗《つ》いて精米するのだが、これがまた大変な仕事であった。雨季のため湿気を吸った籾は、なかなか米にならない。鉄帽の中に五合の籾を入れて、棒切れで搗いて精米をおえるのに、二時間はかかった。鉄帽を持たない者も相当にいたので、彼らは飯盒に籾をいれて搗いた。

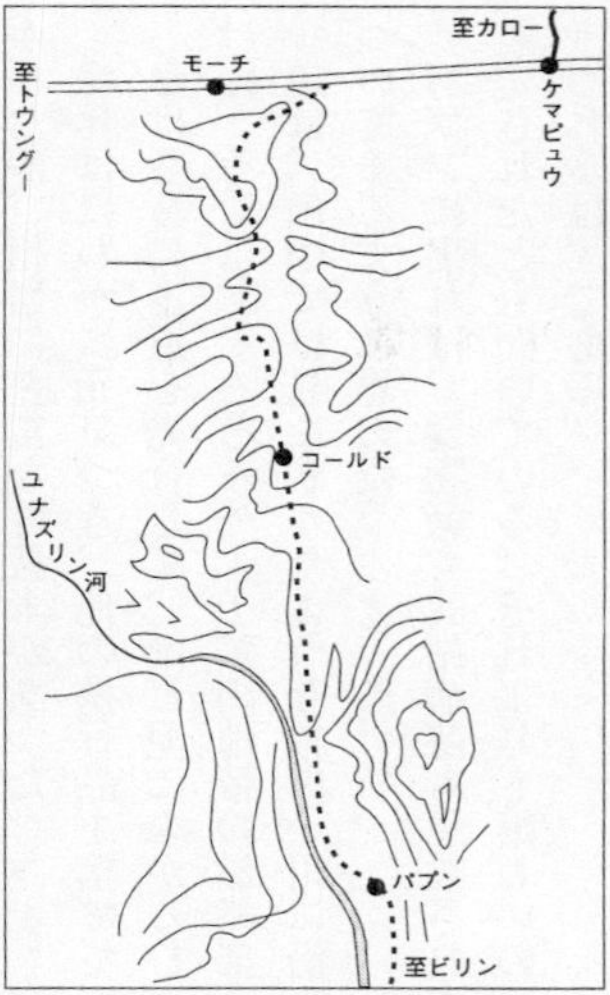

結局、部隊では一人平均、一日に一升しか精米できなかった。この間に携行した米はなくなり、三日間停止していても、各人五、六日分しか携行できなかった。

私はこんな状態に先行きの不安を感じ、ふたたび先行して糧食の探索にでかけた。すると今度は、道から二キロばかりの所の山の頂上に集落を見つけた。行ってみると、住民はもちろん退避して誰もいなかったが、相当に豊富な貯蔵米があった。

将兵はにわかに元気づき、他の携行品を捨ててでも、できるだけ米を携行せしめた。

私はさらに本道を先行して、雨と泥にぬかるむ道をものともせず、昼夜をかけて歩きつづけた。そこは、そろそろモーチ鉱山地帯の最終部分にはいっていた。

道は、山中では見なかったような幅広い川に沿って下っている。パプンの町が刻一刻と近づいてくるように思えた。

パプンに出れば、貨物廠も兵站病院も急設されていると聞いていた。野戦倉庫もごく最近、設定されたとも聞いている。それよりも嬉しいのは、この下り坂がおわれば、平地の行軍にうつれるはずである。

下り道になる前、我々は山中で、あとパプンまで三日行程だと地図で計算していた。山間の急流に沿って、飛び石づたいに丸一日、雨のなかを濡れたまま登っていった。

この谷川道には、牛や馬が力つきて渓流に倒れて死んでいるのを、幾度も認めた。死後一週間もたっているようで、一〇〇メートル前から激しい腐敗臭が鼻をついた。兵士たちが渓流を見下ろしている。何事かと私も立ち上がって見ると、渓流のなかに兵隊の死体が流されていた。

人々はただ見ているだけで、なんの行動も起こそうとしない。自分たちにも今日起こるかも知れない姿に、慄然としていたのであった。敗退に敗退をかさねてきた兵士たちの精力が消耗しきって、運命をともにして皇国のために戦った戦友から出た現実の犠牲者にたいし、生き残っている者の心はじつに複雑なものであった。

　現実を直視して冷静にもどると、生きている者は一日も早く、この山地を踏破しなければならない。すでに別世界に往った者の始末は、誰かがするだろうと割りきって、前進をつづけたのであった。死んだ兵士が死にぎわに抱いていた感慨は、どんなものだったろうかと、悲痛な心を残して進むのであった。

　パプンに近づくにつれて、人々の往来がしだいに繁くなった。我々は生気をとりもどし、前進がにわかにはかどった。別の道を通ってきた第一大隊の段列が、先に着いていたのと逢った。

　私は小武家中尉に接触して部隊の状況を説明し、パプンまでの状況を聞くと、すぐパプンに向けて前進した。パプンにはいるすぐ前の集落に設営して、第三大隊の連絡所とした。やがて連隊本部経理室の満崎《みつざき》曹長以下が到着し、我々と行動をともにすることとなった。

　さっそく連絡所には二名を残して、パプンにはいった。貧弱な民家に陣どった野戦倉庫から、現地の砂糖若干を受領してから貨物廠にいき、部隊一週間分の精米を受領した。パプンは敵機による銃爆撃のため、ひどく荒廃していた。あまつさえ連日、銃撃にみまわれていたので、日中の行動は不可能とされた。

　また、他に多くの部隊がはいっていたので、防空のためにも、日中の行動は軍の交通統制班によって厳禁されていた。

　ケマピュウからパプンまでのモーチ鉱山の踏破行程は、図上一〇〇キロだが、実際は二〇〇キロもあり、一〇日以上かかった。正確に何日を要したか、はっきりしない。アカラン越えにまさる嶮路で、毎日毎日が苦闘の連続であった。その情景をくわしく記述する才能のないことを残念に思う。

第九章　オンタビン駐留

かなえられた甘い夢

パプンでの滞在は一日だけで、部隊はふたたびビリンに向かって出発した。パプンは約五〇〇メートルの河幅をもつユナズリン河の左岸にあった。ここに軍の独立工兵隊によって、吊り橋がかけられていた。私は集積した糧秣を、要領よく各中隊に分配し終わってから、大隊長のもとに復した。大隊本部の将校たちと行軍をつづけることとなった。この吊り橋は、牛を渡らせるには困難なほどの粗末なものであった。

牛と御兵は、あらかじめ調査して比較的に浅いところをえらんで、河のなかを歩いて渡り、対岸で待機させていた。部隊は夜の九時から約一時間半を要して、橋を渡り終えた。

この時機、相当な寒さで、夜間は停止間に焚火でもしないとしのげなかった。対岸に渡ってから約三〇分の休憩に焚火をしていると、軍の監察隊がやってきて大いに叱られて、火を消した。

大隊長の訓示があって、これからはおおむね平地の行軍となるという。ただちに出発した。ただし、この夜は一晩中かかって、ひとつの大きな山を登って下る行程であった。疲労のため、誰もが眠りながらの前進であった。今までからくらべると、道もよいし楽であった。

この道には、パプンを基準にして一マイルごとにマイル道標が立っていたので、行軍には便利を感じた。はじめのうちは、六メートル道路の両側が深い森林地帯となっているので、昼間も行軍をおこなえた。毎日、先発隊が出て、その日の宿営地を選定して設営準備をしてくれていたので、楽な行軍となった。

出発して二日目に四二マイルの地点に宿営した。このあたりの地区警備隊と称して、松石中尉を長とする部隊が駐屯していることを、路傍の掲示によって知った。その日の設営地にはいってから、私はもしかしたらインレ湖時代の松石中尉かも知れないと思い、懐かしさから警備隊を訪れると、はたしてそうであった。

警備隊は、インレ湖にいたときの我々の中隊の者ばかりであった。松石中尉を長として、補充隊に最後まで残っていた連中で、我々とは別の道を、ここまで転進してきたのであった。清冽《せいれつ》な滝水の落ちる佳境にたむろしていた。私は警備隊の粗末な野戦建築で夕食をご馳走になり、夜のふけるまで、その後の事情を語りあった。

インレ湖畔の軍補充隊は、私が退所してからは、メイッティラが英機甲部隊の進出で封鎖されたため、烈出身の第二中隊は退所することができなくなった。そのうちに、タウンジ以北に、あるいはメイッティラに敵の機甲部隊を迎え撃つために出動した。この間に中隊長の二宮大尉が行方不明になり、松石中尉が中隊長となった。

インレ湖の兵舎も大空襲にあって全焼した。撤退命令で、我々とあまりかわらぬ苦しい行動をつづけて、ここにいたったのである。私は警備隊から現地の砂糖と鶏若干をもらうと、大隊本部にとどけて将校室の連中に分配し、私自身は一晩、警備隊に泊った。

このところ、土の上にばかり寝ていた身分としては、野戦建築の竹座の上に寝られたのは、大名生活のようにきわめて快適なものであった。インレ湖で私と同室で起居していた平山少尉は、睾丸切断のあとの病状もよくなって、警備隊の副官格におさまっていた。

私はナウンカンで、某部隊の梱包監視が荷物を処分するときに譲りうけてから、ずっと持っていた双眼鏡が旅路の邪魔になりかけていたので、平山少尉の懇願もあって、彼に譲ることにした。

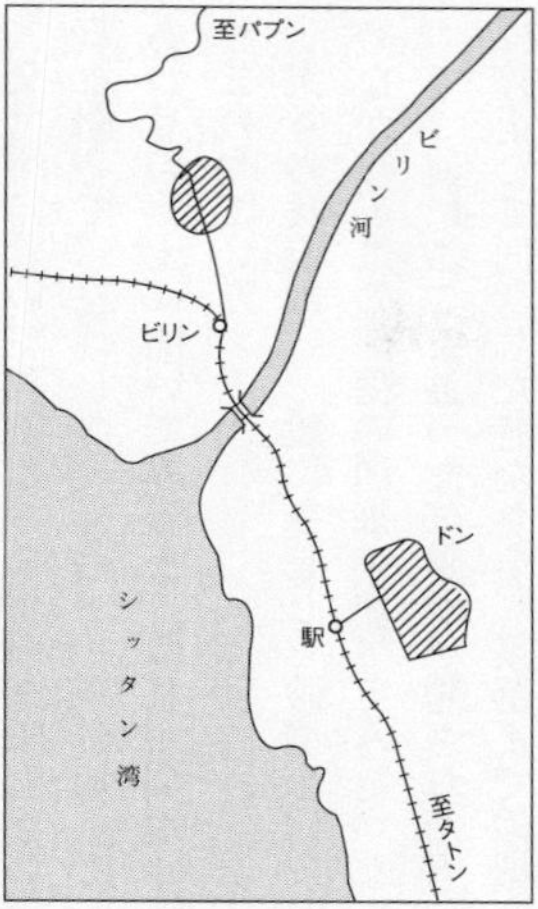

翌朝、私は松石中尉以下に多謝して出発した。部隊はすでに半時間ほど前に出発していて、これに追及するのに骨が折れた。このころ、毎日の行軍行程は約二〇マイルで、体力にふさわしい合理的な行軍であった。途中、私は四八マイル地点に糧秣交付所があると聞いたので、本隊に追及すると、ただちに先行して交付所に急行した。

交付所に着いてみると、なんの在庫もない。次は、この先のビリン河の対岸に交付所があると聞いて、急行した。五七マイルの地点にいたると、道路上に空籠《あきかご》が散乱している。通りあわせの兵士に聞いてみると、これが現地砂糖の籠で、すこし砂に汚れている部分に、そのまま残っていた。

大隊の兵士は、一般にひさしく砂糖を口にしておらず、恋しくなっている。私は砂糖をなめながら、この砂糖の由来を調べてみた。なんと、左右にある集落に有名な砂糖の産地があって、前にここを通った部隊が、隠されたものを見つけだしたものと知った。私自身は道端に停止して同行した者たちを、集落まで砂糖を取りにやった。

やがて、大収穫を得て帰ってきた。ちょうど本隊が到着したので、これを分配するとともに、各隊ごとに取りにいかせた。各自にバケツ一杯分を分配できるだけの砂糖が集まった。さらに現地の煙草も、各自が米袋につめこめるだけ分配した。

常日ごろから砂糖が欲しいといっていた将兵の夢も、こんなに多量の砂糖に出くわしてしまうと、砂糖という言葉を聞くだけで胸が悪くなるほどで、全身が砂糖に溶けてしまうようであった。

ここには河が流れており、部隊は予定を変更して、日中はここに停止して、ひさしぶりに河水で水浴した。手榴弾で魚をとったりして、昼には魚の塩焼きを食べた。

昼すぎに、私たちは先行して六五マイル地点にいそぐことにした。河にかかった橋を渡りおえるや、一群の敵機の空襲にあった。河の付近に停止していた部隊が発見され、銃撃をくらい、急をつかれてかなり慌てていた。結局、なんの損害もなかったようであった。

先行した私たちがナチの対岸についたのは、翌朝三時であった。河幅は日本の茨城県取手あたりの利根川ほどあった。夜間は渡河隊によって渡してくれるが、午前二時以降は渡河を停止するので、つぎの夜を待てない人は、自分で河を歩いて渡らねばならない。

我々もつぎの夜を待つわけにいかず、本隊も間もなく到着すると予想されたので、どうしても夜が明けるまでに渡ってしまおうと決心した。

私たち三名は裸になって、装具を頭の上に載せるとたいした重量になった。これでは、とても河は渡りきれまいと案じた。やってみなければわかるまいと結論し、すこしく夜が明けはじめて、対岸のようすがおぼろげに見えるようになってから、三名で渡りはじめた。

河底は決して平坦ではなく、急に深くなったり、浅くなったりする。そのたびに身体の安定をうしなって、幾度か水の中に倒れそうになりながらも、やっとのことで無事に渡りきった。広い砂地を歩いてから、土手のように高くなったところまでくると、敵機の爆音が聞こえてきた。

裸のままで歩いてきた私たちは、いそいで身支度をすると、ここから五〇〇メートルのナチの集落にはいった。ナチには烈兵団の交付所があって、米いがいにも若干の副食物を受領できた。

私たちは夕方までナチの集落に滞在した。夕方になって第三大隊の先発隊が到着したので、受領物資を和田軍曹に渡し、本隊が到着しだい、中隊ごとに分配するよう指示しておいて、私たちは出発した。黄昏《たそがれ》の道は降りしきる雨をまじえて、前方に小さな山地を見ながら進む。道は山の麓を左に折れていた。この道を歩くころには、雨も本降りとなった。

私たちは天幕を頭からかぶっていたが、突然、前方から小銃の発射音がしたと思うや、弾がヒューッと私たちの耳をかすめていった。本能的に姿勢を低くしてようすをみる。前方の山地から射ってきたものと認められた。

この付近にも、敵軍かゲリラの潜伏部隊がいて、彼らの仕業と判断できた。私はナチに、「これから先、三〇名以下の通行は危険」と警告する告示がでていたのを思い出し、ただちにナチに引きかえすことにした。

すると、後方から歩兵第百二十四連隊の一コ小隊がきた。小隊長に現在の状況を知らせると、小隊長はこれだけの兵力があれば大丈夫だろうというと、躊躇せず機関銃に弾丸《たま》込《こ》めを命じて前進をつづけた。我々はこれ幸いと、この部隊につづいて前進することに方針を変更した。今度はなにごとも起こらず、無事に危険地域を通りすぎた。

このあたりから道の両側には、果樹が林をなしていた。マンゴーの林は特異な甘い芳香をただよわせている。昼間に渇《かつ》えをおぼえたときは、林間に休んでマンゴーの実を集めたり、バナナの房を採ったりして楽しんだ。時々にわか雨があるが、降りやむと、また烈日が我々を苦しませた。

いよいよビリンの街が近づいたらしく、マイル道標が数字を減らしてきて、我々の気を励ましてくれた。パプンからずっとマイル数が増えていたのが、途中のどこからか数字が減って、ビリン起点のマイル数になっていた。どちらからきても、旅人を励ますように意図してつくったものだろうか。

果樹林地帯を通りぬけると、開豁地帯となる。草原にはところどころに灌木がむらがっていただけなので、昼間の行動は少数の兵力をのぞいては不可能であった。我々は昼間、敵機の爆音が近づくと灌木のあいだに隠れながら前進した。

ビリンまで七マイルと示した地点には、はじめて道路にそって集落があった。警備隊が駐屯していたので、物資の調達は自由にはおこなえなかったが、いまだ平和なこの集落は空襲もうけず、現住民たちが道路上で菓子やうどんを売っていた。人間のいる都会地に近づいた証拠である。

私たちがひさしぶりに、これらを手あたりしだいに腹に詰めこんでいると、爆音が近づいてきた。住民たちにすばやく退避させ、我々も身を隠した。

我々は夕方、大雨にあって陸橋の下に雨宿りをした。その橋下には、他部隊の者も数人いあわせた。ここで夕食を炊いて食事をすませ、陽が暮れると雨があがったので出発、ビリンまでの最後の行程を歩き、夜中にビリンに着いた。

ビリンはビリン河の下流にあった。ビルマ南岸鉄道の主要駅があり、さらにビルマの歴史上にも由緒ある町である。ビリンとても、この時機には昼間は英軍機の制圧下にあった。できれば夜明け前に仕事をすませたいと思って、「烈連絡所」と表示された民家に立ち寄った。経理部の青木大尉がいあわせたので、もろもろの情勢を聞いた。師団は、ビリンでは歩行患者に食料品を交付するだけで、部隊への交付は、この先六マイルにあるドンでおこなっていると知らされた。私たちはとりあえず一軒の空家にはいり、焚火《たきび》で暖をとりながら数時間を眠った。

ビリンからは道路もアスファルトで、生き残った日本軍のトラックが、真夜中でも頻繁に往来していた。今まで山中をはいまわり、野蛮人のような生活に明け暮れていた我々は、やっとここまできて、アスファルトの上を自動車が走る快い音を聞くと、予期しなかった文明の音で生きかえったように感じた。

無用なビリンには早く別れを告げて、私たちは夜明け前に出発し、渡河点に向かった。この間、約四キロあった。夜は明けそめているが、ビルマ鉄道が通っているビリン河鉄橋の上を歩いて渡ることにした。

警備隊の了解を得てから鉄橋の上を歩きだした。雨に濡れた枕木の上を、一歩一歩あるくのは危険きわまりない。神経質となり、忍耐を要した。河を渡り終えても、私たちはひきつづき枕木の上を歩いた。

ドン駅から左にはいれば、ドンの町である。ここまでくると、さすがに物資は豊富である。パパイア、マンゴー、マンゴスティンの季節で、町のいたるところで可愛い娘たちが、頭の上に器用な手つきで菓子や果物の籠を載せて、日本の部隊が宿舎にしている家屋に売りあるいている。煙草も売っていた。ドリアンもそろそろ出はじめていた。

思えばモーチ鉱山いらい、パプンに出るまで、わが大隊がもつ山砲は、これを分解して兵員の膂力《りょりょく》によって担送されたのである。手を地についてやっと登るような急坂を、三人がかりで砲車をかつぎあげる労苦に、我々将校は下士官や兵士に感謝せずにはおれなかった。

パプンでユナズリン河を渡ってからは、牛にひかせた。また、ビリンの三日前に宿営してからは、軍の火砲運搬用トラックに大隊長、副官と関係下士官が便乗して、山砲を先行させてドンに向かった。このとき、大隊長とともに宿営していた私は、便乗者のリストから私が除外されていたのを知って、給養業務の重大性を軽んずる暴挙だとして、憤りわめいたのであった。

私たちがドンに着いたとき、先行した大隊長らはもちろん、すでにドンの町に宿泊していた。

生パインの味

ドンに着いたのは六月十日で、完全に雨季にはいっていた。不思議にも、このあたりは雨量がすくなかった。わが大隊は数日、ここに滞留して休息に日をついやした。私は、いや経理室は、いままでにも増して、文字どおり昼夜兼行で部隊給養源の確保に忙殺された。

貨物廠と野戦倉庫へは毎日、連絡と交渉のために数時間をついやした。あらたに入荷する糧秣の受領のためにも詰めていなければならなかった。そのうえ、現地物資の調弁のため、近隣の集落に徴発にでかけたり、長らく手のつけられなかった金櫃《かねびつ》の整理や、書類の整備もしなければならなかった。

大隊長からの指示もあって、私はここで所持金の多くを惜し気もなく将兵の給養にあて、果物や甘味品の購入に充当した。ある日、海寄りの集落に調達にでかけ、生まれてはじめて生のパイナップルの本当の素晴らしい味を知った。

今の今まで、パイナップルといえばほとんど缶詰で、幼いころに父が生のものを持ち帰って、めずらしそうに食べたときも、やはり缶詰の方がおいしいと、ひとり断定していた。また、南方にきてから、生のパイナップルを食べても、私の結論はかわらなかった。

しかし、この集落で二、三人の兵士とともに住民の家に休息していて、売りにきたのを買ったパイナップルは、全長四〇センチもある見るからにうまそうな三コで、そのうまさは缶詰礼讃をにわかにくつがえしてしまった。

それほどにうまかった。いまでも忘れ得ない出来事であった。食牛と果物を収集して部隊に帰るや、私は松村大尉以下の先発隊に同行して、タトンの野戦倉庫を目標に出発した。

アスファルトの道を昼間行軍で前進する。南国の明るい空の下を歩いていく心は快かった。暑さを避けて木陰で休息し、パイナップルやマンゴーを買って食べた。住民の往来もしげく、各自が頭上に果物の籠をのせて、街から郊外の家に帰っていく。商人は道端や軒下に、さかんに商品をそろえて売っている。

この地方は、このように平和な光景を呈していた。他部隊も多く、この道路を通行している。タトンまで三日で行けた。

タトンは旧都として有力な町で、町の中央に大寺院の金色のパゴダがそびえていた。私はここで松村大尉の一行と別れ、豊島軍曹をともなって寺院の北側にある野戦倉庫にいってみた。じつは、私はなにか予感がしたので、豊島軍曹を分かれ道に待たせておいて、倉庫へは自分一人で行ったのである。

はたして、倉庫にはなにも交付できるものはなく、経理部はこれから物資収集をはじめようとしていた。私はあてにならないタトンでの受領を断念して、町中で豊島軍曹と一緒になると、松村先発隊を追った。

タトンから丸一日でパウンという町を歩いていると、道の左側に烈野戦倉庫と経理部の掛け札が目についた。松村大尉には一時間ほどで追及するからと申し述べると、私一人で経理部に連絡のため立ち寄った。ここには福田中尉や三輪大尉など、多数の経理部員が自動車で先着していて、いちはやく業務を開始していた。

パウンには精米工場が四、五ヵ所もあるので、師団の給養を確保するにたる条件を具備していた。師団の給養源泉地に指定され、長期にわたってここに駐留を企図したもようである。同期の常木少尉や大槻少尉とともに経理部長に挨拶したり、高級部員の牛島少佐にも部隊の給養状況を報告した。

牛島少佐はコヒマいらい、私のもっとも尊敬してきた経理官であった。このときも、私の単身奮闘を心から感謝してくれた。牛島少佐の話によると、このたび師団の経理陣は、一大人事異動がおこなれるという。牛島少佐自身は内地の西部軍に転属となって、六月末、空路内地に向けて出発する。

三輪大尉と田中大尉はそれぞれ部隊付きとなり、青木大尉が牛島少佐の後任として高級部員になる。福田（隆）中尉が庶務課長から経理勤務班長に、常木少尉は第二野病から主計課へなど、数多くの人事異動の予定を知らされた。私自身は人員の関係上、ついに師団司令部にもどることなく、正式に山砲兵連隊付きを発令されるとのことであった。

私はこの夕刻、いったん経理部を辞去した。道路の向こう側に三輪分隊の宿舎があって、井手伍長が私に一晩泊っていけとひきとめた。むげにことわることもできず、私もイラワディ河会戦のときは三輪分隊付きで井手伍長とは生死をともに奮闘した間柄であった。夕食だけでもと、宿舎で夕食をご馳走になることにした。

家はたいして豪勢なものではないが、戦前は英国人が住んでいたらしく、なんとなく西洋風の部屋づくりであった。私たちは現地人の召使いが運ぶ料理を食べながら、一別いらいのよもやま話に花を咲かせた。

日がとっぷりと暮れて外が真っ暗になった。先行した松村大尉の一行も気になるので、一同に別れを告げて出発した。雨季の夜は真の闇である。一寸先もわからない。

ときに出会う現住民の歩行者が松明《たいまつ》を掲げていく。彼らが立ちさったあと、しばらくは失明したようで、歩くこともできない。道幅が一〇メートルもあるアスファルト道でさえこのようなのに、アラカンの山地を急行軍でよくも夜通し歩くことができたものである。神業ともいうべき、すぎし日の作戦の困難ななかにも士気が高揚されたときの人間力の偉大さを、つくづく考えていた。

パウンはマルタバンから一六マイルの地点にあった。一二マイルまでくると、歩いていても眠気をもよおしてきた。現住民の歩行者も絶えており、こうなると事情のわからない初めての土地となる。この時刻では、松村大尉の一行も宿泊していて、道路上での追及はおぼつかなくなった。

追及は翌日にまかせて、私は一二マイル道標の右側にあった民家に一泊を乞うた。ビルマ人の主人は愛想よく私を迎えて、今から私のために夕食の準備をするようだった。

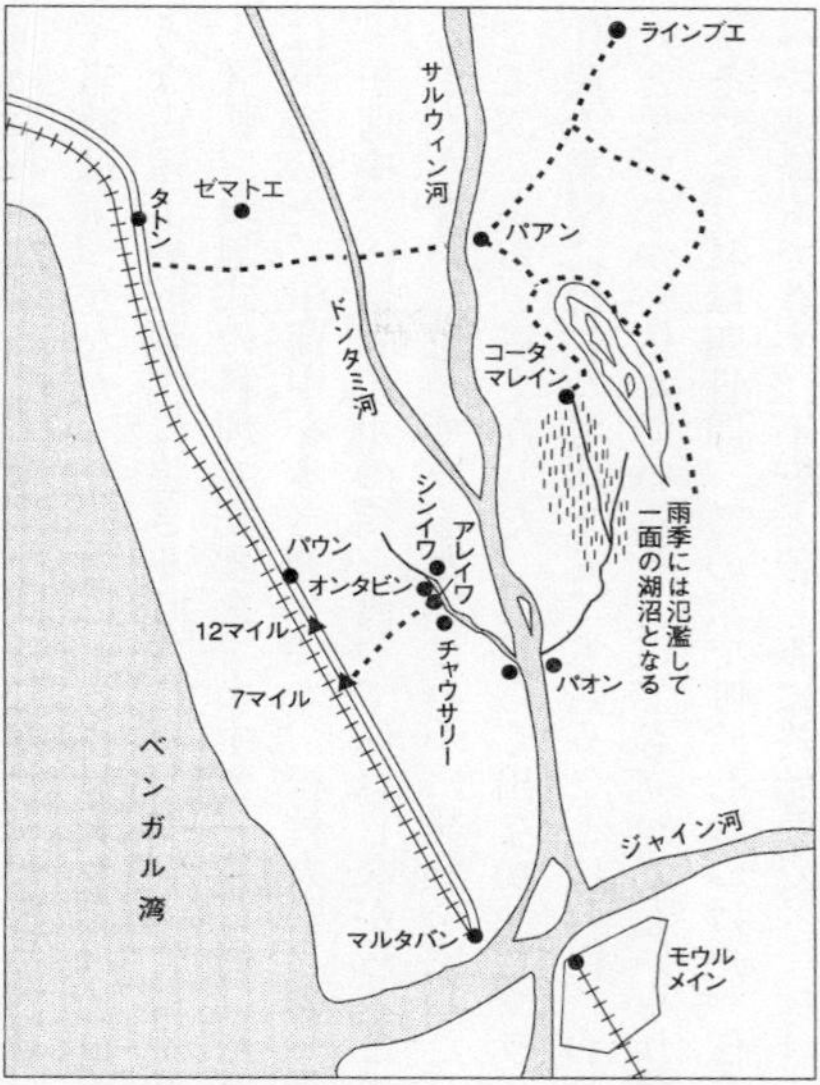

私は夕食は終えたことを伝え、そのかわりに果物をいただくことにした。バナナやパイナップル、ドリアンを出してもてなしてくれた。

私は疲れていたので、可愛い娘たちとのお相手もそこそこに、一枚のアンペラと枕を借りると、その上に携行の毛布を敷き、おなじく携行の蚊帳をはって眠った。気心も知れない異国人の家に泊って、すこしも警戒心を必要とせずに無事に安眠をとれたのも、背後にある軍隊と国力の賜物であったことを、今になってしみじみと感じさせられる。

当時は気づかなかった、このような偉大な国への恩を、我々は現下（昭和二十一年）のような占領下の敗戦国に生きる時代になって、つくづくと感じるのである。

翌朝、現地式の料理で朝食をすますと、まだ明けたばかりの空に雨の晴れ間をみて、早々に出発した。午前中を歩き通しても、松村大尉らの一行には逢えなかった。

午前中、一〇マイルの橋を渡って休息しながら、この日の歩行は歩度がにぶってはかどらなかったなあと思っていると、にわかに発熱を感じた。汗が急にとまるや、全身に戦慄を感じてぶるぶると震えだした。しばらく出なかったマラリアの再発である。すぐ前にあった現住民の家屋にはいって休ませてもらうことにした。おりから雨も降りだし、ちょうどよかったと思いながら休んでいると、いても立ってもいられなくなり、たちまち臥床した。

それきり私は四日間、この家で呻吟《しんぎん》しつづけた。伝令も連れていなかったので、松村大尉への連絡もできず、不安と苦しみに終始した。

ビルマ人は、発熱時には水で頭を冷やすことを禁じ、果物を食べさせない。私が濡れ手拭を頭にのせようとすると、駄目という。ビルマ人はこのような場合、ただ静かに寝かせておいて患者の全身にものすごい按摩をする。指圧マッサージに、首や手足を乱暴に曲げたり伸ばしたりする療法である。

マラリアは中国大陸では二日熱、三日熱などと、一定の間隔をおいて発熱するが、南方では南方熱といって、不規則に発熱する。南方熱の方は、症状がすすむと脳症を起こして死ぬことが多い。

私の場合は、行軍中は気をはっていたため、しばらく発熱しなかったが、このたびの熱はきわめて激しく、脳症を起こすのではないかと気づかわれたほどであった。そのため、この家で三日間、最少限必要な用をたすためいがいには、まったくなにもいわずに呻吟していた。頭は裂けるほどに痛かった。三、四日の静養で小康を得たので、私は家主のすすめに応じてこの集落にある寺院に僧職（ポンジー）を訪れ、マラリアと頭痛の治療をうけた。

ビルマの社会で最高階層は僧職である。この人もさすがに住民の心の中心となるだけの風格をそなえていた。彼は私の病状をくわしく聴くと、小坊主にいいつけて名も知れぬ木の葉をとりにやらせた。庭の木からとってきたと思われる木の葉を手ぎわよくもんで、私のこめかみに貼りつけた。すると、ぴりぴりと辛子《からし》のような快い感触をうけ、たちまち頭痛が退散してしまった。

化学的な薬物のない地域では、それなりに原始的ともいえる治療剤を知っているのも、人間の知恵であろう。私は感心して感謝の意を述べ、もとの家にもどった。

翌日の昼すぎに豊島軍曹が、私の寝ている家に迎えにきた。朝から部隊を出て、大変な苦労をして、やっと私のいる家を捜しあてたという。部隊はすでに二日前に、駐留地と決められたオンタビンに到着し、和田主計伍長らによって給養を確保していると聞いて安心した。

豊島軍曹の案内で、私はこの日の午後、夕方にはまだ遠いころ、オンタビンに到着した。時に六月十三日であった。

疲労回復のための二ヵ月

部隊よりすこし遅れてオンタビンに到着した私は、寺院に宿営している将校室にいれられた。雨のなかを、マルタバン本街道の七マイル地点から山中を踏破してきたので、全身がびっしょりと濡れていた。

この寺院は相当に大きな建物で、優に一〇〇人は収容できた。大隊本部の将校が前庭に面した明るく大きな部屋を占領していて、ここにいれられた私は、さっそく衣類を脱いで火で乾かしながら、やっとゆっくりした気持ちになった。

同室の連中には途中、発病して寝こんだために遅れた事情を説明して挨拶を述べた。いったん休憩してから、大隊長の宿舎まで挨拶にいった。大隊長からは今後の師団、および連隊の行動予定をしめされ、私はこれにもとづいて自己の任務を遂行することとなった。

大隊本部の将校室では、南に向かって高床の床の上に、各自が天幕や毛布をしいて半裸体で寝たり起きたりしていた。松村大尉をはじめ、藤本大尉、山下中尉、森軍医中尉、板東少尉、小山獣医少尉のほか、前日に赴任してきた藤野少尉、玉岡見習士官、豊島見習士官の九名がいたので、私をいれて一〇人になった。

将校付きの伝令たちは、寺院の前にある別棟にいた。オンタビン駐留間に、上述の本部付き将校には多少の異動があった。森軍医は第一大隊にいき、連隊本部から小野寺軍医大尉がきたし、豊島見習士官が第九中隊付きとなった。藤本大尉が段列長となり、山原中尉が第一大隊からわが大隊本部付きとして参入した。

この時機における師団ならびに連隊の行動予定は、つぎのようなものであった。

すなわち六月にはいった南ビルマは、完全な雨季にはいっていて、部隊行動は困難となった。イラワディ河会戦いらい、休むことなく抵抗してきた師団は、ついに退路をうしなってシャン高原に押しあげられた。山中をはいまわって、雨季のなかを、常識では考えられないような死地を彷徨した。死中に生をもとめて、ようやくにして南ビルマ低地に脱出したのである。当面、将兵は体力からも、これ以上の行動を起こす余力はなかった。

また、敵勢も雨季にはいって、まったく休止状態となっていた。師団は約二ヵ月の予定で、将兵の疲労回復と体力増強を目的として、駐留態勢をとった。そこで連隊としても、あらゆる努力と犠牲をはらって、将兵の給養をよくして体力の回復をはかり、衛生の保持と疾病《しっぺい》の治療に専心することとした。

したがって、将兵はもっぱら占領した集落で休息し、体力の回復に時間をついやした。全員が気楽な生活を満喫する時期となった。唯一働いているのは、経理室であった。この大任をせおって、給養の確立のために昼夜兼行、働きつづけた。

そのほかでは、医務室が使いのこしたわずかな衛生材料を活用して、将兵のマラリア治療と外傷、皮膚病の治療に努力していた。この二ヵ月の間、私は部隊の仕事が一身に集まったことを自覚して、計画をたて、部隊の方針を実現するために精魂を打ちこんだ。

ビルマの雨季は、どこもおなじであるが、この地域はベンガル湾に接した低地であり、雨季の五ヵ月間は降雨のため、集落の一帯は沼地と変わった。隣りの家にいくにも、「レイ」という小舟に乗らねばならなくなる。

この点、オンタビンは本街道との間の山地帯の東北の麓にあるため、集落の中まで水におおわれなかった。それでも、雨によって道は悪く、将兵は裸足で歩行していた。

物資の調弁にシンイワ方面にいくため、集落を一歩でると、文字どおり沼地となる。はるかに霧にかすんで見える目標を目あてに、膝から腰が没するようにして歩いていかなければならなかった。

このように、雨季における物資の運搬はきわめて困難であった。現住民は人の背丈もある大きな竹籠をせおって、その中に物資をいれて運搬していた。このため、我々の物資輸送には、いつも現住民を雇って、彼らの方法で運搬させていた。

このようないそがしい仕事がいつも山積していた私は、他の将校たちと一緒に寺院に徒食している暇がなく、早々に和田主計伍長らのいる経理室に移動した。そして、昼夜をわかたず、みずから陣頭にたって業務を督励した。

そうこうするうちに、私は六月十六日付けで山砲兵第三十一連隊付きの辞令をうけた。これより先、四月に戦死した渡辺主計中尉の穴埋めに山砲兵連隊勤務として、師団経理部から派遣されてきたのであったが、この日をもって正式に山砲兵連隊付きとなったのである。

ビルマにきて、私はずっと師団経理部に籍があったが、事実はイラワディ会戦のころをのぞいて、ずっと部隊付きの勤務をしていた。いよいよ師団に帰れなくなったことを観念して、かえって腰をすえて仕事をする気になった。

高騰する諸物価

オンタビン時代はもっぱら現地調弁による給養に依存していたので、一コ大隊の毎日の糧食を確保することさえ、なみたいていの努力では望めなかった。まして、給養の確保ではなくて、給養の良善を期さなければ私の任務が遂行されたとはいえないので、まったく昼夜をわかたず業務に腐心することになった。

一方では、ごろりと寝たり起きたりしている一般将兵を見るたびに、経理官などにならねばよかったと思うことが幾度もあった。給養がものたりたときには、それがあたり前と思われるのが精々で、決して満足の意を表したり褒《ほ》めたりする者がいない。その反面で、すこしでも給養が悪いと、不満の風当たりが経理官に向かって集中されるので、こんな情けない仕事はない。

このような敗退時には、後方からの物資の恩恵をうけることもなく、ひたすら現地物資をすくない前渡し資金から捻出し、かつ輸送手段で決定的な制約があるため、満足を全員にあたえることができないのである。

それでも主食たる精米は、連隊本部が集中購買して、ここから受領することになった。そのぶんだけ我々の負担は軽減されたはずだが、わが大隊からもつねに連隊本部に詰めていないと、往々にして数量をゴマかされるので、古いしっかりした下士官を派遣していた。

私自身も毎日一回は連隊本部にいって、高級主計との連絡をおこたれなかった。連隊本部は隣村のアレイワにあったので、徒歩で一五分くらいで行けた。

高級主計は、連隊内の給養は本部、大隊ごとに別々におこなわず、連隊で一括調弁する計画をたてた。ところが、このように交通が不便なところではうまくいかず、名ばかりの一括調弁となった。そのため各大隊は、これと並行してみずから調弁をおこなって給養の主源にしていた。

主食はモウルメインやマルタバンから、サルウィン河を遡行する舟によって運搬されたものが、アレイワに陸揚げされていた。我々は日を定めて、アレイワから牛車でオンタビンに運びいれ、これを一週間分ずつ各中隊に分配していた。

当時、主食の定量は完全定量で精米六合であった。しかも精白された米がはいるので、主食に事欠くことはなかったが、給養の重点が体力の回復、増強にある以上、副食物の多様化につとめるのが当然であり、かつ要求されてもいた。毎日、集落の豚を一頭ずつ殺していたが、しだいに豚がすくなくなったので、近隣の集落に購買隊をだして、供給がとぎれないようにした。

この付近一帯には山砲兵部隊が主に駐留していて、いきおい近隣集落では、おなじ山砲兵隊内の他大隊と争奪競争がはじまった。各大隊間で買上げ価格を協定したり、購入集落を割り当てて競争を回避する努力をしたが、さらに舟で遠くサルウィン河の河岸集落へまで、大規模に買付けに出たりするようになった。

約半月もすると、豚一頭が八〇〇〇ルピーになった。値上がりは豚ばかりでなく、大部隊が寒村の散在する地域に長期滞在するのだから、供給不足で値段が吊りあがるのは当たり前であった。それに敗戦時の軍票の価値自身がさがるのも当然で、値上がりに拍車をかけた。私は一ヵ月間、一コ大隊約一四〇名の給養に三〇万ないし、五〇万ルピーついやしていた。私は牛肉と豚肉を毎日、交互に分配した。鶏は高くつくので、大、中隊長用に特別に給するにとどめた。野菜類はあらかじめ現住民五、六名に頼んで、毎日、近隣の集落から買ってこさせた。沼地の端にまだ水に漬からないところに生えている草は、食用にできるものはすべて食料品にくわえて支給した。水中に生える睡蓮《すいれん》の茎（チャンユー）も食用に供した。

昼と夕方には買付けの現住民が、かつげるだけのものを経理室に持ちこんだ。私は引き替えに代価を支払っていた。私たちのいる経理室の中二階の床の上には、半分にさいた豚だの、野菜類と果物が山積みにされていた。パパイアの未熟の果物は内地の瓜のようで、野菜としてよく食べた。

そのほかに、鶏卵は毎日、各人一コずつ分配することができた。現住民に精米を渡すと、それとおなじ重量のうどんを作ってきてくれるので、これは間食用によく利用した。そして、一日分の手数料として一〇〇ルピーを支払っていた。また、各種の労役に現住民を労働者として使うときは、たいてい四〇～五〇ルピー、まる一日使役して一〇〇ルピーであった。

当時の調味料は、主として塩であった。これはパウンの野戦倉庫から牛車で運んでいたが、これもまたひと仕事であった。物価が急騰していた当時、所定の前渡し金では良善な給養を実現することが不可能となっていたため、私はいろいろと金のかかる事件を捏造《ねつぞう》しては、特別資金を師団に請求して糧食を買うのに流用していた。

ビルマの雨季は果物のシーズンでもあり、たいていの果物がでそろう。オンタビンから現住民をつかって、地元のバナナはもちろん、近隣集落へいってパパイア、ドリアン、マンゴー、マンゴスティンからパイナップルを買ってこさせたので、部隊の将兵には豊かな分配ができた。

現地の砂糖は、私がオンタビンに到着した日に、パアンから売りにきた商人から三三リットルの竹籠にはいったものを一五コ買っておいたので、いつも経理室の奥に在庫があった。大隊本部の将校室からは毎晩、砂糖や果物を個人的にもらいにきた。平素から親しく交際している人たちであるから、むげに断わることもできず、兵士たちには遠慮しながらも、すこしずつ要求にこたえた。彼らは夜間、将校室で飴をつくったり、カルメ焼きをしたりして楽しんでいるらしかった。

さしもの大量の砂糖も底をつきだしたので、豊島軍曹をパアンに出して、ふたたび砂糖を仕入れさせたため、砂糖は切れないですんだ。そのほかに調味料はいっさいなく、まったく塩と現地砂糖と唐辛子ですべての味付けをしていた。

酒類は原則として給しない方針であった。いろいろの宴会では、大隊長の証明があるものにだけ受けつけることとした。物価高騰のおりから、所定の資金で体力の回復、増強という方針を実現するためには、酒類を除外するしかなかった。これについては、はじめから大隊長の支持をとりつけておいた。

ところが、現実には毎日のように宴会がつづいた。このような休養時で、心にゆとりがあった時期だから宴会がおおくなったのは、ごく自然なことであった。やれ大隊長に他部隊から来客があるとか、大隊本部の将校の会食とか、中隊長会議後の会食とか、そのたびにいくばくかの酒を要求された。私は毎日のように酒の心配をせねばならず、村長に手配を頼んだり、経理室の勤務兵を派遣して遠い集落から調達していた。

考えてみれば、邦家のために生死を賭して今まで生きてきた者たちが、いつ荒野の骨とはてるかも知れないはかない身の上であってみれば、しばしの休養時に酒でも飲みたくなる気持ちは私にも十二分にわかる。しかし、一方ではかぎられた資金で、休養の良善をはたさなければならぬ大義名分がある以上、酒を犠牲にするほかなかった。とはいえ、大隊長の証明があるぶんは支給すると大隊長に約束したために、結果的に将校にのみいく結果になった。下士官や兵には申しわけないこととなり、私はつねにこのジレンマに悩まされていた。

一定の資金で、できるだけ将兵に栄養をつける給養の良善をなし、できるだけすみやかに体力の回復をはかり、ふたたび旺盛な戦闘意欲をかりたてることが重要であった。

師団で決められた糧食費、最高一人一日三〇ルピーという副食費は、大隊一五〇名で一日四五〇〇ルピーとなる。豚一頭が八〇〇〇ルピーもするので、どうみても日に一万ルピーを必要とした。これだけで経理部からもらう資金の倍額以上の支出となる。そのうえに酒類をまかなっては、給養の方をおとすほかなく、私は酒には頭を痛めた。

他部隊にいった者が、何月何日に宴会に招かれて、どのくらい酒がでたとか、ことさらに他部隊の豪勢さを吹聴する者がいた。私が酒を全廃したい気持ちは、私の技量の拙劣さを是認することにもなり、全廃はできなかった。私は夜間、知りあいの将校が個人的に酒をねだってきても、絶対に応じなかった。たとえ、それが私より上級の者であっても許さなかった。私自身がまずいっさい酒を飲まないことにしていた。宴会に呼ばれても、多忙を理由に断わっていたから、オンタビン駐留間は、一滴の酒も口にしなかったと断言できた。

世間では、軍隊にいった者はみちがえるほど酒に強くなると聞く。私は学生時代には、無理をすれば一升（一・八リットル）を飲んだこともあったが、戦地から帰ってみると、すっかり酒に弱くなっていた。一口飲むと赤くなって、人前できまりが悪くなるほどであった。これもオンタビンいらい、部隊に節酒を要求した職責上に由来するものである。

煙草は大部分が現地の煙草を配給した。戦地における煙草の貴重性についてはすでに記述したが、とくに駐留時には不可欠の物資であった。オンタビンで支給したのは、現地のパパイアの葉に似た安煙草で、兵士たちはこれをありあわせの紙片に手で巻いて吸っていた。それいがいに、将兵は各自が現住民に接触して、葉巻煙草を買ったりもらったりして吸っていたから、煙草には不自由しなかったと思う。

私は週に一度、パウンの経理部に追加資金の交渉に行くたびに、野戦倉庫から「マスコット」や「興亜」という紙巻煙草を受領してきて配給した。しかし、これらは量がすくなく、一人五本ずつしかなかった。さすがに後方のジャワ製のものだけあって、昔はこれを毎週楽しみにしていた。私はつねに来客の接待用に、若干の予備をのこしていた。

水増し領収書

毎週一回パウンの経理部にいったのは、前述のとおり資金欠乏のためであった。つまり、決められた資金では給養が実施できず、つねに支出超過になっていたからである。私はたいてい伝令を連れていき、一晩は本街道の民家に泊めてもらい、翌朝、経理部と野戦倉庫にいくことにしていた。

高級部員は牛島少佐が六月末に内地へ出発されて、青木少佐にかわっていた。野戦倉庫は本街道に面していて、各種物資の調達は順調であった。本街道方面の部隊のために、精米所で精白した米を景気よく分配していた。

現住民に教えてつくらせた味噌や粉味噌、粉醤油も分配していた。被服関係でも修理、補修資材や、モウルメインから前送されてきた軍靴、巻脚絆、衣袴、雨外套、襦袢、袴下や靴下、蚊帳、帽子などが、二、三度交付になった。しかし、五人に一コといった数量であった。

私は部隊に持ち帰ると、周到な交付計画をたてた。大隊長の同意を得て、中隊単位に分配し、中隊内部の分配は各中隊の給養係に一任したのである。このように、食生活や衣料に渇望しているときには、私の分配方法の適否が、ひとつひとつ将兵の神経を刺激していたようであった。私は衣類の愛用と修理を奨励し、随時被服検査をおこなって、中隊ごとに被服の保有ていどを記録しておいて、分配のときの参考にしていた。

パウン経理部への出張がたびかさなるうちに、私ははじめに発病して世話になった一二マイルの民家に泊るようになっていた。病気のときとおなじく、とても親切にしてくれた。私のくるのを毎週心待ちにしているという、主人夫婦の熱心にこたえていた。

翌朝は、パウン経理部主計科の福田中尉に資金を請求する交渉となる。徹底的に資金交付を削減しようとする福田中尉にたいし、私の方は二倍以上もかかることを主張する。いくら職務とはいえ、毎週この機会がめぐってくるので、ほとほといやになった。

糧食費一人一日三〇ルピーという基準にたいし、私は不可能と主張する。この地域にきてからでも、物価が二〜三倍になっているのに、三〇ルピーを固執するなんて頑固にもほどがあると攻撃すると、他の部隊では三〇ルピーでやっているのだから、主計のやりようひとつで、どうにでもなるのだと反論する。だいたい山砲兵は、前々から贅沢でいけないといって、私の主張は聞いてくれない。

そこで私は、やむを得ず買っていない牛車を買ったことにしたり、買わない舟を買ったことにし、死なない馬を死んだので穴埋めにあらたに買い替えたことにし、領収書を提出して追加資金をもらい、糧食費にあてるほかに方法がなかった。

一五〇人の給養に経理部では、一週間で三万一五〇〇ルピー、一ヵ月で一三万五〇〇〇ルピーと計算する。実際には、それぞれ七万ルピー、三〇万ルピーかかるのである。後に述べるように、本当に舟や牛車の調達がはじまると、月に一三〇万ルピーを大隊として支出した覚えがある。

軍票で三〇万、四〇万となると、天幕につつんで伝令にせおわすほどの大荷物になる。それを雨のなか、濡れないように部隊まで持ち帰るのが、またひと苦労であった。ビルマでは、大都会ならいざ知らず、このような田舎では、軍票にすこしでも皺があったり、濡れて色がかわっていると、いっさい受けとってくれない。軍票の保存、携行には、一種独特の苦心をともなうのであった。

伝令とともにオンタビンの経理室に帰って、包みをひらいて無事を確認すると、ほっとした。これでまた一週間分は大丈夫と安堵して、自然に経理室がうるおいを感じるようになる。

私は被服の修理を奨励し、促進するために、経理部から積極的に修理材料を受領して、中隊ごとに分配して個人での修理をすすめた。それとともに、大きな修理は経理室でやることにした。

獣医室に牛馬がいないため、仕事がないのに着目し、大修理を獣医室に委託することに成功した。集落から借りうけた二、三台のミシンが、大修理工場でこころよい音をたてて活動している。

オンタビンの駐留も終わりに近づいたころ、大隊長は私に次期の行動に関連して、物資や兵員の輸送用に牛車と舟を多数買い集めて、いつでも行動にうつせるよう準備せよと命じた。私はこの時期、なにをおいても資金調達が先決として、さっそく経理部に資金の請求にいった。

予想していたとおり、一筋縄では話がすすまなかった。これまでも舟や牛車を買ったといっては糧食にあてていたのだから、私の方に弱みがあって苦しい交渉となった。以前、私が経理部にいたときのよしみで、すこしは受領できたが、これではとても大隊長の計画を遂行するだけの調達は困難であった。

資金については、今後もしつように経理部に体当たりで交渉することにして、大隊長には、なかば徴発のような蒐集を敢行するよりほかに方法がないことを了承してもらった。とりあえず舟は、段列の藤本大尉にいちおうの資金を渡して、一五隻の調達をおこなうよう依頼した。

牛車の方は、私みずから腰を没する沼地の彼方に集落を求めて、牛車をさがした。現住民たちはこのことのあるのを予期してか、牛車を分解してサルウィン河の底に隠していたという。それでも、なんとかして中隊に四、五台の牛車を調達できた。

雨季に部隊が移動するには、牛車は不可欠の輸送手段である。一方、取りあげられる側の現住民にしても、同様に重要なものであるから、あらゆる知恵をしぼって隠そうとするのも当然で、かなり苦労をさせられた。

成功の一端は、シンイワに経理部の大槻少尉を頼っていったことにある。小島中尉からシンイワの村長に話してもらって、ここで八台を入手することができた。経理勤務班を頼りに斡旋してもらうのが、もっとも手っとり早いことがわかった。

舟の方は、調弁にでた藤本大尉から、困難さを幾度も知らせてよこした。舟のありそうな集落にいくと、警備隊と自称する軍直部隊がすでにはいっていて、調弁をいっさい断わられたという。やっと見つけた舟は、底に穴があいていて使用に耐えない。

あとになって、同行の下士官から聞いたところによると、この調達隊は某集落に陣取って、贅沢な暮らしに購入資金をついやし、調達への努力はろくにしなかったらしい。

そのため、舟艇はコータマレインへの移転の直前まで調達できず、時期が切迫してやむを得ず、一時貸してもらう方式の、なかば掠奪で任務を糊塗したのであった。

私がオンタビンで夜をすごした日は、ほとんど和田主計軍曹とともに帳簿の整理に腐心した。私が山砲兵隊に赴任してからも、これといって本格的な記帳を管理したことがなかったからだ。

調べてみると、購入したときの受領書も、取っていたり、いなかったりであった。取っていても、行軍中に金櫃《かねびつ》を川に落として水に漏れ、使用することができず、帳簿もインキがにじんで見るにたえなくなっていた。

これらの整理を、ただ記憶に頼ってでっちあげていくのも、ひと苦労であった。日々の糧食費にしても、師団に提出しうるように、定額一人一日三〇ルピーにきりつめ、あとは別の費用で支出したように処理せねばならなかった。夜はたいてい十二時すぎまで寝られなかった。

それでも、オンタビン滞在中に整理が完了する見込みはなかった。和田軍曹には日中も実務から解放して帳簿の方に専念してもらった。しかし、和田主計軍曹は現地教育をうけただけで、記帳の仕方もわからないことが多いようであった。

別働隊への特別給養

これより前、第三大隊がオンタビンに着いて半月ほどしたころ、師団命令で同大隊の一部をもって、本街道一四マイル地点のナチジャウンの高台に、砲兵陣地を構築することとなった。大隊本部の板東少尉が長となり、各中隊から将兵がよせ集められて、別働隊となって出ていった。

私は別働隊の給養対策として、経理室勤務の山中伍長を専任として同行させた。主食は、私がパウンの野戦倉庫と周到な話し合いをして、別働隊が直接に倉庫から受領できるようにした。副食物と陣地構築資材や労賃の支払いには、私から毎週、前渡し金をわたして自力で調達させる方法をとった。

山中伍長は私の意を体して、少額で最大の効果をあげるため毎日、遠距離をものともせずに副食物や資材の調弁に奔走して、実効をあげてくれた。

私は週一回のパウン詣でには、かならずナチジャウンの陣地に立ち寄った。何回目かに立ち寄ったとき、資金にいくぶんの余裕があったので、一頭八〇〇〇ルピーの豚を買って、特別給養をふるまった。

すると、二人の現住民が太い竹に脚を縄でしばった豚をかついで、威勢よく帰ってくると、私の家の前に卸した。喉を切られて豚はすでに死んでおり、血はだしきっていた。集落の住民が多数集まってきて、大騒ぎをして喜んで景気をつけてくれた。

昼すぎになると、大きな湯をいっぱいたぎらせたのを持ってきた。筵《むしろ》の上に横たえた豚の全身に湯を浴びせかけてから、全身を筵でおおい、その上からさらに熱湯をかけて、しばらく蒸らしておいた。一〇分ほどして、上にかけた筵をとり、住民が二人で「ダー」と称する包丁で豚の皮膚をなでると、面白いように豚の毛が全身から剝れていく。見る見るうちに全身が真っ白な皮膚をあらわした。

ついで、殴るようにしてダーで頭を切りとった。この頭を二人にあたえてもよいかと目で合図するので、これに同意すると、二つに切断して、自分たちの分け前とした。あとは一片も残すことなく、肉や内臓はもちろん、白い皮もすべてが調理材料となった。

現住民はこのように、いともていねいに豚の解体を楽しみながら、長時間かけてやっている。事実、豚さえあれば、あらゆる料理ができた。さっそく、ビルマ特有のカレー粉と唐辛子をいれた料理と天麩羅《てんぷら》をつくって、たらふく食べた。

ナチジャウンの住民は、中国系とビルマ人との混血であった。ふつうのビルマ人たちよりも、みなきれいだった。とくに二人の娘は、構築隊の兵士たちの評判の的であった。そのうちの一人が中山伍長のお気にいりで、私もくるたびに彼女の家でご馳走になったり、山中伍長の通訳で閑談をしたりした。

現住民はみな親切であった。隊長の板東少尉の方針が、できるだけ現住民に害をあたえない友好的なものであったから、万事とてもうまくいっていた。

板東少尉は四国八十八ヵ所の第一番のお寺の息子で、高野山大学を卒業した仏教徒であった。ゆくゆくは父の後継者となる人であるから、一般の将兵とくらべれば、かけ離れて誠実と真摯の人であった。ナチジャウンのときも、褌ひとつで滝壺にある岩の上に立って修行したり、雨の降る日もいとわず、朝夕二回のきまった時刻にラジオ体操を一人でやっていた。ビルマでは、簡素な衣服をまとうだけであるためか、男女間の交際は日本以上にやかましかった。褌ひとつになるのは、とかく批判がおおかったが、板東少尉はそんなことには頓着せず、身体の健康と精神の修養のため、あえて実行していた。

彼はまた、暇をみつけては自身の記憶をたどって書いた仏教の経典を読んでいる姿を、しばしば見かけた。私はその聖なる姿に、畏敬の念を感じていた。そんな人であるために、思慮なき人々からは気違いじみた変人といわれることもあったが、彼はつねにあわれみの眼差《まなざ》しで人々を眺めているのであった。

山砲兵連隊では、ちょっとした雨の晴れ間をみては、山砲の実弾射撃演習をおこなった。優秀な成績をあげた中隊に賞をあたえていたが、第九中隊が最優秀のようであった。

あるとき、私が牛車のことでイビ集落に大槻少尉を訪ね、一夜を世話になっていると、すぐ近くの沼地に砲弾の炸裂するのを聞いた。夜間爆撃だとあわてたが、これがわが部隊の実弾射撃で、目標の近くにいたことをあとで知った。

また駐留期間中、師団では管下各隊による小銃の射撃大会をもよおした。山砲兵隊のだした選手が、歩兵をしのいで優勝してきた。おかげで、祝賀のために私は相当な資金の提供をよぎなくされた。

軍医部長の各隊巡視があったときには、山砲兵隊が師団で衛生状況が最優秀と称賛され、我々経理官による給養の良善なことが実証された。このときは、山砲兵連隊長から各隊主計将校に感謝の辞をいただいた。

かくしてオンタビンでの一ヵ月余の駐留で、疲れはてた将兵はぐんぐんと体力、気力を回復させ、もとの元気旺盛な部隊につくりあげられた。雨季でももっとも雨量の多い月を経過して、いくぶん雨量の減退が感じられるようになった。

第十章　終戦の報

コータマレインへ

一九四五年七月二十日、師団命令により烈山砲兵連隊は、ラングーン方面から後退してきた楯《たて》部隊を収容するため、オンタビン、アレイワ地区をひき揚げてコータマレインにうつることとなった。

かねてこのことあるを予期して、我々は牛車と舟の蒐集にとりかかっており、逐次整備されていたので、結果的には部隊の行動に支障をあたえずにすんだ。とはいえ、一〇隻の舟が直前になって見つかるというきわどさであった。(二〇六頁地図参照)

それでも、集積した莫大な量の糧食の輸送は、大問題であった。牛車は舟に載せられないし、それほど豊富に舟が集まらなかったので、牛車隊は本隊とは別に陸路をパアンまで北上し、パアンでサルウィン河を便船で渡って、コータマレインに向かうことになり、段列長の藤本大尉が指揮官となった。

七月十日ごろの、ひどく雨のふる夜明け方から、別働隊の行動が開始された。私は未明に豊島見習士官に起こされて、本隊が通過する方面の水路探査にいく彼に前渡し金をわたした。彼は下士官二名とともに雨のふる中を先発していった。

この日は終日、雨が降りつづいた。経理室は先日までに、和田軍曹と酒井上等兵たちがだいたいの荷造り準備をしてくれていた。この日も朝から、糧秣その他を舟に積みこめるように、こまごまとした乗船計画にしたがって準備をした。

朝のうちに藤本大尉の陸路牛車隊が出発したが、これには経理室勤務者はつけず、前渡し金として五〇〇〇ルピーほどもたせるにとどめた。

昼すぎに本隊の乗船準備が完了した。経理室は三隻のレイに分乗し、糧秣をはじめ、経理室の保有物をことごとく積みこんで、雨の中を漕ぎだした。

この季節、河の付近には一帯に霧が濃く発生していた。舟に乗ると、もう集落の輪郭も見えなくなって、それらに名残りを惜しむこともできなかった。

途中、一隻に浸水がひどかったので、チャウサリーで舟を交換した。夕方まではすこし時間のあるころに、サルウィン河との合流点にでることができた。

雨季たけなわの大河は濁流が渦まき、おし流れている。流木も激しい勢いで流されてくる。そのため、サルウィン河を舟で対岸まで横切るには、まず約一時間ほど上流に向かって漕ぎあげてからでないと、横断できないという。流速がそれほど激しいからである。

こうして沿岸の集落に舟を止めて休憩していると、船頭の言葉により、夕刻の渡河が危険であることと、船頭がひどく疲労していることがわかったので、当夜はここに宿ることにした。

積んであった荷物はすべてを卸して、村長の家にはいった。さっそく村長に頼んで、鶏などを集めてもらった。この集落は、サルウィン河の右岸に独立して存在しているため、最近はしばしばゲリラの襲撃をうけては、物資や家財を強奪されているという。現住民は日本軍がいることで、かえって心強く思ってくれたようである。我々にたいして、できるかぎりの協力やもてなしをしてくれた。

この夜はゲリラの襲撃にそなえて、出動準備をおこたらなかった。しかし、早々と床についた。夜遅く、真夜中をすぎたころに第三大隊の主力が、ここに上陸したようで、集落は一時騒がしくなった。

翌朝は早く起きて出発の準備をしていると、上陸してくる部隊がある。みな眠そうな顔をしている。よく見ると、すべて第三大隊の者ばかりである。

そのなかに大隊長、副官、松村大尉らが見えたので、先に出発した我々経理室が、まだこんな所にとどまっているのを見られたくない気持ちで、私たちはそそくさと出発していった。

前夜の風で、サルウィン河はまだ渦まいて流れている。船頭たちのたくみな漕法で、小舟は相当に遡航してから河の沖合いに漕ぎだし、流木をたくみに避けながらどんどんと向こう岸に接近していく。前夜泊った集落の反対岸にあるパオンという集落から、我々の進路はサルウィン河の本流から離れて、支流に漕ぎいれた。

このころから空が晴れてきて、乗っている私たちはこころよい眠気に襲われる。今度はつねに川を遡航するので、支流といえども進行距離がなかなかはかどらない。

この日は予想にはんして、前日までとはうってかわった晴天となり、沿岸の風物が強い日光にはえて目に痛く染みる。さかのぼるにつれて、流れがしだいに急になるので、漕ぎ手にはますます骨がおれた。

途中、連隊本部と第二大隊が乗る大型の五〇人乗りほどの「やんま船」を追い越した。やんま船は二つの櫓で漕ぐのであるが、船体が大きいため、牛が歩くように遅い。

こちらは二人の現住民が、せっせと漕いでいる。我々もできるだけ漕ぐのを手伝おうとするが、呼吸がうまくあわないので、船頭はやめてくれという。

遠くの空で、敵機の爆音が聞こえた。我々はまだ朝食をとっていなかったので、支流からはいりこんだ集落に舟をとめて立ち寄った。あまり日本人を見たことのない集落らしく、我々の上陸に大騒ぎしているようである。

我々もなにごとかが起こりそうで気味が悪かった。私はまず村長の家にいき、村長に来意をつげると、我々のために朝食を準備してくれ、鶏の料理で我々は腹ごしらえができた。この集落はまだ日本軍に荒されておらず、現住民はすべて残っているようであった。

腹ごしらえをおえると、我々はふたたびレイで支流に流れでて、超スピードで遡航した。時にはたえがたい暑さを避けるために、沿岸に張りだした木の繁みに舟をいれて涼をとった。また、川の沿岸にひろくつくられている砂糖黍《きび》畑に舟をつけて、船頭に甘蔗《かんしょ》を切らせて舟に

二、三〇本ずつ載せて、航行中にビルマ語でチャンと称する甘蔗を、ナイフで切りながらかじったりした。

むやみに歯で噛みしめていると、甘い汁が口中をうるおして、喉にはいっていく。船頭は歯の衛生によいから、たくさん食べろとすすめるのであった。

川幅がしだいにせまくなってきた。流れをのぼりつめた所に、家が三、四軒しかない集落があった。我々はふたたび舟を降りて昼食をとった。午後になっても、いぜんすばらしい晴天である。

この付近でさかのぼってきた川が終わって、一面は見わたすかぎりの湖水となっている。乾季には広大な平原となり、林もあり、川もあるが、雨季の間は広大な湖水と化すという。ところどころに葦の葉先が水面から突きでている。

遠く湖水の彼方には、峨々たる山塊が赤肌をあらわし、いかめしく湖水にのぞんでいる。この山地の一角の麓、かすかに見える集落が我々の目的地コータマレインである。ここからさらに、湖上を二時間もかかるそうであった。

急に広々とした眺めを見たので、心が伸び伸びとして、旅を楽しむような気持ちになっていた。太陽は左側から強烈に照りつける。

雨季における晴天は、水蒸気の発散がさかんで、漕げども漕げども目的地は近づいてこない。それでも夕方、日没前にめざすコータマレインに着いた。

各中隊から下士官が一名ずつでて、コータマレイン先発隊として出発した。私は経理室設定のため、山中伍長をこの一隊に参加させておいた。

先発隊はすでにコータマレインに到着していて、山中伍長は設営のみにとどまらず、鶏を一〇〇羽ちかく集め、鶏卵を二〇〇〇コ、豚も一〇頭ほど買い集めていた。

我々は舟から糧秣その他を陸揚げして、山中伍長の案内で経理室に指定された家にはいった。山中伍長の報告を聞いて、当地の給養業務を開始した。

この付近は、いままで歩兵第五十八連隊の調弁区域になっていたため、我々があらたにコータマレインに到着したことによって、同隊と調達上の協定をするための打ち合わせをおこなった。

結局はやっかいな取り決めはせず、それぞれ独自の立場で、良識をもって実施することとなった。私の到着後二、三日して、大隊の主力が到着した。サルウィン川の左岸地帯は、雨季と乾季とでは地形がまったくかわってしまうので、乾季を基準に書かれた地図は、雨季にはまったく使いものにならなかった。

湖上に浮かぶ二つの島

コータマレインは、雨季にはまったく湖上に浮かぶ集落となる。さながら二つの島であった。隣村カレイワとの連絡は、かろうじて一人歩きのできる幅三〇センチほどの道路が、湖上に浮かびあがっているだけである。

第八中隊のいる小島は、本隊から孤立していて、舟で往来するほかない。南方からはるかに湖上を漕いできた舟は、まず第八中隊の宿営する小島の南に突出した船着場について、ふたたび第八中隊の北岸から小舟に乗らなければ本隊にいけない。

それでも、私達がはじめて到着したころは、まだこの間には畑の畦《あぜ》が湖面に残っていたので、どうにか歩いて渡れたのである。

集落の北方には、峨々たる山塊が左右につらなってそびえ、オトギばなしの島の国のようであった。現住民は、一部がすでに山地方面に退避していたが、男や老人、子供たちは残っていた。

大隊長がコータマレインに到着したので、私は大隊長の宿舎を訪れ、これからの大隊の行動予定の説明をうけ、これに対応する給養方針を打ち合わせた。

烈兵団は雨季明けにはサルウィン河を第一線に、左岸によって対敵行動をとりつつ敵軍の出方に対応するが、山砲兵はこの地方の山地によって、砲兵陣地の構築に着手するという。こうして山砲兵第三十一連隊第三大隊は雨季のつづく間、この孤島にあって、敵機の来襲を避けつつ給養に専念することになった。

防空の見地からすると、山地の方が行動の自由を得られる。石塚大隊長は、コータマレインのように湖水のなかに孤立する小さな島の方が、案外と敵の攻撃の目をそらして、かえって安全だろうと達観していたように思う。

しかし、いったん見つかったならば退避は不可能であるから、対空警戒が最優先になったのは当然であった。

私はここで大規模な調弁計画をたてる必要を感じた。山中伍長など、先着の者の意見もいれて計画を作成し、即時実施することを決めた。

主食はオンタビンに集積し、残置した分をチャウサリーに移送して、舟ではこべる量をピストン輸送でコータマレインに運んだ。なにぶんにも舟の一往復に五日間はかかるので、一〇トンの米を運びきるには、一ヵ月を要する。チャウサリーには二人の監視兵を残してあり、運送責任を山下中尉に一任した。

このため、船頭をはじめ、現住民の労役に支出した賃金も馬鹿にならない額となった。米は現状三ヵ月分はあるので、チャウサリーからの輸送に専念すればよく、その後はパアンの野戦倉庫からとれるよう下交渉をすすめた。

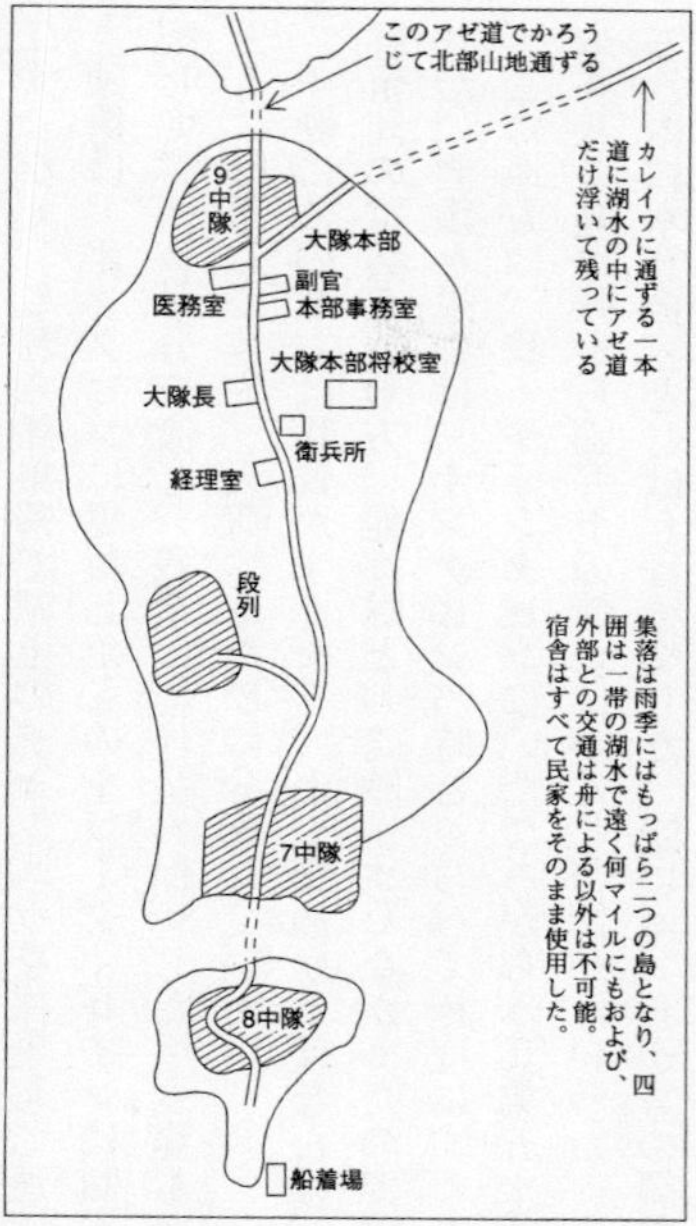
このアゼ道でかろうじて北部山地通ずる
カレイワに通ずる一本道に湖水の中にアゼ道だけ浮いて残っている
9中隊
大隊本部
副官
医務室
本部事務室
大隊本部将校室
大隊長
衛兵所
経理室
段列
7中隊
8中隊
船着場
集落は雨季にはもっぱら二つの島となり、四囲は一帯の湖水で遠く何マイルにもおよび、外部との交通は舟による以外は不可能。宿舎はすべて民家をそのまま使用した。

肉類は山中伍長らが集めた豚と鶏を当座の用に供し、村長にたのんで近隣集落より牛肉を買い集めてもらった。魚類は湖上に散在する諸集落に調弁班を四組出して、毎日、舟で運ばせることにした。

野菜類は雨季にはひじょう

にすくなく、これら諸集落で湖上のチャンユウを採集して運ばせた。睡蓮の茎である。

砂糖は、オンタビンに集積したものをコータマレインに回送した。ただちに中隊ごとに分配して、一ヵ月分を渡し、残余は経理室に保管した。食塩もチャウサリーの集積量を、米とともに輸送してきて、入荷するたびに分配していた。

一般にこの地方は物資がすくなく、かつ交通が不便なため、調弁も困難であった。反面、駐留間の将兵も他地方、他部隊との接触がすくなかったので、よぶんの欲望が多少は回避された。酒類と果物は、オンタビン当時とくらべて極度にすくなくなった。

この地方は、我々がオンタビンにいたころから歩兵第五十八連隊の勢力範囲であったため、歩五八の経理陣から調弁上の競合にかんし苦情がはいった。とくに我々の湖上調弁班が、歩五八の白木宣撫官としばしば衝突した。時には、わが方の調弁班に退去を要求されたりして、幾度も問題がもちあがった。

私の報告にたいし大隊長は、これらの障害は権力と交渉で押しきる方針でいけと、私を励ました。すなわち、歩五八はバアン付近にいたが、当時この地域には他部隊がいなかったので、驚くほどの広地域にわたって調弁網をはっていた。そこへ山砲兵連隊が移駐してきたのだが、歩五八は広大な地域をすこしは縮小してもよいではないかという主張である。

私もその主張を交渉の精神としてあたったのであるが、相手は既得権を主張した。しかも、宣撫を併用する歩五八との話し合いは難航し、ついに解決にはいたらなかった。

コータマレインでの私の業務は、オンタビンの時とはことなり、実務にはなるべく介入せず、計画の決定と実施の監督の立場を守りとおしたと思う。肉体労働よりは精神的な労働であった。

反面、チャウサリーからの輸送がはかどらずに多大の心痛をしたり、パウンへの連絡と資金受領には、あいかわらず二週間ごとに行かねばならなかった。そのほか、チャウサリーの監視兵の視察も必要であった。

私がパウンへ出張中、コータマレインが敵機の猛爆にあった。連隊本部のある隣村のカレイワでは三ヵ所が炎上し、日本兵士も二名が即死したという。

コータマレインも、三〇分間にわたって爆撃されたが、幸いにも負傷者はでなかった。家屋も銃撃はうけたが、破壊されたり火災となったものはなかった。私が帰ってからも、一度だけ爆撃をうけたが、逃げ場のない集落であるだけに、将兵も住民も度胸よく、なるにまかせていた。

金櫃だけは、村の隅にある防空壕の中に運びこんだ。防空壕は雨季のため、水浸しになっていた。そんな壕に身体をいれることもならず、壕の前にいて、いざとなれば水壕にとびこむかまえで上空を仰いでいた。

そうはいっても、コータマレインにきてからは、一日おきに雨の降らない日があった。強烈な陽光が水蒸気を発散させ、むし暑い日がつづいた。

大隊長はパウンでひらかれる団隊長会議に出席のため、オンタビンの元の経理室のあった民家に泊っていた。また、第八中隊は、三ヵ月前に本隊をはなれて単独任務で行動していたが、コータマレインで本隊に復帰した。

中隊長は田辺大尉で、中隊の衣料がことのほか損傷していた。私は第八中隊にたいし、その更新のために師団から優先受領を交渉した。また、将兵の体力が極度に減退していたので、給養の面でも大隊の平均にすみやかに回復するようにと努力をかたむけた。

ラインブエ陣地

第三大隊がコータマレインに着いて一〇日後、大隊から相当部分の兵力がパアン北東方の要地、ラインブエに砲兵陣地を構築のため移動していった。私がこの地方にいったのは、渡しておいた前渡し金を使いはたして困っているという連絡をうけ、三名の兵とともに資金を渡しにいったときだけである。陣地を構築した正確な村落の名は忘れてしまった。（二四九頁地図参照）
パアンから北東へ二〇マイルにあるラインブエからサルウィン河の方向に一二マイルほどの所にある集落とのことである。陣地構築は、ここから数ヵ所に出張して作業にでたのであった。
まだ雨季であったため、掘削する壕もいまのところは役にたたず、雨季明けを待って使われる予定であった。
私がパウンの経理室から前渡しの資金を受領してコータマレインに帰ってくると、大隊長から、すぐに構築隊に資金をとどけてやらないと、金がなくて困っているらしいぞといわれた。私はその日の午後、酒井上等兵をふくむ三名の兵とともにでかけた。

コータマレインから北方へ、一面の沼地の中に浮かぶように一本だけ残っている畦道をたどっていくと、山塊の南麓沿いにパアンに通ずる細い道にでた。やっと牛車が通れるていどの細道である。

道の右側は峨々たる山塊がせまっている。道はきわめて悪い。道端で休憩すると、立ちのぼる水蒸気が高く天に向かって消えていくのが見える。湿度がかなり高く、むし暑くて、身体が不気味にべとべとする。

途中、歩五八の顔見知りの大尉に逢う。やがて、パアンの町にはいった。りっぱな町で、歩五八の宿舎は町の外郭に建てた野戦建築を使用していた。パアンは、しばしば英軍機の爆撃の目標となったとみえて、はなはだしく破壊されていた。それでも、野戦倉庫は活動していた。

我々一行四人はパアンにはいるひとつ前の小集落で一泊した。ここはカレン人の集落で、掘っ建て小屋のような粗末な家がおおく、我々が泊った家もみすぼらしいもので、やっと足を伸ばせるていどであった。

それでも主人は、目いっぱいのもてなしをしてくれた。鶏をどこかで都合してきてふるまってくれた。翌朝は雨が降っていたが、我々は朝食を終えると出発した。

パアンの町にはいったところで、町の中心へ行く道から右にまがり、鋭角にもどる方向に向かう。この道は山塊の北側を通って、背後からモウルメインに抜ける道であった。

パアンから一〇マイルに三叉路があって、我々はここで左折する。この三叉路からラインブエまで二四マイルと道標に書いてあった。パアンから先は、四メートル幅の自動車が通れるほどの広い道である。

三叉路から先は、道路の両側が田地や草原で、道路がいちだんと高くなって、真っ直ぐ北方に向かっている。敵機の来襲にはほどこすべのない区間で、多数の人員の通行は夜間に限定される。我々四人は、昼間にこれを強行した。

三叉路からの行程は、無休憩で歩き通した。空襲を警戒しながらではあるが、単調な風物の中を歩いたので、距離がはかどらないように感じられた。しだいに疲労がでて睡気をさそい、午後三時には歩きながら眠っていた。

このころから空が一面に黒雲におおわれて、今にも雨が降りそうになってきた。雨宿りの場所がないかと気にしながら道をいそいでいると、幸いにも道路から左の方にすこしはいった所に、一〇軒ばかりの小集落があった。

小銃に弾丸《たま》込《こ》めして集落にはいっていった。そのころには、もう大粒の激しい雨が我々を襲いだしていた。我々は駆けこむように、とっつきの民家にはいり、雨の上がるまで休むことにした。

にわか雨と思った雨が、夕方になってもやみそうにない。やむを得ず、この家に一夜を泊ることにした。この集落は道路からはいりこんでいるので、今まであまり日本軍に荒されなかったとみえて、住民はすべて残っているし、物資もかなり豊富なようであった。

一夜をゆっくり休んで、翌朝早くに出発した。つぎの目標は、携帯していた五万分の一の地図には載っているかなりの集落で、烈の連絡所もあるし、歩五八の調弁班もいた。残念ながら、この集落の名を思い出せない。

ここでも我々は、ふたたび雨に降られて、雨宿りをしなければならなかった。この集落では、歩五八の宣撫よろしきを得てか、住民はすべて残っており、家内工業に精をだしていて活気があった。

我々は集落のはずれの一軒を借りて、雨のやむのを待った。昼すぎになって、晴れ間が見えだしたので、すぐに出発した。北西に向かって進んでいったが、すぐに道は北方へ向かうようになった。夕方近くラインブエに着いたが、この付近の道端の甘蔗畑で、砂糖きびを切って食べたのを思いだす。

橋を渡ってラインブエの町にはいると、かなり大きな町であるが、一人として人間の姿を認めず、死んだような光景であった。一画に中国人が住んでいたと思われる白壁造りの家が軒をならべていたが、どれもこれも爆撃で破壊されていた。

もう夕方にちかく、どこか住民の家に泊りたいと思って、街中を一軒ずつ見て歩いたが、不気味にも、この町には一人も残っておらず、まるっきりの空家ばかりである。このような不なれな土地に強いて泊って、ゲリラに襲われてはつまらないなと思っていると、現地人がただ一人、街を通り抜けて北方に向かっていくのを見たので、我々は後をつけた。

すると、あやうげな木の橋を渡った。川の向こう側はインド人の集落で、ここには人が住んでいた。

私はさきに、ラインブエ貨物廠がインド人の集落の隣村に移転したことを聞いていた。私たちはこのインド人集落に泊るため、大きな家に一夜を請うた。なかなか、うんといわないのを、無理に泊ってしまった。

主人は肥満のインド人で、夜の退屈しのぎにインドの宗教にかんする高説に耳をかたむけた。かなりの学者であるのに敬服した。

翌朝は早くに出発した。いったんラインブエにもどってから、北西に向かう道を一路いそぎ足で進んでいった。途中、雨に降られて小さな集落に二度ほど休憩した以外は、ほとんど集落もなく、森林地の中を道は真っすぐに走っていた。

道の両側の高い樹木のこずえに止まっていたタカかカササギのような大きな鳥が、我々の足音を聞いて、不気味な羽音をたてて飛びたつのには、そのつど立ちどまってしまった。

こうして途中、雨に濡れても宿るところもなく歩きつづけ、夕方、目的地にたどり着いた。この集落は、じめじめした泥土の上に十軒ばかりしかない小さなもので、陣地構築にきた兵士たちは、ここに押しこめられていた。

経理室には、私から派遣された山中軍曹が、私にかわってここでの給養にあたっていて、充分な成果をおさめていた。私が追加資金をもっていったので、すっかり安心したらしく、はしゃぎきって状況を報告すると、またせっせと調弁に出かけていった。

隣りの集落には師団輜重が宿営していて、困ったときには、この部隊の世話になっていたという。陣地はサルウィン河に接近して数ヵ所に建設されるので、作業はこの集落からの出張となる。山中軍曹も給養の方法にかなり頭を使っただろうと思われる。

給養はいっさい現地調弁によった。コータマレインからの補給はわずかなものであった。私の着いた日の前の晩に、大隊長はサルウィン河を舟でくだってパアンを経て、コータマレインに帰っていったという。私もここには一泊しただけで、きた時とおなじ道をコータマレインに向けて出発した。

夕方、伝令と二人で牛車に乗って出発した。はじめのうちは相当な速度で走っていたが、ラインブエをすぎて往路に雨のために休息した集落で、とうとう御者の進言をいれて民家に泊った。

翌日は日中にもはばからず、開豁地を爆音を耳にしながら、大胆不敵にも、走りつづけた。一度は道の真ん中に牛車を乗り捨てて退避した。午後三時、三叉路にでたところで、パアンは爆撃の危険があると知り、むしろこのあたりに泊ろうと思った。三叉路を左にまがり、夕方までかかって、かつて常木少尉がいる第二野戦病院の宿営地と聞いたことのある集落にはいり、村長の家に泊ることにした。

この集落は、広い地域わたっておおくの戸数があり、いずれも大きな家であった。村長の家には一五、六人の家族がいたが、それでも家のなかは淋しいくらいで、私には寝台があてがわれた。

私は日が暮れるまでに常木少尉を訪れ、夕食をご馳走になって久闊《きゆうかつ》を叙した。日が暮れてから宿舎に帰り、村長と国際情勢や日本の話などをして聞かせ、東亜共栄圏の構想など話したが、彼は私の説明を理解したようすであった。村長はなかなかの物識りであった。

翌朝、ここを出て北西にパアンの方角にもどるのをやめて、逆に東南に、すなわちモウルメインに通ずる方角に向かった。村長から聞いていた地点から、山塊を横断する道にはいっていった。

山地にはいる前に雨に降られて、二、三時間休憩した。山塊を横断するのに、約三時間を要した。コータマレインに帰ってから先日、常木がいっていたことを思い出し、わが隊から牛車と兵士を第二野戦病院に出して、現地砂糖をわけてもらった。

常木は第二野戦病院から師団経理部に復帰することになっていた。また、野戦病院も移動するので、各人に分配したあとでもかなりの余剰が出るので、私の方で入用なら取りにこさせてくれといっていたからである。

常木は経理部から野戦病院にきてからも、経理学校で習ったとおりの定量主義をとり、献立表や給養関係の記帳も毎日実行していた几帳面な男であった。補給もない野戦で、定量主義や栄養学を考慮できた主計はほとんどなかったと思う。

我々のように、つねに第一線部隊にいた主計などは、どうせ、いつも足りない、たまに物が手にはいった時には、よけいに食わすのが当たり前だった。また、これが主計の腕の見せどころとなるから、常木のような真似は、したくともできなかったのである。

この時期、太平洋戦局の全面、とくにビルマ方面の彼我の戦局は、大きな変転をきたしていたようで、幾度かの団隊長会議の結果、新しい事態に対処するため、師団はおおはばな人事異動をおこなった。新作戦も下令されて、わが第五大隊もせっかくの陣地構築を中止して、コータマレインに再集結することになった。

いっさいの戦闘行為を終結すべし

ある小雨ふる日、私は師団経理部へ連絡にいくためにコータマレインを発ってオンタビンに着き、その夜は川岸の家に泊った。川が増水していて、もと曹長室だったこの家のあたりまで水がきていた。その夜は昭和二十年（一九四五）八月十五日で、偶然にも大隊長も副官も、ここに泊っていることはわかっていた。

八月十日ごろから、師団の行動方針は次のように決定していた。すなわち、サルウィン河の線を死守して、泰緬国境付近で玉砕する任務と、マレイ半島北部に予想される連合軍の上陸企図を妨害する作戦とをあわせ遂行するため、師団はこの機に二分されることになったのである。

私が属した山砲兵連隊も二分され、すでに部隊の編成や人員割り当ても完了し、近くマレイ組は新部署に向かって出発することになっていた。八月十二日には人名が発表され、新編成が決定した。

主計将校関係では、私と第一大隊の藤田少尉が死守部隊に、宮川中尉と東条中尉がマレイ半島行きとなった。

前記したように、八月十五日の晩にオンタビンに宿営した私は、夜半、すなわち八月十六日午前二時に起こされた。私は前日、陣地から帰ったばかりで、かなり疲れていた。ここには、私たちのほかには幾人も日本兵がいなかった。私は、起こしにきた大隊長の伝令、杉田伍長の声に、まさしく飛び起きた。

「大隊長殿の宿舎まですぐこられるよう、大隊長殿の命令です」

杉田伍長の声である。こんな深夜になにごとかと、不吉な予感がしないでもなかったが、いそぎ大隊長宿舎へと向かった。しとしとと雨のふる暗夜であった。

石塚末吉大隊長の部屋では、わびしくランプがうるんでいる。重松副官が先にきていて、安眠の途中をやぶられたらしく、眠そうな目をしょぼしょぼさせている。

私は黙って大隊長の前にある椅子にすわった。はじめからいやにしーんとした雰囲気に、つい私も無言となった。しばらくは沈黙がつづいた。大隊長はことさらにあらたまって、終戦の命令を言葉みじかに述べた。

私はそれまでに、この言葉を、もしやと予測はしていた。大隊長の話は、大本営からの無電を師団司令部で受信したものであった。八月十五日午前零時を期して、いっさいの戦闘行為を終結すべしというのである。我々日本は完全に敗北したのである。

建国いらい、不敗の信念にかたまった我々日本人が、ここに連合軍によって打ち倒されたのである。私は、あるいはそうかとも思っていながら、それかといって、にわかには信じられなかった。確固たる覚悟のもと、米英にたいして宣戦したことは、日本が勝つか、日本人が地上から抹殺されるかを意味していたからである。

すくなくとも私は、そんな信念でいた。私が日本をはなれてから二年間、たしかにビルマの戦況は不利であった。誰が優勢だったといい得よう。日本軍の航空機の参加は、我々第一線の者は一度だって知らなかった。

それでも我々は、太平洋の主決戦方面が多忙なためと信じ、やがては勝利の栄冠に我々の苦労も報いられるのだと思えばこそ、筆舌につくしがたい苦難の闘いに、歯を食いしばって耐えてきたのである。しかも、終戦の命令をだしたのは、内地にいる大本営ではないか。一人残らず損耗するまで、民族の血のあるかぎり戦うべきではなかったのか。聞けば、内地の数ヵ所に新兵器という爆弾が投じられ、多数の人が損害をこうむったという。そのために手を上げたとしか思われない。

我々は雨季明けを待って、まだまだ対敵行動にはいり、今年こそはチンドウィン河の線まで回復し、いったんは荒野にさらした戦友の屍を回収しなければならぬと、意気ごんでいる最中であった。私は隊長の前で泣くに泣かれぬ気持ちで、二、三時間はじっとこのような感慨にふけっていたと思う。さぞ他人が見たら、魂の抜けたような姿であったであろう。

やがて大隊長は、緊急に処置すべき事項について、私たちと打ち合わせをはじめた。鶏鳴の聞こえるころ、私は大隊長宿舎を辞去して自分の宿舎に帰った。

八月十六日の夜明けには、すでに雨もあがって、いつもと変わらぬ朝であった。朝食を終えるや、私は経理部行きをとりやめて、コータマレインにもどることにして、山原中尉と別々のレイに乗って出かけた。

私の舟には第七中隊の原井曹長が乗っていた。隊長の話を聞いて数時間がたった今、私の考えはひじょうに明晰な、しかも冷静で確固たるものとなっていた。

これは今から考えると、いくぶん単純すぎたと考えられないではないが、あの時期におかれた状況下において、私のいつわらざる考えであった。コータマレインに着いてから、皆に静かにいって聞かせた内容となったのである。

レイはいつものコースを、コータマレインに向かってピッチをあげて進む。途中ほとんど休憩もせず、夕刻ちかくコータマレインに到着した。上陸すると、山原中尉は指揮班長の松村大尉に大隊長の趣旨を伝え、松村大尉は中隊長の緊急会議を召集して、善後策を協議していた。

私は経理室に向かった。当時、わが大隊はあらたに二つの部隊に改編されるため、陣地構築隊もすでにひき揚げていて、大隊の兵力はコータマレインに集合していた。

ちょうどこの日は、二分されるのを期して、中隊ごとに送別会を準備中だったり、すでにはじめている中隊もあった。

生命あるかぎり

私は経理室にはいると、全員を事務所の裏にある倉庫に使っていた部屋に集合させた。この時期、経理室勤務者は七、八名だった。私の態度になにか異常を感じとり、集合しても、皆は黙って私の出現を待っているようであった。

一同が起立して一列横隊にならんでいる前に、私はわざと時間をおいてから部屋にはいっていった。そして、きわめて平静に（すくなくとも自分ではそう努めた）終戦の報を伝え、一同の感情が爆発する暇をあたえず、私の考えと爾後の行動の基準と、すべきことを心をこめて語って聞かせた。

聞いていた一同は、涙をおさえきれなかった。私がいって聞かせた私の考えは、つぎのように要約されると思う。

我々は祖先の後継者として、祖先の意志を継ぎ、これを完成へみちびくことをもって、現在の世代に生きる日本人の最高の任務としていた。我々は祖先の血の発露としてのみ、生存する価値を有するのである。幕末の開国いらい、我々の祖先は、日本を世界の一等国として君臨させるために日夜、努力してきた。幸いにも、その労が報いられて、世界の主要国として三大強国の一つに数えられるようになった。そして、我々の世代にいたり、我々は祖先の意志を完成させるため、我々の責任において、ここに未曾有の大規模な行動を敢行したのである。ところが、結果において我々は、この大業に失敗して敗戦国となってしまった。

この責任は誰にあるのか。政府だけでもない。特定の指導者だけに責任があるのでもない。じつに、現在の世代を担当して今生きている我々日本人全体の責任なのだ。祖先にたいして、どうして言い訳ができよう。ここまで考えてくると、今後、我々のとるべき態度、決心はどうあるべきか。

私はここで、さらに語調を強めるのであった。

なんとしても、我々が前代からうけ継いだ状態にまで回復してからでないと、次代の者にひき渡すことができないという責任感が、潮のように湧かねばならない。敗戦という事実があきらかとなった今、我々生き残った者のなすべきことは、これだけであり、また、ぜひともなさねばならぬことである。したがって、ここにおいて切腹をしたり、軍隊から逃亡したりすることは、その至高の責任を回避するもっとも恥ずべき卑怯な行為である。こんなことで責任をのがれることはできない。

我々は泣くこともない。失敗したみずからを反省して、今後、生命があるかぎり国家、民族の回復に渾身の努力をつくさねばならない。これを避けようとする態度は、もってのほかである。

これが、このときの私のいつわらざる心境であった。このような基本的な考えに立脚して、私はとりあえず目下の行動にかんして、つぎのようにいい聞かせた。

我々はどんなことがあっても、日本人としての誇りに生きること。日本人に生まれ、日本人として行動し、日本人として死ぬ。決して一コの動物として生きてよいというものでなく、日本人だという認識のもとに生きるべきである。

にわかに軽率な考えに走り、逃亡してビルマ人になって一生安楽な生活にはいろうとしたりしたならば、我々の重大な責任から逃げだすばかりでなく、日本人としての誇りを捨てることにもなる。そのくらいならば、いさぎよく果てる方がまだましである。ああ、戦闘中に日本の勝利を夢見つつ死んだ戦友は、まったく幸福であった。

一同は声もなくすすりあげていた。じつに劇的な情景であった。私が静かに語る言葉に、皆は涙とともにうなずいていた。

このように、帰趨に迷うような重大事が発生したとき、指揮官個人の信念と教示が、いかに部下の心と行動を左右するものとなろうか。わが大隊内で、このように理性的、理論的に部下をさとした指揮官は、何人いたであろうか。

将校みずからが感情的に部下に接したことがおおかったが、それが自然であったと思う。それほど終戦のショックは激しいものであった。私には幸い、ボートの上で十数時間の思考する時間があって、冷静になっていた。このためか、経理室からはついぞ無思慮な行動をする者が出なかった。

私のこのような考え方は、帰国するまで変わらなかったし、今でも変わっていない。部下たちは、つねに私の行動と言葉の基盤におちついていた。事実、どの中隊からも、遅かれ早かれ多数の逃亡者が出た。これは指揮官の信念と教示に、はなはだしく左右された結果であったと思う。

訓示を終えて、我々は夕食の席についた。なんともいわれぬ放心状態で、経理室からは魂が抜けているように見えた。全員にとって、終戦の報は生涯で最大のショックであっただろう。

食事が終わりきらないころに、大隊本部の元村曹長が狂ったようになって経理室にはいってくるなり、私の前に立ち、「主計殿、どうしてくれるか」と、せまった。極度に酒に酔っていた。

松村大尉から終戦の報を聞かされて、むやみに酒をあおってきたらしい。彼はつねづね優秀な指導力を発揮すると定評のある、信頼すべき下士官である。

私は、なんとかして感情をしずめて、理非をさとそうとしたが、なにぶん過度に酔っていてどうにもならない。言いたい放題にさせておいたら、やがて寝入ってしまった。

しばらくして起きてきたので、私は自身の見解を、信念をもって聞かせ、確固たる思想を吹きこもうとしたが、まだまだ暴れるばかりであった。その晩のうちに、第九中隊では一コ小隊の大部分が、そっくり隊を組んで逃亡した。機関銃も食糧も携行していった。

この時期に部隊から逃亡していった人たちの思想を大別すれば、次のようになるのではないかと思われる。

一、第九中隊の集団逃亡した小隊は、小隊長の高見中尉自身が従軍間、肌身離さず『神皇正統記』を携行したように、忠君報国を至上としていた。このように、ごく少数の人々に見られたものが、やがて英軍の捕虜として行動する屈辱に忍びず、兵器をもってビルマの奥地に潜入し、ゲリラとして盤踞《ばんきょ》し、いつの日にかふたたび日本軍がビルマに旌旗《せいき》をふるうとき、かつての「マレイの虎」のように有力な協力者となって、ほんらいの意志を達成しようと考えていた。

二、大多数の逃亡者は、やがて英軍の捕虜となったら、かならず殺されるから逃げるという単純な考えであった。これは日本軍が中国、マレイなど、従軍地で敵軍の捕虜にたいしてとっていた考えや行動を、そのまま立場を逆にして想像したものであろう。

三、これも多数の者にあてはまるが、ことに老兵におおかった。敗戦の日本に帰っても、もはや以前のような生活は期待できず、最低の生活になる。とくに、内地に身寄りのない者などにおおかった。帰国しても面白くないから、ビルマ人になって、ビルマ娘と結婚して安住した方がましだろうという考えである。

このような考えから逃亡する者が、共通して大きな誤算をしていたことに、彼ら自身が気づいていなかったのである。現在においては、一個人のみでは生活できないということである。

日本人は、日本という国家の背景があって、はじめて生活をまっとうできるのである。上記の三つの考え方のうち、わずかに成功した者があるとすれば、それは第三分類に属した人たちで、ビルマに帰化した者であろう。逃亡兵だけで、兵器をもって山中に盤踞したり、集落をつくるなど、絶対にできるものではない。

このことは、そのとおりの事実となってあらわれた。まもなく部隊にもどってきたり、終戦後、ビルマ人の情報によって英軍に捕らえられたのをみても証明できる。

私の考えでは、捕虜になって、たとえ惨殺されようとも、日本人の誇りをもって死ぬことの意義を強調するのである。

もうひとつ、逃亡者たちの考えちがいがあったのは、英軍もかつて日本軍がやったような野蛮な行為にでるだろうと思っていたことである。

外国人の顔など一度もみたことのない者が多数いる日本の軍隊であってみれば、それもやむを得ないことであろうが、事実はジュネーヴ条約を教わり、人権を尊重する、より高級な英国民であったことを、あとになって認識するのである。この日から、逃亡者は頻繁に報告された。

コータマレインに集結していた第三大隊は、さっそく舟によってオンタビンに移動した。牛車は最小限にきりつめて陸地をいき、パアンでサルウィン河を渡ってオンタビンに向かった。この大量移動で、主計以下の経理室は夜を日についで苦労を強いられたのである。

第十一章　武装解除

再びオンタビンへ

私は糧秣輸送のため、清水大尉らとともに最後までコータマレインに残っていた。イビで借りた牛車四台はコータマレインの村長にあずけて、もしイビから取りにきたら返してくれるように、くれぐれも依頼した。

第九中隊では中島中隊長が、一コ小隊の逃亡者をみずから探しにでかけた。せっかく探しあてても、逃亡者たちは中隊長の言葉を聞くどころか、中隊長に小銃を突きつけて「帰れ！」というのだった。ついに彼らを思いとどめさせることができなかったと、中島中尉は疲れはてて、真っ蒼になって帰ってきた。

八月二十日、全員がオンタビンに向けてコータマレインを離れた。私も事務を整理し、糧秣の発送を終えて、清水大尉とともに引き揚げた。（二四九頁地図参照）

河口にあるパオンの集落には、まだ警備隊が残っていた。大風雨のため、不本意ながら我々はここに一泊することになった。濡れきった衣服を乾かし、あとはただ寝るだけであった。翌日の夕方、オンタビンに到着した。

オンタビンには約二週間、滞在することになったが、この間の記憶には特筆するものがない。終戦にともなう書類の整理、糧秣の応急輸送に忙殺されていたからである。大隊本部の事務室が功績関係、戦時名簿などの整理、不要書類の焼却、作戦書類の緊急処分などに日夜、没頭したのとおなじように、経理室でも金銭書類の整理、糧秣、衣服の所持数量の調査一覧表の作成に、和田軍曹を専念させた。

日常の給養は、終戦により軍票の価値が急激にさがったのと、長期にわたる調達の結果、物資が枯渇したために、おそろしく物価が上昇していた。

そのうちに経理関係では、連隊統合の給養方式をとることとなった。統合経理室がアレイワとオンタビンとの中間にある寺院に集合され、連隊本部、第一、第二、第三大隊の経理室が一緒になった。ここから直接、各中隊に糧秣を分配した。

前回、我々が使っていた宿舎は大隊長宿舎となった。またあらたに第八中隊がくわわったので、前回とは宿舎の配置がことなっていた。日本軍が命令によって武力行動を停止したので、近隣集落にはゲリラが出没するようになった。ことに夜間は、無気味な小銃の音があちこちの集落から聞こえてきた。遠い小銃の音に目をさまされることがしきりであった。

しかし、日本軍の駐留する集落は安全だった。現住民は我々の駐留をむしろ歓迎した。日本軍のいない集落は、例外なくゲリラのために金銀財宝を奪われてしまった。

この間の給養方針は、予想される英軍の指示による移動を考えて、柔軟性のあるものとなった。糧秣の輸送は、マルタバン～タトン道九マイルの倉庫に集積するものと、チャウサリーからアレイワに運ばれるものとにわかれた。私は主に、パウンの野戦倉庫からの受領を担当した。

主食はとうぶんの間の分量を各中隊に配給して、経理室では日々の副食を調弁して分配することに主眼をおいた。野戦倉庫は、未交付の累積した被服をあわてて分配しだした。英兵がはいってくるまでに、在庫を皆無にしておこうという考えからであった。

第一次オンタビン駐留のころから、数次にわたって被服が交付されてきたので、長い間、乞食のようであったぼろぼろの被服は更新され、いちおう各人にいきわたっていた。このたびの交付によって、見られても恥しくないまでになった。

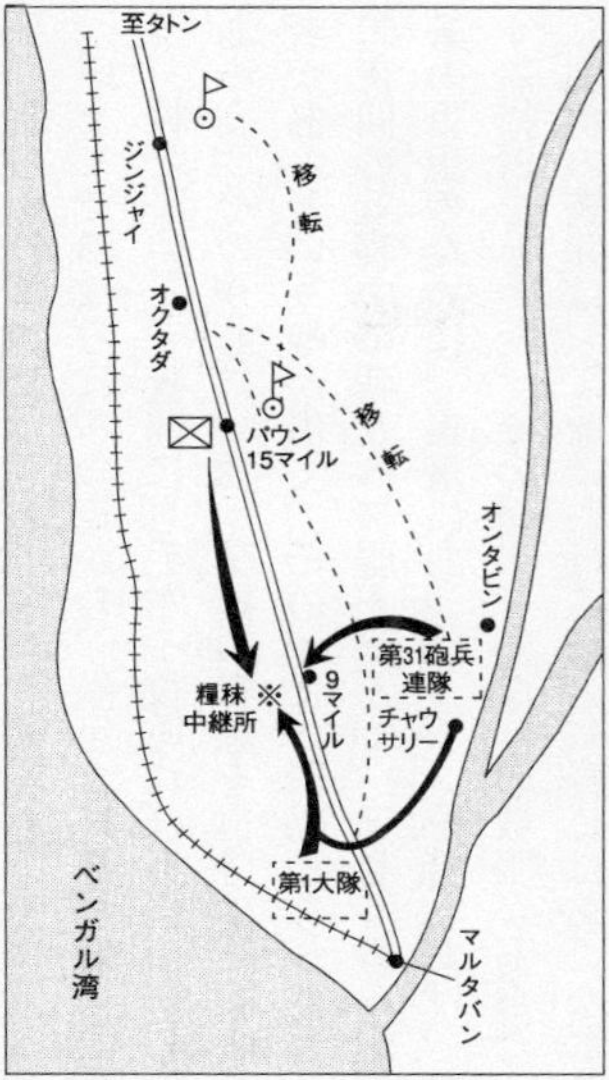

しかしながら、この時期から無思慮な兵士たちが、緊急にはいらない被服を現住民に提供して、地方酒や砂糖を手にいれたり、現地の煙草と物々交換するようになった。その程度が憂慮すべきものであることが、一、二回おこなわれた被服検査の結

果、明らかになった。

いままでのぼろぼろの姿から、満足すべき程度に改善できたのと、日中は半ズボンとシャツ一枚でよいし、夜間にも毛布一枚あれば不自由をしのげたから、こんなことができたのであろう。そのうちに、物々交換の資源を自分の被服をもってせず、戦友のものを盗んでする者があるという噂が出て、そのつど一騒動となった。

夜間の就寝中に戦友の被服を盗んで、通じている現住民にひき渡していた。一方、私は古着の更生のために、集落にあったミシンを借りあげ、縫製兵を動員して、部隊の古着を活用する措置をとった。その結果、かなりの被服があらためて着用されるようになった。

副食の調弁は、以前におけるほど気軽にはおこなわれなくなった。住民がみずから物資をもって売りにくることもなくなり、経理室が毎日、調弁隊をくりだして、なかば強制的な調達となった。したがって、給養もにわかに悪くなり、以前のような贅沢はできなくなっていた。

オクタダ移転

一九四五年（昭和二十）の九月になると、連隊はタトン地区に集結を命ぜられた。所属大隊は逐次オクタダを経由して、タトン地区に向かうことになった。いままで持っていた牛車は、大部分をオンタビンに残置して、必要な数台のみを携行した。

経理室は最後まで残って糧秣の輸送にあたり、一方、経理書類の整理に腐心した。オクタダへ移転するうえにおいて、糧秣輸送の中継地として、かねてより予想して集積地としていた九マイル地点の倉庫を、そのまま活用した。

当時、連隊本部と第二、第三大隊はオンタビン〜アレイワ地区にいたが、第一大隊はマルタバン付近に駐留していた。連隊統合経理となった以上、連隊全体の糧秣輸送の統一を促進するため、私が九マイルにおける集積、出荷を担当して促進することとなった。

九マイルの中継所にはいってくる糧秣は、オンタビンおよびマルタバンの各大隊から牛車によって輸送されてくるものをはじめ、パウンの野戦倉庫の閉鎖により残存糧秣をことごとく分配したので、これを受領する東条中尉から牛車や、時にはトラックで後送してくるものがあった。また、チャウサリーに残っていた糧秣を、マルタバン経由でトラックで送られてくるなど、雑多をきわめた。

すでに分配の方は、大隊ごとに区分されることなく、連隊総合で各中隊ごとにとり扱われた。

もうこの時期、雨季はほぼ終わっていたが、思い出したようにときどき時雨《しぐ》れてくると二、三日降りつづいたりしていた。九マイルの地点付近に、山原大尉が第三大隊の連絡所として出ていたが、彼らからしばしば酒代を出してくれと頼まれて、拒否したことを思い出す。

我々の中継所は九マイル地点から約五〇〇メートルばかりマルタバンの方に寄ったところにある石壁造りの中国人集落を利用していた。終戦までは、ときどき襲ってくる敵機を警戒して、糧秣はできるだけ分散して、幾ヵ所にもわけて保管していた。

監視兵を一〇名ほどおいて、とくに在庫数量の確実な把握をするようにしていた。ある日、私が最後にパウンの経理部にいき、常木少尉と話しあっていると、ビルマ人による逆襲騒ぎがあった。この数日前に、パウンの野戦倉庫からキャラコ地の反物を四〇反《たん》、夜のうちに現住民に盗まれた事件があった。

野戦倉庫はあらゆる手段を講じて犯人をつきとめたが、すきをみて逃げだした。倉庫勤務者が数名でこれを追い、ある集落のはずれで濁流さか巻く川に飛びこんで姿をくらまそうとしたところを捕まえた。

野戦倉庫のなかに後ろ手に縛って共犯者を白状させようと、あらゆる方法で追求した。さすがにビルマ人だけあって、自分は殺されても、他人の悪行については絶対に口を割らず、手を焼いていた。

倉庫の某兵士が銃剣をぬいて、男の胸元に突きつけて白状をせまっているのを私が目撃したときも、いっさい白状しない。竹の棒で頭部を殴っても口を割らず、「ナムレブ（私は知らないの意）」をくり返すのであった。

このあと、彼が白状したのか、どう処置されたのか、私はまったく聞いていない。この男が付近一帯の集落では毛虫のように嫌われていたので、この逮捕を付近の住民はむしろ喜んでいた。

ある日の夜、私がパウンの経理部で常木と話していると、約二〇〇メートルほどの鉄道線路の方角から、小銃、軽機をふくむ襲撃の声が聞こえてきた。倉庫の人の話によると、犯人を取り返しにきたものらしかった。

小銃弾の数発が、野戦倉庫の上をかすめる音が不気味に通りすぎたので、私たちは思わず部屋の腰掛けの下に身を隠した。野戦倉庫の兵士と近隣の部隊が出動する足音がしたかと思うと、鉄道線路の方角に小銃や機関銃の激しい発射音が聞こえた。

この騒ぎも、しばらくすると静まって、もとのような平和な宵が回復した。この晩は常木少尉と経理部の将校室で一泊して、翌朝めずらしく爽やかな朝の空気を吸いながら、トラックに便乗して九マイルの中継所へもどった。

予定された糧秣が九マイルの中継所に集まり終えたと思われるころ、いよいよ連隊はオンタビンからこの道路に出てきて、オクタダに向かった。牛車にはいろいろな荷物を載せて曳いていった。

兵士たちの顔は希望をうしない、死んだ人形のような面持ちで、ただ当てなく歩いているといったようすであった。部隊がオクタダに向かって進むのとは逆に、ラングーン方面からさがってきた楯《たて》兵団の部隊が、九マイルの地点からオンタビンの方にはいっていく。どうやら命令がまちがっていたらしく、その日のうちに九マイルの地点までもどると、マルタバンの方へ行進していった。

我々の連隊が通りすぎてまる一日たってから、我々はトラックに糧秣を満載して、一〇両をつらねてオクタダに向かっていた。オクタダに着くと、沿道の家屋はすべて兵士たちの宿舎となり、じつに賑わっていた。

輸送されてきた糧秣は、オクタダの寺院に運びこんで集積し、我々はふたたび本道路に沿った家屋群にある連隊統合経理関係者の宿舎にはいった。同夜は寺院の構内に松明《たいまつ》をたてて、各中隊に精米の交付をおこなった。道路上は大いに混雑した。

オクタダの駐留はもともと暫定的なものであった。つぎはジンジャイに移動する命令がだされ、移動前日の夕刻、私はパウンの野戦倉庫へ整理品の分け前をとりにでかけた。

師団司令部はすでにジンジャイに移動したあとで、パウンの集落では、野戦倉庫に少数の兵士がいるだけであった。ひっそりと寂しくなったなかで、さんざんに使いよごした日本軍の跡が雑然として、死滅の様相を呈していた。野戦倉庫には、手の早い他部隊の経理室や給養係がきていて、目につくものはなんでも車に積んで持ち去っていた。

こうなると、倉庫勤務兵もはやく片をつけてジンジャイに行きたい気持ちになっていた。はやく荷物がさばけるように、受領伝票の記入、交付もせず、各隊の取るにまかせていた。私も幸い牛車を二台連れてきていたので、米、塩などを手ぎわよく積みこんで、そうそうに引き揚げた。

睡蓮の茎が野菜の代用

九月十日、連隊は前述のとおり、命令によってオクタダからジンジャイに移動した。この間の行程は、行軍で約七時間である。

我々がパウンで入手した荷物を載せた牛車とともにオクタダに着いたとき、もはや集落は無人となっていた。我々は行進をつづけ、ジンジャイには部隊がついた翌日に到着した。

ジンジャイは相当に大きな集落で、幹線道路の両側にかなりの戸数がならんでいた。そのうえジンジャイでは、どの家にも現住民が残っており、若い娘などが退避しているほかは、にぎやかなビルマ語が町にあふれていた。

我々はかねてよりジンジャイで武装解除をうけ、日本軍隊としての誇りを最終的に捨てなければならぬものと聞いていた。インパール作戦発起いらい、日本軍の装備は劣弱化する一方であった。個々の兵員の生命をささえる糧食と被服も、補給の欠如と環境が苛酷なため、人間ともつかぬ二年間であった。

もぐら生活を生き抜いた身には、なれてしまえばそれほどの苦痛とはならなかった。しかし終戦後、しだいに人間が自己をとりもどしてくると、物資にたいする欲望はかぎりなくひろがってきた。

二年間、ほとんど安心して人間の家に住まず、降雨にたたかれながら土の上に暮らしてきた。それが、ジンジャイではとにもかくにも、ビルマ人の家屋に宿営できた。将兵は睡眠と栄養回復を緊急に必要とするようになった。

ここに、またもや軍医と主計の任務が重要となり、一刻もじっとしていられなくなった。ところが敗戦によって、日本軍の行動は極度に制限されていた。現地住民の我々にたいする協力度も日ましに薄くなって、日々の糧食を充足することすら困難になってきた。

連隊長は、英軍が進駐してくるまでに、できるだけの給養をして体力を回復し、戦時の行動間とおなじように軍紀を厳正にして、団結してことにあたらねばならぬとの方針を示した。将兵は、英軍がいつ進駐してきてもよいように、作戦にかんする資料を処分し、患者の手当に専念した。

その一方で、長年愛用してきた陛下の兵器も、遠からず敵方に引き渡さねばならないので、せめて大和魂を笑われぬようにと、兵器の手入れにも従事した。良好な給養によって体力を回復させる方策と実施は、我々連隊統合経理室の手にゆだねられた。

当時、連隊経理室は本街道上の、もっとも後方にある民家にはいっていた。師団経理部で日々進められ交付される野菜類と肉類を、他部隊に先んじて有利な受領ができるようにと、交付所の向かい側の家を選定した。

ここに主計将校が四人、すなわち高級主計の宮川中尉、東条中尉、藤田少尉と私、それに主計下士官全員が一緒に起居し、各隊からだされた経理室勤務の下士官、兵は毎日、ここに通勤させた。

充分な給養を実施するためには、師団から受領する分だけでは不充分であった。連隊独自でも調弁しなければならなかった。

藤田少尉は鉄道線路を越えて、マルタバン湾の海岸地方に一〇名ほどの兵士とともに、一週間がかりで魚類と豚肉の調弁にでかけた。住民の協力が得にくくなった今日では、調弁隊も有力な兵器の携行が必要であった。

私はとうぶんの間、師団の野戦倉庫へ日に何度も往復して、主に被服、需品のすばやく有利な受領のための運動をしていた。これらは、ビルマ方面軍のモウルメイン貨物廠に集積してあったが、作戦間の輸送が困難なために取り残されていた物資を、にわかに前送してきたような品物ばかりであった。

緊急に必要な着装衣服はなく、軍靴にしても一〇文《もん》以下と一三文しかなかった。私は住民宣撫のための綿布を大量に持ち帰り、各自に襦袢をつくらせるようにした。

モンスーンの雨季は終わったはずなのに、雨が毎日よく降りつづいた。将兵は住民の家の板の間に竹製のアンペラを敷き、その上に天幕や毛布の半切れを敷いて寝ている。この期間、主食はオンタビンいらいの集積でどうやら定量をあたえることができたが、副食にいたってははなはだ貧弱であった。

私は衣料品受領を二、三日で東条中尉に交替してもらい、あらたに野菜集めをひき受けた。野菜といっても、内地で想像するようなものはない。現地の住民も食べない睡蓮の茎（チャンユー）を採集するため、はるかマルタバン湾にはいっていったのである。

毎日、村長に十数人の住民を供出してもらい、各大隊から体力の弱っていない下士官、兵を十数名だして、住民の舟に乗ってマルタバン湾に漕ぎだした。鉄道線路を越えると、雨季のために一面の水たまりとなっていて、広々とした海につづいていた。

約一時間は棹《さお》で舟をすすめねばならないような浅い海であった。たぶん、乾季には陸地となるのであろう。舟の前方には一面に睡蓮が茂って、水面が見えないほどである。舟底がつかえて動かなくなると、全員が舟を降りて、軽くなった舟をかつぎあげるように前進させる。

水の中にはいると、底はまるで沼地のようにぬるっとしていて、足が一五センチも泥にめりこんでしまう。ふたたび乗舟すると、両足にヒルが二、三匹へばりついている。すっかり栄養のきれた身体から、思う存分に赤黒い血を吸っている。

我々は舟の中から手をのばして、水面に浮かぶ睡蓮の茎をつかんで、水底までつながっている長い茎を摘みあげる。このように苦心して採集した睡蓮の茎が、野菜の代用として食膳に供されたのである。この地方には、もはやこれいがいに野菜の類にはいるものはなかった。一日の労働を終えて夕方、睡蓮の茎を舟に満載して帰るのであった。

この間、和田主計伍長はもっぱら経理室にあって、作戦間の経理関係書類と帳簿の整理に腐心していた。夜間は私も手伝って、古い記憶をたどり、真実にちかい記帳を完成するのにつとめていた。

名実ともに完全に敗北して

明日こそはと思っていたイギリスの進駐軍は、いまだにやってこない。九月二十日夜、師団からの命令のなかで、英印軍が約半月前からモウルメインにきていることをはじめて知った。

師団命令には、九月二十五日に日本軍の武装解除をみずからおこなえ、という英軍司令官マウントバッテン将軍の命令を報じていた。この師団命令は、九月二十五日が我々日本人にとって開国いらいの屈辱に逢わねばならぬ日であろうと、いまさらのように妙な感じを全将兵にあたえた。皮肉にも、私の戸籍上の誕生日である。

日本軍各部隊は、二十五日にあらゆる兵器を集積して、みずから武装を解いたのであるが、英印軍はまだやってこない。日本人の心理を洞察してのことか、または直接進駐してくるのにたる兵員がまだそろっていなかったのか……。

命令によると、第三十一師団の兵器はジンジャイに隣接するパラの集落に集積（三一三頁地図参照）して、これに兵器監視隊若干をつけ、残りは師団長以下全員がタトンの東方にあるゼマトエ（二四九頁地図参照）を中心とするゼマトエ・キャンプに移動せよとしていた。

このとき、私も軍刀をさしだした、いや提供した。経理学校を卒業する直前に、同僚の候補生とおなじく偕行社で買った昭和刀である。

昭和刀を買ったとき、すでに母方の祖父から家伝の宝刀をいただき、父が私の卒業に間にあうよう軍刀に改装する注文をだしていた。これができあがってくると、父は神妙に正座して油を塗ったり、打ち粉を叩いて、手入れをおこたらなかった。

私が卒業すると、ただちに南方軍の戦線に行くことになったので、家宝の刀は家に残して、昭和刀を携行することにしたのである。

内地を出てから、シンガポール、インパール作戦を経て、シャン高原の病院生活、イラワディ会戦を経験し、このときまで、わが生命として肌身はなさず愛用していた軍刀であった。

雨降りしぶくインパール作戦後期の転進作戦や、ビルマ平原を追われてシャン高原に活路をもとめ、モーチ鉱山からタトンに出るまでの雨季に悩まされた期間には、険しい山坂を上り下りするのに体力が磨耗して、軍刀が杖のかわりになって一命をつなぎとめるのに役だった。いくたびか単身で戦場を連絡のために歩き、将兵の飢渇をふせぐために心魂をくだいて努力したとき、この愛刀がどれほど私を励ましてくれたことであろうか。

拳銃は、我々のようにあとから参加した将校にはあたえられなかった。しかし、軍刀さえ一本持っていれば、どんな危険なところでも、おそれずに駆けまわることができたのである。状況によっては雨の山道などで脚にからまったりして、歩行の邪魔になったこともある。こんなときには、刀を逆にして肩にかついで行軍した。

モンスーンの豪雨で鯉口から水がはいり、刀身に錆をだして、休養期間に錆落としをやったのも、この軍刀であった。私は、いや私も、武装解除で軍刀をとられるのが一番つらかった。軍刀は将校の私有物であるから、武装解除から除外されるとの噂があったが、それは希望的な観測であった。

かくして九月二十五日、いっさいの兵器に類するものは連隊本部に集められた。第三十一師団隷下の各部隊は、集積した兵器を隣接するパラの寺院の一棟にすべて格納した。ここに日本軍は、名実ともに完全に敗北して、戦闘力をうしなったのである。

師団は英印軍がこれらの兵器を受け取りにくるまで、兵器監視隊をつくって兵器の監視と手入れをおこない、りっぱに敵軍に引き渡させることに決した。

我々の大隊長である石塚少佐を兵器監視隊長に任命し、各連隊から将校、下士官、兵各一名ずつを監視隊に抛出させた。そして二十数名の監視隊の給養のため、私がこの任務を担当したのであった。

さらば兵器よ

明くる二十六日、師団は兵器監視隊を残してジンジャイを出発して、ゼマトエに移動した。パラに残った兵器監視隊は、石塚隊長のもとに副官が山原中尉、私が主計であった。その他の人たちについては、今はもう記憶に残っていない。

ただ、工兵連隊から大田大尉がきていた。東京商大の出身（一九四七年の復員後は安宅産業に復職）で幹候上がりである。理屈にかけては誰にも譲らないが、やはり本職の兵隊でないから、ときおり意気地なさがあらわれた。これは、私もふくめて幹候上がりの通弊であろうか。

師団の兵器部長から受けついだ引き渡し兵器明細書を、英文に翻訳する必要があった。私は毎日、大田大尉の依頼によって、彼と二人で英訳にあたったから、ここでは私のもっとも親しくしていた将校である。

夜になると、学生らしい態度にかわって、芸術や文学、経済学や哲学の談義にときをすごした。このときほど、人間の進歩、科学の進歩と、人間の幸福について深く考えさせられたことはなかった。

この間に、原子爆弾が内地の日本人を決定的に無条件降伏へ追いやったことも、ニュースとして報道された。戦争と平和の不断の連続が、人類の歴史を構成しており、将来、人類は科学の進歩によってどうなっていくのかを深く考えた。我々は宗教家のような信仰は持っておらず、あくまでも学生時代のような理智の理論に終始した。

工兵連隊の将校には概してインテリがおおかった。大田大尉は三省堂の英和辞典を持っていた。これが兵器の英訳に大いに助けとなったことはまちがいない。

兵器を集積した建物に向かいあった建物に、衛兵が交替で勤務していた。大田大尉は衛兵所にいるときでも、英和辞典を端から端まで研究して、これを覚えこもうとしているようだった。

英軍の兵器引取員がきたら、英語で対応できるのは彼と私しかいなかったから、学生時代に修得して軍隊で忘れてしまった知識を、すこしでも回復するために努力していたようであった。

私は師団から遠くはなれた兵器監視隊の給養について、まったくその自信が持てなかった。経理室の者が牛車に荷物を満載して、丸腰で立ち去るのを見送ってから、私は急に孤独を感じ、頼りなくなった。

戦闘間は、つねに単身であっても大隊の給養に砕身していたのに、終戦後のなんたる気合い抜けであろうか。武力をうしなった現在、徴発もできないし、軍票の価値はおそろしく下がっている。市場には、本物のルピー貨幣があふれていた。

このような事態を直観して、私は師団の移動にさきだって、師団司令部からありたけの軍票をもらおうと交渉したが、福田主計はいつ入用になるかわからないから、そんなには出せないといって、四〇万ルピーをくれただけであった。

このころ、パラの付近では軍票の価値は暴落していたが、それでもまだ流通していた。ところが、師団が向かった先のゼマトエでは、タトン地区とおなじく、もはや軍票は通用しなくなっていた。私はこのような状況下で、調達の対価としてなにがもっとも有効かを考えた。そして、白の木綿生地を思いたって、野戦倉庫の小島中尉から五反ばかりもらった。

これが、兵器監視隊の給養にどれほど貢献したか、はかり知れないものがあった。牛肉でも、豚肉でも、鶏でも、魚でも一ビース（一・八キロ）が生地一巾《はば》（手の指先から肘までの長さ）で交換できたからである。野菜類の調達はさらに困難となり、集落の子供たちに軍票をあたえ、毎日、小舟をだしてチャンユーを採ってこさせた。

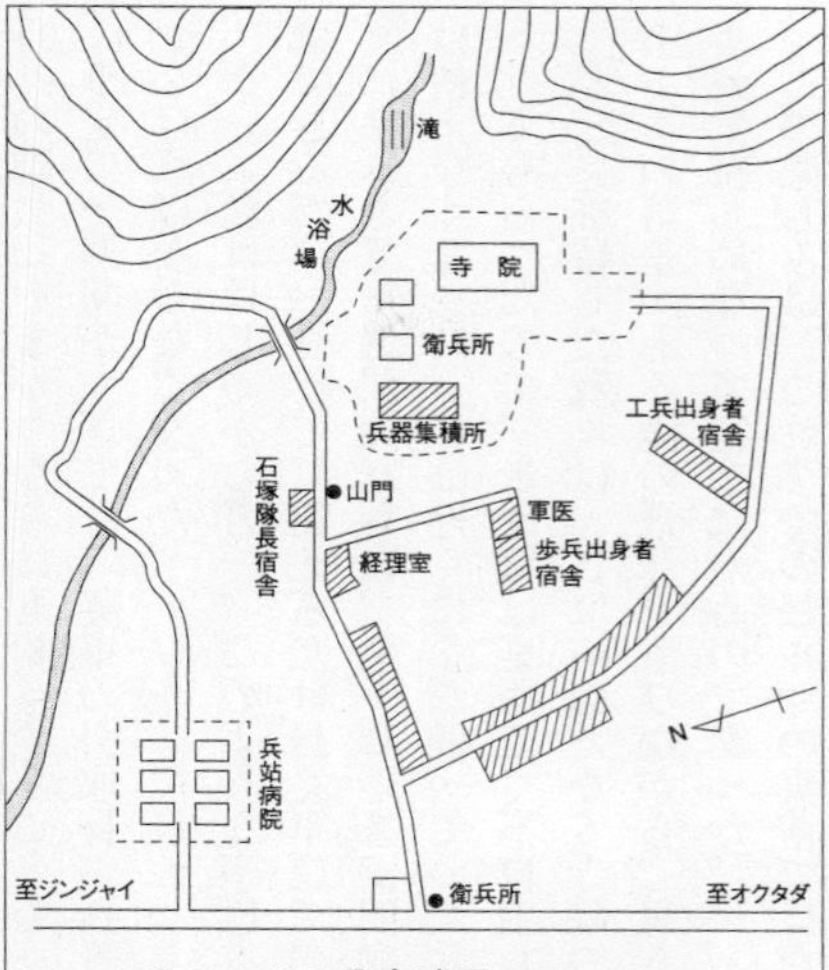

パラにおける分宿略図（昭和20年10月現在）

日本人は定められた地域から外へでることができなかった。また、出られたとしても、武力がなくなった以上、徴発は事実上、不可能であった。パラに駐留の間、私の給養上の眼目は、日々の副食物をまがりなりにも給与することであった。

予定の一週間がすぎても、英軍の引取員が到着しないので、私は予算の食いのばしに努力しなければならなくなった。

幸い、私ははじめから万一、このような事態もあり得るかと考え、大切な生地での支払いはできるだけおさえて、使えるだけ長く軍票での支払いをつづけるように努力した。

パラにきて一週間のうちに、魚一ピースが四〇〇〇ルピーもするようになり、すぐに軍票は使えなくなった。私は近くにまだ残っていた兵站病院にも立ち寄って、いろいろと糧食をわけてもらったので、米や塩はまったく不自由しなかった。

パラに駐留した我々は、日に何回となく寺院の山手にある滝壺まで水浴にいった。二〇メートルの落差がある滝の飛沫《しぶき》を浴びながら、思う存分に暑気をまぎらわせた。洗濯もして、よい気持ちになって宿舎に帰るのであった。

この楽しみは、これまでのビルマの集落ではなかったものである。ビルマ人は雨季、乾季をとわず、日々の用便はこの川ですませるらしく、きれいな両岸の岩の蔭に汚物のひからびた残滓が残っている。用便のあと、川で水浴をすれば、おのずときれいになるというわけである。

ここでは、二週間も欠伸《あくび》をしながら、英軍の到着を待った。十月中旬のある日、ジープに乗った英軍将校が我々の宿舎の前を、滝壺の方に走っていった。長らく東洋人の顔ばかり見てきた我々にとって、彼らの姿や顔がいかにも異様に見えた。

彼らは滝壺で水浴をしたらしく、しばらくしてジープで引き返してくると、石塚隊長の宿舎の庭の前に停まった。さっそく大田大尉と私が呼ばれて通訳となり、二日後の正午に兵器を受け取りにくると連絡して、その日は帰っていった。

過去二週間に大田大尉と私とで英訳した兵器引き渡し品目のリストはひじょうな努力の結果、万事準備できていた。表通りの衛兵所に大きく『第三十一師団兵器監視所』と立札をだし、自動車の駐車場、待合室、便所なども、すべて英文に翻訳して表示した。

兵器の名称を具体的に訳すのが、ひと苦労であった。幸い、コヒマ戦のときに、英軍の兵器を羅列した書類を入手した工兵隊から、大田大尉が持ってきていたので大いに助かった。これとコンサイス英和辞典とですべてを解決しなければならず、本職の給養よりも忙しかった。

兵器引き渡しの当日、師団の兵器部から将校以下三名が応援にきてくれた。この日四時ごろ、英軍はトラック五両とジープでやってきた。引き取りの責任者は大尉で、他に英人二名とインド人の運転手であった。

大田大尉の記憶によると、将校はモントゴメリー中佐（モントゴメリー元帥の弟）とオットウェル大尉で、オットウェル大尉は軍刀の中から『関の孫六』をとって、元帥への土産に英国に持ち帰ったと、後日、英国の新聞に出ていたという。

とくに形式的な行事があるわけでもなく、私たちは彼らを兵器保管所に案内して、まるで兵器博物館でガイドするようにして、大田大尉と私がひとつひとつ兵器とリストを照合して、兵器の説明までつけくわえた。

巡視は約半時間で終わり、あとはこれらの兵器をすべてトラックに分積して、我々兵器監視隊もトラックに分乗して出発したのである。

ゼマトエ暮らし

昭和二十年十月某日、兵器を英軍に引き渡した兵器監視隊は、兵器を満載した英軍のトラックからタトンで降ろされた。マルタバン〜タトン〜ペグー国道から右に別れる道をとると、広い道路を東方に向かって歩いた。

朝夕はかなり冷たくなったこの季節でも、昼すぎの行軍では全身に汗をかいていた。タトンの町は前にも述べたとおり、イラワディ河会戦後、押されに押されてモーチ鉱山をはいまわって、やっと人間の住めるビリンからオンタビンに落ち着いた途中に通過した町であった。

終戦後一ヵ月にもなるので、街をゆうゆうと歩く住民の数が増えていた。武器をいっさい持たない丸腰の身体をひきずり、兵器の監視と引き渡しといった重任を無事に終えた安心感から、いくぶん疲れた気分であった。

石塚少佐以下は、タトンの町をはずれて広い道路を東の方へ歩いていた。背に負うた背嚢が、今日はことさらに重く感じる。現住民のなかには女性の姿もおおくなっていた。果物や菓子をいれた籠を頭上に載せて往来しており、しごく平和でのんびりした風景であった。

ゆるやかに約一時間も歩いて、我々はタインタヤの三叉路に着いた。ここから道を左にとればパアンへ、右にとればゼマトエに通ずる。三叉路には英軍の衛兵所があり、衛兵の立つ背後には、白いペンキのきれいな木造の番小屋が建っていて、一コ分隊ほどの人員がいるようであった。長は下士官で、たいそう威張っている。

我々はこの歩哨線で停められ、取り調べを受けたが、ここでも大田大尉と私が通訳であった。我々の人員数と、どこからきて、どこへいくかを取り調べられた。すでに英軍司令部から連絡があったものとみえ、ここは無事に通り、ついで各人の所持品のかんたんな検査を受けて、ことなく関所を通過した。

道を右にとって東方に向かうと、一面の平原の中につぎつぎと日本軍部隊の宿営地がある。道端に部隊名の表示があって、軍直轄の各部隊が道路の左側にあり、これが終わると烈兵団管下の宿営地となる。それらは天幕か、さもなければ竹材製の野戦建築で間に合わせていた。やがてゼマトエの集落にはいった。道路に面した民家に、我が山砲兵連隊がはいっていた。その先は、道路がドンタミ河の支流にぶつかるところまで師団司令部であった。住民が気をきかせて留守番を残して立ちのいてくれたために、司令部と山砲兵第三十一連隊だけが既設の家屋にはいれたのである。他の部隊は、自隊で野戦建築を建てて、窮屈そうにはいっていた。

山砲兵の吉田宝重連隊長（大佐）が師団でもっとも右翼、つまり最古参の現役だったため、最近では山砲兵はいつも司令部のすぐそばに配宿されていたが、このときもそうであった。

ゼマトエにおける給養は、もっぱら英軍の配給であった。師団司令部のちかくに位置する旧製材工場が野戦倉庫となり、ゼマトエ地区の日本軍用の糧食は毎日、一括して野戦倉庫にはこばれ、午前中に各隊が野戦倉庫まで受領にいった。

このため倉庫は、牛車をつれた受領兵でにぎわった。山砲兵ではひきつづき連隊統合経理をおこなったので、統合経理室が受領してきて、直接、各中隊に分配した。第三大隊のみならず、山砲兵部隊は前述のとおり、かねてから余分の精米と籾《もみ》を持っていて各中隊に分配済みであったので、毎日の英軍給養の不足を、これでおぎなっていた。そのため、山砲兵部隊は他部隊にくらべて、おおく食べていたはずである。

英軍から受領する糧食は、精米または籾にコンビーフの缶詰と野菜類であった。とくに馬鈴薯の乾燥野菜は貴重であった。もちろん捕虜である我々には、煙草、酒、果物はいっさい支給されなかった。

この地区に駐留する第三十一師団隷下の各部隊は、食糧の不足をおぎなうために、アルバイトに精をだしていた。集落においては現住民の仕事を手伝って、金や米をもらった。これは部隊として統一的にやるのではなくて、中隊長あたりが部下に命じてやらせていた。

恥をかえりみずアルバイトを敢行した中隊は、裕福になっていった。わが第三大隊では、第九中隊のほかはほとんどアルバイトはやらず、受領する籾を交替で精白する作業に没頭していた。

この間、十一月、十二月と月をかさねるにしたがい、この地帯も乾季になってきて、晴天の日がつづいた。それでも夜は肌寒さを感じ、毛布一枚では暖かく眠れなかった。

日中はいぜん暑く、ことに行軍ではかならず汗が服を通して流れた。夕方になると、各自は井戸端で水浴し、身体の汗を流すとともに、水浴後の涼気を味わうのが我々の習性となった。

しかし、井戸がすくないので行水に列をなしていた。そのため、裸になってざーっと水をぶっかけて浴びるだけで、日本にいたように石鹼をつけて洗うことはできない。それでも水浴を終えて宿舎で横になると、夕方の涼風に吹かれて、一日でもっとも楽しく、気持ちのよい時刻であった。

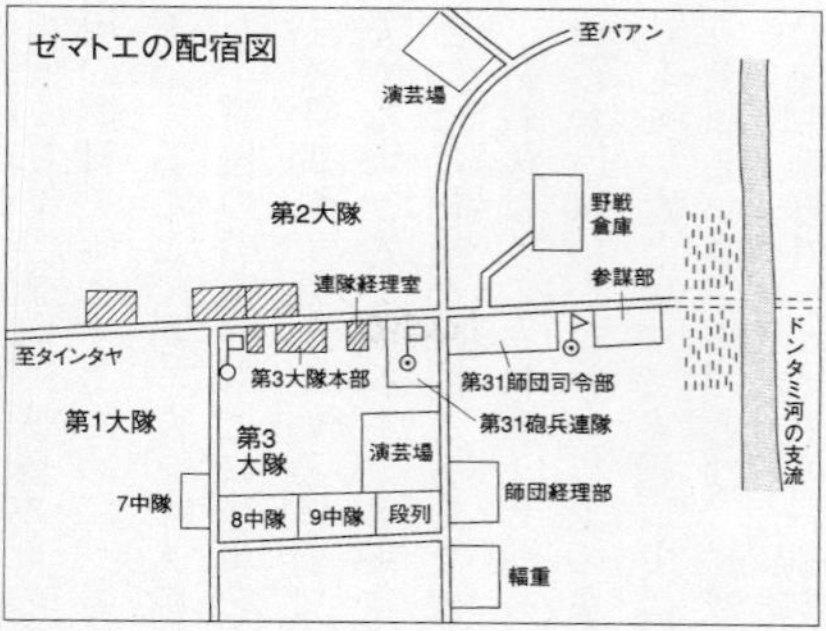

私は、日中は連隊統合経理室に勤務することになった。英軍の給与いがいに経理室で糧秣を調弁することが許されなくなった現在、午前中に野戦倉庫から英軍支給の糧秣を受領して、各中隊に分配するごく単純な仕事を終えると、なにもすることがなかった。

午後のほとんどの時間は、第三大隊本部の宿舎ですごし、夜もここで寝ることにしていた。第三大隊本部のある建物はかなり大きく、建坪五〇坪はあった。通例のビルマの家とおなじく、床下から五メートル以上もあり、梯子をのぼって一階となる。そこは一面に外を見渡せる床敷きで、現住民が小学校に使っていたものと思われる。

その広い空間に、大隊本部の人員が一面に寝ている。部隊の一日の仕事は、炊事用と灯火用の燃料を確保するために、各中隊ごとに人員の約半数を枯木獲りにかなり遠いところまで派遣することであった。多人数の炊事と夜間の暖房のために、毎日、多量の枯木を必要とした。将校の引率のもとに牛車を曳いて、朝から出かけて夕方に帰ってくる。

その間に、残っている人員で、前日に取ってきた木を鋸《のこぎり》で小さく切るのであるが、満足な鋸がなかった。火持ちがよいようにと、なるべく太い木を取ってくるので、これを小さく切るには、相当な時間と労力を要した。私はもっぱら木を切る仕事を手伝った。

終戦後は、ことに兵士の将校にたいする個々の批判がおおく、将校だからといって遊んでいるわけにいかない。以上のように、ゼマトエでは籾《もみ》搗《つ》きと燃料作りに、全員が毎日、汗を流していたといっても過言ではなかった。

司令部や他部隊の者は、終戦後は身体が疲れてしかたないと文句をいっていたが、我々のように戦争中、つねに第一線にいつづけた者たちにとっては、終戦後は天国にでもいったように生活は楽で、毎日の仕事をしながらも、面白おかしくすごしていた。夜になると、食油を燃料にした灯の明かりで、各所で自製の将棋をやっている。このころから、部隊では将棋熱が高まっていった。内地に着くまで、自家製の将棋盤と駒は、兵士たちの奪い合いとなっていた。

大部屋の片隅に将校がならんで寝たので、小野寺軍医、小山獣医らと毎晩、内地の飲み屋の話をしたり、色街のことなど、灯のない暗がりの中で聞いていて楽しかった。

英軍の労役はじまる

以上のような呑気な生活は、そう長くはつづかなかった。英軍はタインタヤの三叉路から中には決して入ってこなかったが、日本側からは参謀部の将校が、通訳とともにタトンの英軍司令部に常駐していた。英軍の発する命令は、連絡将校から直接に師団長へ伝えられていた。

ゼマトエにきて約一ヵ月すると、突然、部隊は現在地に生活しつつ毎日、英軍から指定される人員を労役のため、タトンへ提供することとなった。師団から各隊に人員の割り当てがあると、毎朝六時にゼマトエを出発してタトンまで行軍していく。毎日の人数は日によってことなったが、だいたい各人は三日に一回の割りでめぐってきた。

一九四六年（昭和二十一）になると、一日おきに増加した。英軍キャンプへの労役がはじまってからは、不寝番《ふしんばん》兵が夜のうちに炊事をして、翌日出ていく戦友のために朝食と昼食の準備をして、飯盒につめておくようになった。労役要員は五時半に起床して、六時には部隊が整列して連隊長の閲兵をうけて出発しなければならない。

六時はまだ暗く、霧がたちこめている。朝霧の中を約一時間でタトン市にはいり、英軍司令部の前に、この地区の日本捕虜部隊からの労役要員がそろう。参謀の点呼を受けるころには、英軍側から下士官以下二、三〇名がきて、先方の要員割当表にしたがって、各大隊にこれら英軍の下士官、兵が配分される。

この時刻が午前七時である。それから、英軍兵士が大隊ごとに各所に誘導して、現地においてその日の仕事を具体的に命じると、これを一日じゅう監視している。一日にタトンに集まる日本軍の労役は、一〇〇〇人をすこし越していたと思う。

英軍の司令部は、タトン北方の草原にあらたに建設したり、旧英人家屋を使ったが、現地住民の家屋は使っていなかった。兵士たちの宿舎は、約一コ分隊ごとに天幕宿舎となっていた。すべて鉄製の寝台を使っており、ここにも日本軍の待遇との間にかくだんの差異があった。

我々に課せられた労役は、はじめのうちは、主としてこれら司令部の庁舎、あるいは陸軍病院ふきんの清掃、排水溝掘り、ペンキ塗り、殺虫剤の散布や、乾季にたつひどい砂埃をおさえるために撒水車で地区一面に水をまくなど、いわば召使がするような仕事であった。労働時間は朝七時から十一時半までと、十二時半から十六時までの計八時間で、一時間ごとに一〇分の休憩がある。仕事量のわりに時間が長いので、仕事を緩慢にやらねばならず、今までのようなやり方と勝手がちがうので、兵士たちはなんだか身体がだるくてしかたがないとこぼしていた。

英軍の監督兵は、そのつどこまかいことを言いつけたり、命令したりするので、かならず英語のわかる者がいなければならない。第三大隊では、いつも私が通訳を勤めていた。したがって終日、英軍兵士のそばにいて、逐次発せられる命令を大隊の指揮者に伝えたり、個々の仕事についての不満な点や、やり直しを要する箇所についても、英兵が直接にいおうとしても、すべて私の通訳によった。

私は一般の将兵のような仕事はいっさいせず、一日じゅう英兵のそばにいて、なるべく部隊の仕事が楽になるようにした。そのため、一般的な話題、ことにおたがいの家族や故郷のことなどを、英軍兵士に話して機嫌をとった。

一日のうちに友達になって、ときには英国煙草や米国製の菓子などを適当にもらって、自分も食べ、部隊の兵士たちにわけあたえるようになった。

そのうちに、仕事がやや重くなってきた。英軍が使用する実弾射撃場を建設したり、タトンの郊外に飛行場を作ったり、英軍貨物廠における糧秣の受け渡しを手伝うなど、しだいに重労働になってきた。これらはすべて英軍の方針にもとづいておこなわれ、我々はただ労働力を提供しているにすぎなかった。

タトンの司令部にいた英軍は、英国人とインド人の混合部隊で、グルカ兵も相当にいた。おなじ部隊でも、英国人とインド人では宿舎も食物も、かなりの相異があることを知った。

英国兵には老年兵がおおく、仕事中に彼らの故郷のことを聞いてやると、夢中なって話しだした。煙草をくれたり、缶詰をあけて食べろといってもてなしてくれる。親切な人たちであった。いままでたがいに戦っていた話などは、いっさいしない。

これに反し、インド兵は低級といった感じであった。表面だけ命令すれば、あとは遊んでいるといった具合で、我々としてはしごく扱いやすかった。なかには、ことさらに威張りちらして、始末におえないインド兵もいた。グルカ兵はいっさい口をきかず、必要なことのみを言葉みじかにいうだけで、あとは休憩も合図によるという、勤勉、実直な人々とわかった。このため監督がグルカ人の場合は、私も兵士たちと一緒に働かねばならなかった。

働く場所によって、英兵の日本兵にたいする態度や待遇がことなるので、夜の宿営ではその日のもようを兵士間で報告しあうようになった。病院や貨物廠にいくのがもっとも幸運者であるらしい。

それは働く量の多少よりも、監督兵がうるさいかうるさくないかにおよび、そこで珍しい食物や煙草をわけてもらえるかどうかによって評価されていた。飛行場の開発や演習壕掘りなどが、もっとも分の悪い仕事とされた。

タトンの市中はすっかり活気を回復していた。住民はそれぞれの退避地から復帰したので、商業活動もさかんとなり、街には幸福と安堵感がただよっていた。一般のビルマ人は我々日本軍の労役者には好意、もしくは同情を示してくれた。

昼食休みや一時間に一〇分の休みのときなどに、自分の家に招じいれて茶菓をすすめたり、煙草（セレー）をくれたりした。時計などを出して、ビルマ人から葉煙草を受けとっている下士官を見た。

ビルマ人のこのような好意は、物の取り引きといった観念からではなく、純粋に弱者、または哀れな者にたいする宗教心の発露であった。

我々が英軍への労役に服した全期間中に、雨が一滴もふらなかったため、往復の行軍二時間と八時間労働は、将兵の身体にかなりの疲労を感じさせた。一日をタトンに割り当てられた者は、その翌日は燃料用樹木の蒐集にまわされ、その次の日は薪割りや糧秣受領ということになっていた。タトン行きは三日目（のちには二日目）ごとにまわってきた。

このような平和で規則正しい生活は、戦闘間の終始はりつめた生活からみると、かえって気合いが抜けたようで、頼りない気がした。そんなうちにも、しだいに自由や楽しみを将兵たちは感じはじめていた。

前述のように給養は満足とはいかずとも、英軍から支給される（部隊としてはそれ以上の調達ができない）分で健康を維持していた。しかし、この間に外傷、内科疾患の患者を、早急に回復、治癒させることが要請された。

戦闘間はもちろん、終戦後もたえず移動していた我々の部隊では、患者はとかくなおざりにされがちで、病状は悪化をたどり、回復しにくいものとなっていた。

各隊の衛生班には、すでに幾月も前から衛生材料が枯渇《こかつ》したままになっていたので、いかに腕利きの軍医や衛生兵といえども、薬品やガーゼなしではいかんともすることができなかった。そのためか、軍医や衛生兵は患者に不親切になり、病人を苦しむにまかせておくのが実情であった。

それが、ゼマトエにきてからは、すくなくとも五ヵ月間は同地に駐留したため、薬品類は後方に積まれてあったものが、なんとか分配されるようになった。

しかし、おびただしい外傷患者に必要なガーゼは、いぜん不足していた。汗で汚れたガーゼや繃帯は、何十回も医務室で煮沸《しゃふつ》消毒されては、形がなくなるまでくり返し使用された。

襦袢の裂き切れなども、ガーゼの代用をしていた。外傷で一番おおいのは熱帯性潰瘍《かいよう》で、脚の脛《すね》に直径五センチほどの穴があいて腐っている患者は、わが大隊にも相当いた。

戦闘間に負傷した者は野戦病院にうつされたので、部隊にいる外傷患者は熱帯性潰瘍や、そのほか不潔のために起きる各種の皮膚病と、退院後の処置であった。

その他、全員といってもよいほどマラリアがあり、かわるがわるに発熱していく。キニーネやアクイナミンはとっくになくなり、永らくこれらの特効薬なしできたので、みな悪性になっていた。

ゼマトエ駐留中に、英軍からこれらの飲み薬と注射液を、いくらか入手したようであった。一般にゼマトエ駐留間に、病人もしだいにすくなくなり、将兵の体力も回復していったように思われる。

以上のように、毎日くり返される生活とは別に、心の余裕ができたためか、あるいは敗戦で希望をうしない、すべてを英軍のなすままにしなければ、いつ帰国できるかもわからない状況下に、必然的に積極的な体力増進策、社会人としての教養の習得、ならびに無味乾燥な軍隊生活をうるおすにたる娯楽、余興の開催という三つの事柄が、めだってもりあがってきた。

このようなことは、ビルマに着任いらい第一線に勤務した私にとってはじめてのことであった。おそらくラングーン駐留の方面軍司令部あたりでないと、戦争中は存在しなかったと思われる。

終章　帰国の日

体力と教養をつちかえ

現在のところ、いつ帰国できるかという問題は、まったく憶測もつかないほど、我々の将来についてなにごとも伝えられていなかった。外部との接触は遮断されているし、通信機も持っていなかった。

こうなると、いつになるか予断を許さない帰国の日まで、どんなことがあっても生き抜くために、体力をつちかう必要が期せずして唱導され、ただちに実行にうつされた。その主なものは、ラジオ体操の実施と相撲、陸上競技であった。

これらはすべて、部隊長の命令により正式に実施された。朝の点呼が終わると、板東中尉の指導で全員のラジオ体操がおこなわれた。もっとも音楽伴奏などはあるはずもないので、中尉の号令によった。彼は高野山大学を出て学校の先生をしていただけに、うまいものであった。

相撲は、そうかんたんにいかなかった。また、全員がやるものでもなく、部隊を代表する選手により、師団内の大会に出場して覇を競った。各中隊長からの推薦で、これぞと思う大男が大隊単位で集められた。毎朝、点呼後の一時間、相撲界からきている男に指導され、初歩から練習と試合の儀礼を教わった。

これは猛練習となった。なにぶんにも部隊の名誉にかんするのであるから、大隊長みずからがとくに熱心にこれを支持し、ぜひ勝たせたいとの意気ごみであった。

そのうちに山砲兵第三十一連隊の大会がひらかれた。にわかに作られた土俵に、ありあわせの飾りをほどこして、試合は盛会だった。それからというものは、他の連隊でもがぜん相撲熱が熾烈となった。

ついには、ゼマトエ地区の日本軍全体の大会がおこなわれた。歩兵第五十八連隊、歩兵第百二十四連隊など、相当な強さを発揮したが、結局はわが山砲兵第三十一連隊の優勝に終わった。

それからも、ひきつづき連隊内の大会がときおりおこなわれた。私も大隊長のお見込みで強引に選手にいれられてしまった。将校の中でも外見が大きく見えた私は、大学出で、さぞ柔道なども強いだろうと早合点されたようである。再三辞退したが、隣りに寝ている小山少尉も出ることになり、それではと、私もこれに応じた。

さっそく翌朝からは猛練習組にくわえられ、初歩から鍛えこまれた。腰が痛くて、一週間は歩くにも不自由なほどであった。剣道はやっていても、柔道はまったく知らず、ましてや相撲などはじめてなので、さらに始末が悪い。

それでも、ここで三週間も訓練されると、さすがにすこし強くなったような気がしてきた。やがて連隊の大会にも出場するはめになった。このときは第二大隊の主計に勝ったが、第一大隊の軍医との取組みではあっさり負けてしまった。

大会のたびに、各隊では応援団をつくって声援した。各隊思い思いの応援団の競演も、このころの見物のひとつになっていた。

最後の陸上競技は、これを推進するため、各隊ではかつての体力テスト方式がさかんにおこなわれた。各自の記録をとるので、老兵は例外として、一般の若者たちは暇をみつけては、マラソンや跳躍にすこしでも記録をのばそうと努力しているのを、よく見受けた。

この分野でも、連隊大会や地区大会が数回もよおされ、走り高飛び、走り幅跳び、棒高跳び、継走《リレー》、短距離走など、各種にわたっておこなわれた。そのときは部隊の全員が道端にならんで応援した。

復員後に対処するための教養の培養については、体育ほど熱心にはおこなわれなかった。しかし、副官室において計画的に講義や講演会が立案されて実施された。

連隊内でのもよおしは、タトンへの労役があるため、だいたい夜間おこなわれた。講師のところだけにランプがつけられ、他は真っ暗なので、必要が感じられていた英語の講座はできなかった。

講師は隊内にいるそれぞれの専門家で、ときには他部隊や司令部付きの将校が講演にくることもあった。題材は各分野にわたったが、主として農業技術にかんするものがおおく、さらに農業の多角経営論、政治理論や経済問題もあった。

もっとも興味をもたれたのは天文学の話であった。一点の雲もない夜空の下でおこなう講演であるから、直接に星を見ながらの話となるので効果的であった。また、日本民族の起源論が師団で昼間おこなわれたときも、皆に興味のある話題であったため、拍手の音も盛大であった。

娯楽関係については、もっとも大がかりな努力と支援のもとに、日本へ向かう船に乗るまでの全期間にわたって、数えきれないほど実施された。もっとも印象的なのは芝居であったが、漫才や浪曲、舞踊や軽音楽と各般にわたっていた。

事のはじまりは、連隊内には声自慢がいるにちがいないという憶測から、十一月の大詔奉戴日の記念行事として、日ごろからいい声だといわれている兵士たちに、歌の競演をやらせてからであった。そのうちに師団では、約一ヵ月の余裕をあたえて演芸大会をやると通達した。

各隊は奇抜なものをと頭をひねったようだったが、第三十一師団ではりっぱな舞台のある劇場をつくりだした。むろん観客席は青天井で、舞台はすべて竹材でつくられるので、少々危なげであった。

部隊には大学の文学部卒や建築の専門家がそろっていた。各隊では期せずして芝居をかけることになり、文学青年がシナリオを書きはじめた。山砲兵連隊では山本大尉が監督、元シナリオ・ライターが助監督になった。役者は、やはり連隊でも男前が選ばれたのは当然である。

四国産で粗暴のきわみともいえる部隊に、よくもこれほどの芸達者がいたものと感心させられた。芝居にはかならず女形《おやま》がいるが、なかなか女らしく上手なので注目の的になった。演芸大会がせまってくると、芝居の出演者はあらゆる勤務が免除されて、朝から晩まで熱心に練習していた。

私も連隊の演芸委員として、これらの企画や指導にあたった。なかんずく、芝居の効果を高めるために、音楽団の編成を命ぜられた。ところが、音楽団に必要な楽器はなにもない。これらを手製でひとつずつ作らねばならなかった。

そのために必要な資材の物色からはじめたが、外部から隔離されている現状では、メロディ楽器をつくる材料はなにもなかった。ただ連隊で、ハーモニカをこの時期まで大事に持っていた兵士が一人いたので、楽器製作は打楽器に集中した。

ドラム缶を適当な長さに切り、棒にきれを巻いてスティックとし、石油缶も利用した。チーク材でカスタネットを作り、鉄棒を拾ってきてトライアングルがわりにした。これだけでは大衆に聞かせるにはメロディが貧弱なので、音楽隊員は全員がハミングでメロディをつけた。

師団の第一回演芸大会では山砲兵が一番人気となり、師団長からもお褒《ほ》めの言葉があった。第一回大会には、歩五八、歩一二四、工兵などいずれも芝居を出した。歩一二四は前進座まがいの出し物で、そのほかにも漫才、浪花節、歌謡曲、小唄、八木節、手品など、もりだくさんであった。

それいらい各隊ではがぜん演芸熱がもりあがり、各隊隊長のキモいりで、すこしでも立派なものをと後援した。そのため、演芸会は会をかさねるごとに、より面白く、よりハデなものが演じられるようになった。

私はここに、部隊の真の総合力発揮ということに瞠目《どうもく》した。戦闘においては、過去の生活、知識、特技などがいっさい無視されて、戦闘目的のための人員としてしか価値を認められなかった兵士たちが、芝居においては各人の知識や特技を活用して成果をきそうのであるから、真の協同精神と各人の秘められた特技が活用されているのを感じた。

衣裳から髪形、大道具、小道具と種々雑多な道具を設計し、製作するのはすべて部隊の兵士であった。また、これらの道具や衣裳をつくるための材料の調達は、たいてい貨物廠や野戦倉庫からもらってくる主計の活躍にかかっていた。ことに衣裳は、野戦倉庫からもらう生地いがいに調達の道はなかった。

待ちに待った日

かくてゼマトエ生活は、あきあきした実戦から完全にはなれて、英軍の指定する労役をはたしつつ、自活に必要な努力をするかたわら、このような娯楽に時間をさくことができ、捕虜となった日本軍将兵はみちたりた幸福感を持続していた。

このような平穏な生活がつづくなか、終戦後初の新年を迎えた。一九四六年（昭和二十一）元旦には、連隊の陸上競技用の運動場に、連隊長以下全員が整列して、いままでの正月とはまた別個の感慨と希望とを感じながら、かたちだけの儀式がおこなわれた。

連隊長は、近く帰国したら、祖国の再建のために、おのおのの分野において砕身するようにとの、かんたんな訓示をあたえた。

二月初旬になると、ゼマトエ地区にいた日本将兵は英軍の指示により、帰国のための乗船準備態勢にうつすべく、モウルメイン南東のムドン郊外に転居することになった。鉄道貨車の輸送でも、これだけの部隊を運ぶには、約一〇日間にわたって分送せねばならず、結局は各隊から必要な人員を、タトン駅にある英軍司令部のもとに提供した。

ビルマ沿海鉄道によるタトン～マルタバン間の輸送列車は、毎日午前九時にタトンを出発する。英軍の管理下にある列車運行は、日により軍の計画上からか、多少にかかわらず発車時刻がことなり、これに間にあうように、一日分の輸送兵員をタトン駅に集合させなければならなかった。

我々は有蓋貨車に牛や豚のように乗せられた。タトンを出発した列車は、正午ちかくにマルタバンに着き、ここで全員が下車し、艀《はしけ》でサルウィン河を渡ってモウルメインに上陸した。赴任のときに見たモウルメインの美しい街も、その片鱗を見ただけで、モウルメイン駅から別の列車に乗せられて南下し、約一時間でムドン駅に着いたのは午後三時であった。

ムドン駅前に勢ぞろいし、丸腰の日本軍はムドンの町を通過して、駅から約一時間半でムドン・キャンプにはいった。ここの収容所はゼマトエよりも数倍も広大な地域で、第三十一師団のほか、海軍部隊、軍貨物廠などもくわわり、建物のない森林地帯の周囲に一定の柵がつくられて、その内部で日本軍は自力で好きなように宿舎を建設することになった。すでに先着していた各隊は、一時的に天幕生活をいとなんでいた。

ムドン・キャンプでの生活は、迎船がはいった六月中旬までつづいた。

そして、ついに待ちに待った日が到来した。一九四六年六月二十六日である。

六月二十三日ごろに、突如として迎船の情報がはいった。第三十一師団のうち、ムドン・キャンプに残された我々は、帰国はもっとも後口といわれていた。

予想に反して、迎船はモウルメイン地区にはいってきたのである。ムドンにいた部隊では、このニュースに上を下への大騒ぎとなった。すぐに出発準備に入ったが、反面、この情報の真実性を信用しかねる心境であった。

当時、ムドン・キャンプにいた部隊は、第三十一師団では我々の山砲兵連隊、歩兵第五十八連隊(第二大隊欠)、工兵連隊、通信隊などで、そのほかに軍貨物廠、病馬廠、海軍の一部であった。これからの全体の輸送指揮は、わが連隊長の吉田大佐がとることになった。

出発は六月二十五日と命令された。わずかな時間で出発準備を終えねばならず、多忙をきわめた。船内での糧秣は船から支給されることになってはいたが、内地に持って帰るのを許された数量を各人で確保して、出発準備をととのえた。

六月二十五日早朝、雨降るなかを元気いっぱいに各部隊はムドン・キャンプをあとにした。

立ち去るとき、我々のまわりの風物は、思いなしか懐かしいものに思われ、去りがたい感傷をさすがに感じていた。反面、心は一刻をいそぎ、すこしでも早く船に乗ってしまうまでは、いつまた乗船が取り消されぬとはかぎらないというのが本心であった。

思いもよらなかったモウルメインへの入港は、我々にとっては天与の幸いであった。全財産を背に列をなしてムドン駅に向かった。なにぶんにも大部隊なので、進む速度は遅々として焦る心をかりたてた。ときに雨が襲ってくる。雨の切れ間には、むしむしと水蒸気がたちのぼっていた。

ムドン駅前は、雨季のために一面の池となったなか、一本のアスファルト道路が市街につながっていた。この道路上に、大部隊がえんえんとつらなって列車の到着を待つ。雨が降ってくると、各自に天幕を張って身を隠すが、使い古して傷みきった天幕からは、容赦なく雨が入りびしょ濡れとなる。

午後になってからモウルメイン行きの列車がはいり、我々は全員が乗車した。約半年におよんだムドンの生活は、いま考えれば、乞食にも劣るひどい生活であったが、当時は長い戦闘のあとの心の休まる時期で、このような生活は、わが生涯に二度とめぐりあうことはなかった。

我々が貨車と客車のまじった列車に乗り終わったころ、山砲兵隊の若手士官が鉄道隊の下士官と争いを起こした。今後、いつになったら乗船できるかわからない鉄道隊の者は、帰国しつつある我々を見て気を荒くして、ついには列車を発車させぬといいだした。

連隊副官のとりなしで話がつき、列車はモウルメインに向かった。雨はいぜん降りつづいていた。汽車は超スピードで走り、まるで車輪がいまにもはずれそうで、将兵の身体は左右に激しく揺れていた。

夕方ちかく、列車はモウルメイン駅の構内にはいった。

その夜は船を待つため、モウルメインに宿泊することになった。幸いにも乗船勤務隊が、我々のために無蓋で外縁のない貨車の上に、シートで天幕を張っていてくれた。これを宿舎とし、かなり無理な人数がここにはいった。野営を覚悟してきた我々も、なんとか屋根の下に寝ることができた。

祖国への航海

六月二十六日、夜が明けると部隊は桟橋に向かって逐次出発していった。雨が降りつづいて、波はかなり高かった。大きな艀《はしけ》に二〇〇人以上が乗った。

艀舟は桟橋をはなれてサルウィン河をくだり、マルタバン湾に出てもなお南下した。この間、約三時間あまりであった。雨のためびしょ濡れとなり、川風に吹かれて寒かった。しかし一同は、ビルマの土地をはなれつつある事実に感銘して、陸地の方に向かって、この地に残した亡き戦友と無言の対話をしていた。

後日、かならず戻って骨を拾いにくること、帰国したら君たちのぶんもあわせて祖国の復興に力をつくすことを誓っていた。私も皆とおなじ思いで、帰国後の決意をあらたにしていた。とくに、我々の世代が最悪の状態にした日英関係を、もとの姿に回復させるための努力をつくすことを誓った。

なかなか本船の姿が見えない。

風浪の高まる夕方ちかくになって、リバティ船に乗りうつった。船には約三〇〇〇人が乗った。船は約八〇〇〇トンといわれ、甲板上の救急医務室に軍医と衛生兵がいるほかは、全員が船倉におしこめられた。巨大な船倉は三段に区切られていた。

かくて我々は船倉の外に出ることもできず、海を見る暇もなく、六月二十六日深更、我々を乗せたリバティ船は三年間のビルマ生活に終止符をうってマルタバン湾をはなれ、懐かしい故国へ向けて出帆したのである。

マルタバン湾からアンダマン海を走るリバティ船は、連日、雨にみまわれていた。船倉では携帯天幕を二つ折りにした面積が、各人の領地としてあたえられた。上、中、下段に分けられた船倉に三〇〇〇人が収容されたため、蒸気が充満して、天井の鉄板に凝縮して水玉になった。そこから水滴となって雨のように将兵のもとに降ってきたのには閉口した。

マルタバン湾を走る間は、甲板に出られず地獄のような熱暑にあえいでいた。山砲兵連隊長の吉田大佐が、この船で最先任の部隊長であったため、烈山砲兵が輸送司令部となった。そのため、連隊の軍医が船内の医療にあたり、連隊の主計が船内の給養にあたることとなった。

宮川中尉が炊事班長となり、東条中尉と私がこれに協力した。主計下士官は全員で炊事にあたり、それに烈兵団全体から勤務兵一〇人をもらった。後部甲板には舷側に蒸気の釜を数コそなえてあり、これで炊事をした。糧秣は船が積んできたものを、日々受領して給養した。

南ビルマの六月下旬は雨季も終わりにちかく、ときどき雨足がとぎれた。この季節には烈風が訪れる。だいたいにおいて、肌寒い思いがする。それにくらべ船内は蒸し風呂のようで、全身がびっしょりと気味悪くあせばんでいる。こんな中で、兵士一人につき一日水筒一本の湯では、とても耐えきれない。

間もなく、経理室は全員で炊事にあたることになり、後甲板に終日勤務することになった。船の中央部は一段と高くなっていて、これは船倉の天井になっていた。

この上が受領した糧秣の集積所となり、米をはじめ、レーション、缶詰、乾燥野菜、調味料などが積みあげられた。これを見張るため、経理室の勤務員が俵をベッドがわりにして寝ていた。

船長の好意で、この上に特別に大きな天幕がはられたから、雨にも平気で、涼しい夜気のもとで寝ることができた。また、もう一つ高い甲板にある物置部屋を経理室の事務所にしてくれたので、私は毎晩、この部屋で眠った。まさに特等室であった。

船内の給養は、すべて英軍の定めた量によっておこなわれた。三日に一度の割合で缶詰のレーションが給された。これはインド兵向きのもので、一缶が一日分となっていた。

缶詰の中にはチョコレート、乾パン、調味料、煙草のほかに七勺の米が二袋（〇・二五二リットル）入っていた。この米を回収して経理室に集め、夜の炊事場で炊飯して米食を給した。飲料水は湯を水筒に一杯ずつとしても、炊事場の能力では終日働かなければならなかった。

船倉に終日、寝起きしている大多数の将兵は、船がシンガポールに近づくにしたがって、船内の蒸し暑さが増し、渇きを訴えるが、生水を飲むことは厳禁されていた。炊事場の能力が足りないので、水筒に一杯ではどうしても足りないようで、顔見知りの将校や下士官らがひそかに飲料水をもらいに炊事場にやって来た。あまり大っぴらにはできないが、同隊の将校、下士官には断わり切れず内緒で応じていた。

このように炊事にあたった我々は、一般の人々が飢渇にあえぎ、なすすべもなく船倉内で我慢していたのにくらべ、微風の吹く甲板上で暮らし、炊事をみずからつかさどっているだけに、まず不自由のない飲食ができたことは、他の人々にたいし申しわけないことであった。

船がマレイ沖までくると、真夏の気候となった。シンガポールからビルマに赴任してきたときの危険な航海とことなり、いまや戦いも終わり、故国に帰る心は平和であった。

シンガポールへは入港するかどうかわからなかった。マラッカ海峡を越えたが、シンガポール入港を拒絶されたらしく、港の沖合いに一晩碇泊した。給水のためであった。

赴任したころの昭南を思いあわせて、海外において敗戦の境遇におかれた我々は、国威の個人にあたえる影響力の大きいことを考えていた。国威を失墜したいま、個人ではなにもなし得ないものである。

この地方にはスコールがあり、雨が降りだすと先をきそって甲板上に飛びでてくる将兵の顔には、希望の色が見られた。

船はシンガポールを出て北に向かい、刻一刻と故国に近づいていく。シンガポールからはどこにも寄港せず、まっしぐらに北に向かった。帰国という夢が、現実のものと感じだした将兵は、ひたすら最後のしめくくりをしようとしていた。

戦地における運命の因縁、生き残ったおたがいの因縁を切らないように、戦友の住所を書きあつめた。私も他人におとらず知り合った人々の住所をできるだけ書きとった。はたして、このうち何人がそのままの住所で文通できることかと疑った。

モウルメイン沖を出帆してから一七日目に九州の南端についた。船内で連隊長が伝令につくらせていた象牙《ぞうげ》製の麻雀碑や箸《はし》も完成していた。

日本特有の懐かしい島影が、船の左右に動いては消えていく。山のおおい国であることが、船から見えた日本の景色であった。船は九州の東岸沖を北上して、夕霧にかすむころ、豊後水道にさしかかった。

明くる七月十四日、夜が明けると島々がむらがるなかを、船は東に進んでいる。ながい船内生活も終わり、昼すぎに大竹港に入港した。

本州の山影が、あきらかに雨にかすんで認められた。海岸ちかくに建物のあるところが大竹の町と思われた。大竹には海軍の潜水艦の学校があったはずだ。

岸の建物や煙突が明瞭になったところで船はとまった。建物は死んだようで、煙突からは煙がでていない。祖国は死んでしまったように思えた。

すでに下船の用意はできていた。迎えにきた艀舟につぎつぎと乗りうつって岸壁についた。栈橋から岸壁までは、急な板が張られていた。綱をたよりに危なっかしくのぼって、何年ぶりかで祖国の土を踏んだ。

この瞬間に、待ちに待った願望は、ついに適《かな》えられたのである。

あとがき

二度とあってはならないあの無謀な、悲惨きわまりない作戦で生死の境をさまよい、戦没者の意志によって生き残らされた私は、ムドンに抑留された間にこの二年半の体験を克明に記録すべきだと考えた。

復員までは一切の文書の携行を禁じられたので、大竹港に上陸した翌日の一九四六年（昭和二十一年）七月十五日から同年末までに、二年半の備忘録を書き上げた。それが本書である。すべて切実な体験であるから、日時、地名、人名など間違いはない筈だ。いわゆる戦史とは無関係な自己の体験記である。

生かされて生きることになった戦後の私の行動はすべてこの想念に起因し、付加価値の高い仕事、社会貢献度の高い仕事を追及した。また、その高いリスクを回避するための研究に没頭した。

他方、私は一九四二年から四五年にいたる四年間に三十万の日本軍が日本の倍以上もあるビルマ全土を往復し、その食料をビルマの農家に依存し、英軍はビルマ人の農家に立てこもる日本兵を追い出すため、航空機と砲撃で民家を焼きはらった事実に着目し、交戦国の犠牲になったビルマの復興は交戦国日英の戦友の責任だと断じ、それぞれの政府に訴えるためにも日英戦友の和解が先決と判断した。

四六年六月、モウルメイン港で艀に乗ったとき、戦友が期せずして陸のほうに向かって埋葬もされず野晒しになった戦没者の霊に向かって「一刻も早く遺骨を拾いに来る」「焦土と化した祖国の再建にお前の分まで働く」と誓ったとき、私は「日英和解」を加えた。

祖国の再建には復職した丸紅で日本製機械類の輸出を担当し、中近東に七年半、英国に二十年駐在して日本製機械類の輸出に貢献した。

一九八三年に退職してからは、インドやビルマで日本軍と戦った英印軍の将兵との和解運動を展開した。ビルマ戦では日本軍は注入兵力三十万のうち十九万が戦病死したが、前線部隊では七十五パーセントにも及んだ。我ら生き残りは寝ても覚めても戦没者に頭が上がらず、慰霊につとめた。

私は和解にはまず対話をかさねて相互理解が必要と思っていたら、一九八三年、ウエールズの戦友二人が現われ、訪日して仇敵と会って和睦したい、靖国神社へもお参りしたいと言う。私は日本語を話せない彼らの案内役として同行し、日本の戦友会もこれに応えて歓迎したので、じつに有意義な三週間の訪日旅行となった。

一九八四年には三十一師団から有志十五人が日英和解のために訪英し、ヨークの英二師団司令部でインジ師団長から昼食に招かれ、五月人形の甲冑を寄贈した。

私は和解の手始めには、戦時中の敵国にたいする宣伝に由来する先入主を払拭すべきと考え、招待による英日軍人の相互訪問を企画した。一九八九年、昭和天皇崩御の直後、笹川財団の資金援助を得て、一九九五年までに訪日六回、訪英二回が実現した。各回約二十人、二週間の旅行で日英の対話と相互理解が達成された。生存者の戦没者にたいする想念は両国戦友に共通であることが確認され、合同慰霊祭や「昔の敵は今日の友」がごく自然に受け入れられた。

一九九一年、コヒマに新設されたカトリック大聖堂で日英戦友による和解がはじめられ、一九九五年以降はカンタベリー大聖堂、コベントリー大聖堂、ウェストミンスター寺院とロンドンの浄土真宗の三輪精舎で八月十五日の前後に日英戦友の合同慰霊祭をつづけている。英国では一九九一年にビルマ作戦同士会（ＢＣＦＧ）、二〇〇二年にビルマ作戦協会（ＢＣＳ）が組織され、日本では全ビルマ戦友会、ついで全ビルマ会が日英和解に貢献することができた。

最後に、戦後六十余年を経過した今日、戦没者たちの冥福を祈念すると共に、あの悲惨このうえない印度ビルマ作戦の実相を、あらゆる機会に後世に伝えることが残り少なくなった生存者の責務と信じ、この意味で本書がその目的の一端を果たしてくれたなら望外の喜びである。

二〇〇六年五月一日

平久保　正男

単行本　平成十八年七月　光人社刊

NF文庫

真実のインパール

二〇一六年二月十八日　印刷
二〇一六年二月二十四日　発行

著　者　平久保正男

発行者　高城直一
発行所　株式会社潮書房光人社
〒102-0073　東京都千代田区九段北一-九-十一
振替／〇〇一七〇-六-五四六九三
電話／〇三-三二六五-一八六四(代)
印刷所　慶昌堂印刷株式会社
製本所　東　京　美　術　紙　工

ISBN978-4-7698-2933-1　C0195
http://www.kojinsha.co.jp

NF文庫

刊行のことば

第二次世界大戦の戦火が熄《や》んで五〇年——その間、小社は夥しい数の戦争の記録を渉猟し、発掘し、常に公正なる立場を貫いて書誌とし、大方の絶讃を博して今日に及ぶが、その源は、散華された世代への熱き思い入れであり、同時に、その記録を誌して平和の礎とし、後世に伝えんとするにある。

小社の出版物は、戦記、伝記、文学、エッセイ、写真集、その他、すでに一、〇〇〇点を越え、加えて戦後五〇年になんなんとするを契機として、「光人社NF（ノンフィクション）文庫」を創刊して、読者諸賢の熱烈要望におこたえする次第である。人生のバイブルとして、心弱きときの活性の糧《かて》として、散華の世代からの感動の肉声に、あなたもぜひ、耳を傾けて下さい。

＊潮書房光人社が贈る勇気と感動を伝える人生のバイブル＊

ＮＦ文庫

最後の震洋特攻　黒潮の夏 過酷な青春
林えいだい
昭和二十年八月十六日の出撃命令――一人はなぜ爆死しなければならなかったのか。兵士たちの無念の思いをつむぐ感動作。

雷撃王 村田重治の生涯　真珠湾攻撃の若き雷撃隊隊長の海軍魂
山本悌一朗
魚雷を抱いて、いつも先頭を飛び、部下たちは一直線となって彼に続いた――雷撃に生き、雷撃に死んだ名指揮官の足跡を描く。

戦術学入門　戦術を理解するためのメモランダム
木元寛明
時代と国の違いを超え、勝つための基礎理論はある。知識・体験・検証に裏打ちされた元陸自最強部隊指揮官が綴る戦場の本質。

旗艦「三笠」の生涯　日本海海戦の花形 数奇な運命
豊田　穣
日本の近代化と勃興、その端的に表われたものが日本海海戦の勝利だった――独立自尊、自尊自重の象徴「三笠」の変遷を描く。

彩雲のかなたへ　海軍偵察隊戦記
田中三也
洋上の敵地へと単機で飛行し、その最期を見届ける者なし――幾多の挺身偵察を成功させて生還したベテラン搭乗員の実戦記録。

写真 太平洋戦争　全10巻　〈全巻完結〉
「丸」編集部編
日米の戦闘を綴る激動の写真昭和史――雑誌「丸」が四十数年にわたって収集した極秘フィルムで構築した太平洋戦争の全記録。

＊潮書房光人社が贈る勇気と感動を伝える人生のバイブル＊

ＮＦ文庫

辺にこそ死なめ　戦争小説集
松山善三
女優・高峰秀子の夫であり、生涯で一〇〇〇本に近い脚本を書いた名シナリオライター・監督が初めて著した小説、待望の復刊。

血風二百三高地　日露戦争の命運を分けた第三軍の戦い
船坂　弘
太平洋戦争の激戦場アンガウルから生還を成し得た著者が、日本が初めて体験した近代戦、戦死傷五万九千の旅順攻略戦を描く。

日独特殊潜水艦　特異な発展をみせた異色の潜水艦
大内建二
航空機を搭載、水中を高速で走り、陸兵を離島に運ぶ。運用上、最も有効な潜水艦の開発に挑んだ苦難の道を写真と図版で詳解。

ニューギニア砲兵隊戦記　東部ニューギニア歓喜嶺の死闘
大畠正彦
砲兵の編成、装備、訓練、補給、戦場生活、陣地構築から息詰まる戦闘の一挙手一投足までを活写した砲兵中隊長、渾身の手記。

真珠湾攻撃作戦　日本は卑怯な「騙し討ち」ではなかった
森　史朗
各隊の攻撃記録を克明に再現し、空母六隻の全航跡をたどる。日米双方の視点から多角的にとらえたパールハーバー攻撃の全容。

父・大田實海軍中将との絆　自衛隊国際貢献の嚆矢となった男の軌跡
三根明日香
「沖縄県民斯ク戦ヘリ」の電文で知られる大田中将と日本初のＰＫＯ、ペルシャ湾の掃海部隊を指揮した落合海将補の足跡を描く。

＊潮書房光人社が贈る勇気と感動を伝える人生のバイブル＊

ＮＦ文庫

大空のサムライ　正・続
坂井三郎

出撃すること二百余回――みごと己れ自身に勝ち抜いた日本のエース・坂井が描き上げた零戦と空戦に青春を賭けた強者の記録。

紫電改の六機　若き撃墜王と列機の生涯
碇　義朗

本土防空の尖兵となって散った若者たちを描いたベストセラー。新鋭機を駆って戦い抜いた三四三空の六人の空の男たちの物語。

連合艦隊の栄光　太平洋海戦史
伊藤正徳

第一級ジャーナリストが晩年八年間の歳月を費やし、残り火の全てを燃焼させて執筆した白眉の〝伊藤戦史〟の掉尾を飾る感動作。

ガダルカナル戦記　全三巻
亀井　宏

太平洋戦争の縮図――ガダルカナル。硬直化した日本軍の風土とその中で死んでいった名もなき兵士たちの声を綴る力作四千枚。

『雪風ハ沈マズ』　強運駆逐艦 栄光の生涯
豊田　穣

直木賞作家が描く迫真の海戦記！　艦長と乗員が織りなす絶対の信頼と苦難に耐え抜いて勝ち続けた不沈艦の奇蹟の戦いを綴る。

沖縄　日米最後の戦闘
米国陸軍省編
外間正四郎訳

悲劇の戦場、90日間の戦いのすべて――米国陸軍省が内外の資料を網羅して築きあげた沖縄戦史の決定版。図版・写真多数収載。